AF282244

Christa Lamken
Wagenfeld ermittelt weiter
Bremen-Krimi

Bibliografische Information der Deutschen Nationalbibliothek

Die Deutsche Nationalbibliothek verzeichnet diese Publikation in der Deutschen Nationalbibliografie; detaillierte bibliografische Daten sind im Internet über <u>dnb.d-nb.de</u> abrufbar.

Grafische Gestaltung Lutz Zabel

Copyright © 2011 by Christa Lamken

Herstellung und Verlag: Books on Demand GmbH, Norderstedt
ISBN 978-3-8423-7804-9

Prolog

Das Zimmer war dämmrig. Sie hätte nicht sagen können, ob es Tag oder Nacht war. Auch die Jahre ließen sich nicht mehr unterscheiden. In einem Augenblick war sie noch jung, dann hatte sie den ausgedörrten Körper einer Greisin. Manchmal war sie ein kleines Kind und roch das Veilchenparfüm ihrer Mutter. Einmal beugte sich ein Mann über ihr Bett. Er roch nach Schnaps und sie ekelte sich. Ihre Zunge fuhr über die ausgetrockneten Lippen. Sie hatte Durst, aber wenn sie jetzt nach der Pflegerin klingelte, würde sie wieder ausgescholten werden. Sie schloss die Augen und plötzlich roch sie das Meer, sah die Sonne, die das graue Wasser glitzern ließ, roch das Salz und spürte den kalten Schlick unter ihren nackten Füßen. Der Wind machte aus ihren langen Zöpfen zwei Peitschen, die ihr ins Gesicht knallten. Sie kreischte, als sie vor ihm davon lief und dann war da dieses Entzücken, als er sie endlich festhielt und küsste. Wie alt war sie damals gewesen? Siebzehn? Mit aller Gewalt versuchte sie die Erinnerung festzuhalten, aber sie entglitt ihr. Sie hörte Schritte, jemand ging den Flur entlang, dann war es wieder still. Die Uhr tickte. Früher hatte sie das Geräusch gehasst, sie konnte nicht einschlafen, wenn ein Wecker in ihrem Zimmer stand, immer wieder hatte sie ihn in der Schublade versteckt, jedes Mal hatte es Streit gegeben, »ich weck dich schon«, hatte sie ihm versichert, aber er hatte ihr nicht geglaubt und dann hatte sie wachgelegen und dem Klacken der metallenen Zeiger gelauscht, bis sie schlauer war, und wartete, bis er eingeschlafen war, was nie lange dauerte, um dann vorsichtig auf seine Seite des Bettes zu huschen und das tickende Ungeheuer in ihre Nachttischschublade zu verbannen. Morgens wachte sie vor ihm auf, auch ohne Wecker, der längst wieder an seinem Platz stand, wenn er grunzend erwachte. Das war so lange her. Alles war so lange her und doch war ihr, als wäre es gestern gewesen. Jetzt lauschte sie dem Ticken, es beruhigte sie. Sie schlief wieder ein und der Traum kam. Es war immer dasselbe. Scham überflutete ihren Körper wie glühend heiße Lava, floss aus ihr heraus, es war eine Erlösung. Sie weinte vor Erleichterung. Dann erwachte sie, in einer warmen Pfütze liegend.

Sie schloss die Augen und wartete. Bald konnte sie sich ausruhen. Es war genug. Nur diese eine Sache musste sie noch erledigen. Dann konnte sie endlich ausruhen.

1.Kapitel

Wie fast jeden Morgen frühstückten Wagenfeld und seine Mutter im Wintergarten. Das stuckverzierte Bürgerhaus in der Uhlandstraße war groß genug, um ihnen beiden ein eigenständiges Leben zu ermöglichen, und dafür war er dankbar. Sie stand im Türrahmen und sah die gerade gekommene Post durch. Ihre überaus aufrechte Haltung ließ sie größer wirken und obwohl sie immer noch peinlichst genau auf ihr Äußeres achtete, hatte das letzte Jahr deutliche Spuren hinterlassen. Manchmal, wenn sie sich unbeobachtet glaubte und für einen Moment ihre Haltung aufgab, sah sie für kurze Zeit aus wie das, was sie war: eine alte Frau. Jetzt allerdings, als sie ihm mit einem spöttischen Lächeln einen Briefumschlag reichte, hätte niemand geglaubt, dass sie bald ihren siebzigsten Geburtstag feiern würde.

»Hier, von einer Verehrerin.«

Wagenfeld legte die Brötchenhälfte auf den blauweißen Porzellanteller und wischte sich die Hände an der Stoffserviette ab. Die Schrift war so klein, dass er den Umschlag etwas weiter weghalten musste, um sie lesen zu können. Er hoffte und betete jeden Tag, dass seine Weitsichtigkeit nicht stärker wurde, mit Anfang vierzig fühlte er sich noch zu jung für Altersgebrechen. Aber auch mit dem richtigen Abstand ließ sich die Schrift nur schwer entziffern, es sah aus, als ob ein Tier mit winzigen Pfoten kreuz und quer über das Papier gelaufen wäre. Am unteren Ende befand sich ein dicker Fettfleck. Auf einmal wusste er, von wem der Brief war: Anna-Lena. Bilder aus lange vergessenen Studententagen tauchten plötzlich auf: Blonde Haare, dicke Brillengläser, nikotinverfärbte Finger, die aus zerknautschten Tabakpäckchen krumme Zigaretten drehten. Anna-Lena. Ohne sie hätte er die Statistikklausur niemals bestanden. Allerdings hatte sie bei einem ihrer Arbeitstreffen ihren angeschlagenen Kaffeebecher umgekippt, und der Inhalt hatte sich über seine gerade frisch gebundene Abschlussarbeit ergossen. So war es immer mit Anna-Lena gewesen: Man wusste nie, ob man ihr dankbar sein oder ob man sich in Sicherheit bringen musste. Sie hatten sich nach dem Studium aus den Augen verloren und er konnte sich nicht vorstellen, weshalb sie ihm schrieb. Neugierig öffnete er den Umschlag und fing an zu lesen.

»Lieber Wagenfeld« – sie hatte ihn schon damals nur bei seinem Familiennamen genannt und er hörte beinahe ihre heisere, immer etwas zu laute Stimme: »Wilhelm, das ist doch kein Name, das ist eine Krankheit.« Unwillkürlich straffte er seine Schultern und setzte sich ein wenig aufrechter hin.

»Offenbar doch kein Liebesbrief. Du siehst aus, als hättest du in eine Zitrone gebissen.«

Als er aufsah, blickte er in die meerblauen Augen seiner Mutter, die ihn unter den hochgezogenen Augenbrauen leicht beunruhigt musterten. Obwohl es einige Affären in seinem Leben gegeben hatte, war er immer noch hier, in seinem Elternhaus, und er verstand, dass jeder neue Kontakt zu einer Frau Ängste in ihr weckte. Er hatte nicht vor, ihr die zu nehmen. Ungerührt senkte er den Blick wieder und las weiter.

»Ich möchte dich bitten, mir einen Gefallen zu tun« - offenbar war sie noch genauso direkt wie früher und kam gar nicht auf die Idee, er könne sich vielleicht nicht mehr an sie erinnern. Damit hatte sie allerdings recht, wer könnte Anna-Lena vergessen. »Wie du vielleicht weißt, habe ich seit einiger Zeit einen Lehrauftrag hier an der Uni Bremen. Jetzt ist mir etwas wirklich Dummes passiert. Ich habe eine Grippe verschleppt, und der Arzt hat mir unter Androhung sonst eintretender schwerster Folgen vier Wochen Bettruhe verordnet. Nun möchte ich meine Vorlesung nicht vier Wochen ausfallen lassen, was du sicher verstehst. Ich habe schon alle gefragt, die ich sonst kenne, du bist meine letzte Hoffnung. Der Stoff ist nicht schwierig und ich kann dir alle Unterlagen zur Verfügung stellen. Es sind nur zwei Stunden in der Woche, das schaffst du doch leicht. Und du kämst mal aus deinem Trott raus. P.S. Was machst du eigentlich?«

Charmanter hätte man es wirklich nicht formulieren können. Er war ihre allerletzte Wahl, und sie hatte es noch nicht einmal für nötig befunden, ihm etwas anderes zu erzählen. Wagenfeld schenkte sich eine Tasse Kaffee nach und trank einen Schluck. Offenbar glaubte sie nicht wirklich, dass er fähig wäre, eine Vorlesung zu halten. Er trank noch einen Schluck. Wahrscheinlich rechnete sie gar nicht mit einer Zusage. »Du kämst mal aus deinem Trott raus«. Woher wollte sie wissen, dass er nicht eine aufregende Berufslaufbahn eingeschlagen hatte und sein Leben ein einziges Abenteuer war? Wagenfeld stellte die leere Tasse vorsichtig auf den Tisch. Zugegeben, er hatte noch nie Probleme damit gehabt, Wagnissen aus dem Weg zu gehen. Immer noch wohnte er bequem und behaglich mit seiner Mutter unter einem Dach in einem komfortablen Bremer Haus. Seine Praxis als Psychoanalytiker lief gut und er setzte sich Tag für Tag mit dem mehr oder weniger abenteuerlichen Leben seiner Patienten auseinander. Nur sein eigenes Leben verlief dabei immer eintöniger. Das polierte Walnussholz des Frühstückstisches glänzte. Ein leichter Geruch nach Zitrone und Bienenwachs drang in seine Nase. Sorgfältig faltete er die Stoffserviette und legte sie neben seinen Teller.

»Bist du schon fertig? Du hast ja fast gar nichts gegessen, Wilhelm.«

Er steckte den Brief in die Tasche seines braunen Cordjacketts.

»Tut mir leid, ich muss heute früher los.« Ohne ein weiteres Wort verließ er den Raum. Unter gar keinen Umständen würde er für Anna-Lena die Krankheitsvertretung spielen. Das wäre ja noch schöner.

Die Tür fiel etwas lauter hinter ihm ins Schloss als gewöhnlich. Frau Bruns, die Putzfrau, die einmal in der Woche die groben Arbeiten verrichtete, kam mit dem Staubsauger aus dem Wohnzimmer. »Was hat er denn, der Herr Doktor?«

Ihre Arbeitgeberin zuckte nur mit den Schultern.

Es fühlte sich an, als ob ein tonnenschweres Gewicht auf ihr lastete. Am liebsten hätte sie sich auf den kalten Betonboden geworfen und wie ein Embryo zusammengekrümmt. Ihr Magen war auf die Größe einer Erbse geschrumpft und kalter Schweiß rann ihr aus allen Poren. »Bitte nicht jetzt lieber Gott, mach, dass es wieder vorbeigeht«. Sie hielt sich mit aller Kraft an dem zerfledderten Buch fest, das sie von dem Tapeziertisch genommen hatte, der etwas windschief gegenüber der Mensa stand. Der alte Mann, der die antiquarischen Bücher verkaufte, musterte sie misstrauisch, wandte sich dann aber wieder ab. Wie jedes Mal, wenn sie einen solchen Anfall hatte, konnte sie kaum glauben, dass niemand etwas von dem Kampf bemerkte, der in ihrem Inneren tobte. Aber der Verkäufer war der einzige Mensch, der sich für sie interessierte und das tat er nicht aus Mitgefühl. Die jungen Männer und Frauen um sie herum liefen an ihr vorbei. Die meisten gingen in kleinen Grüppchen und waren in ihre Unterhaltungen vertieft. Manche waren allein und stumm und nur die zwei Knöpfe in ihren Ohren verrieten, dass sie einer unhörbaren Musik lauschten. Bis heute hatte sie sich an der Uni sicher gefühlt, an diesem Ort, der angefüllt war mit den Ängsten der Anderen, ihren Existenzängsten, Prüfungsängsten und sozialen Ängsten. Sie war gerne hier, sie liebte es, in überfüllten Vorlesungen zu sitzen, Arbeiten zu schreiben, Referate zu halten: Alles das fiel ihr leicht. Aber jetzt stand sie hier, neben der schützenden Betonmauer und es gelang ihr nicht den Platz zu überqueren, der sie von der Mensa trennte. Sie wusste genau, wenn sie es versuchen würde, musste sie sterben, sie würde in einem bodenlosen Abgrund versinken und sich auflösen in Myriaden winzigster Teilchen.

»Kommst du mit, was essen?« Eine vage vertraute Stimme drang von Weitem an ihr Ohr, sie hatte Mühe sie zu verstehen, weil ihr Herz so laut klopfte, dass es bis in ihren Kopf dröhnte.

»Hast du die Statistikarbeit schon geschrieben? Ich weiß es ist blöd, aber ich komme mit dem Anfang nicht zurecht, vielleicht könnten wir nach dem Essen ein wenig darüber reden, wenn du Zeit hast.« Eine Hand legte sich auf ihren Arm und plötzlich verschoben sich die Bilder, sie befand sich wieder in der Realität, die Fläche zwischen dem Tapeziertisch und der Mensa war nur eine freie Fläche, das Rauschen in ihren Ohren war verschwunden und ihr Herz schlug wieder so langsam, wie es sollte. Vorsichtig legte sie das Buch beiseite. Erst jetzt konnte sie erkennen, dass es sich um eine uralte Taschenbuchausgabe von »Krieg und Frieden« handelte. Sie drehte sich um und sah in Olafs Gesicht, wie immer hatte es eine rosige Farbe und glänzte ein wenig von Schweiß, aber seine blauen Augen blickten sie trotz seiner Sorgen über die Statistikklausur so freundlich und arglos an wie die eines Kindes. »Guter Olaf«, dachte sie, wie sie vielleicht von einem Hund gedacht hätte und ein wenig ähnelte er einem freundlichen Hirtenhund, groß, mit schmutzig weißem Fell, zuverlässig und treu. Plötzlich fühlte sie sich wieder stark. Sie hakte sich bei ihm unter.

»Kein Problem, das schaffst du schon, aber nach dem Essen habe ich keine Zeit, ich wollte mir eine Veranstaltung bei den Psychologen anhören. Wenn du willst, können wir uns morgen Nachmittag treffen.« Wahrscheinlich würde er sich wieder Hoffnungen machen, dachte sie, aber das war nicht ihr Problem, sie hatte ihm von Anfang an gesagt, dass da niemals mehr sein würde als Freundschaft.

Olaf lächelte sie an und auf einmal wünschte sie sich, sie hätte heute nicht diese dumme gestrickte Mütze auf, mit der sie aussah wie eine Idiotin.

»Was willst du eigentlich bei den Psychologen, ich denke Naturwissenschaften sind das einzig Wahre?«

Einen Moment lang wünschte sie sich, ihm den wahren Grund sagen zu können, sich ihm anvertrauen zu können, sich irgendjemand anvertrauen zu können, aber als sie in sein Gesicht sah, wusste sie, dass es nicht ging. Das war ganz allein ihr Problem. Was sollte Olaf schon dazu sagen. Deshalb antwortete sie nur ausweichend: »Es hat noch niemandem geschadet, seinen Horizont zu erweitern.« Dann überquerte sie mit ihm den bodenlosen Abgrund.

Der Oktober hatte sich entschlossen, noch einen letzten Sommertag zu spendieren. Der Himmel hatte sein Blau durch kleine Wattewölckchen aufgelockert und die Sonne wärmte das Herz und die Haut. An der Schlachte bummelten die Menschen und Wagenfeld stand auf der Teerhofbrücke und versuchte einen Entschluss zu fassen. Ein Patient hatte abgesagt, und obwohl er eigentlich in dieser unerwartet freien Zeit die lange aufgeschobene Korrespondenz mit den Krankenkassen hätte führen sollen, stand er jetzt hier und sah den Schiffen zu, die auf der Weser entlang fuhren. Trotz der späten Sonnenstrahlen war das Metall des Brückengeländers kalt und Wagenfeld fror plötzlich. Er trat einen Schritt zurück und rieb seine Hände. Es hatte keinen Sinn, es länger aufzuschieben. Er wusste genau, warum ihn sein Weg wie zufällig auf diese Brücke geführt hatte, hinter der die Neustadt lag. In der Neustadt wohnte Anna-Lena. Mit einem kleinen Seufzer machte er sich auf den Weg. Auf dem Teerhof, dem kleinen bebauten Areal mitten in der Weser, konnte er das Echo seiner Schritte hören und er wunderte sich nicht zum ersten Mal darüber wie ein Platz, an dem so viele Menschen wohnten, so verlassen wirken konnte. Erst am Wehr begegnete ihm eine Mutter mit ihrem Sohn. Die beiden waren stehen geblieben, um zu beobachteten, wie mühelos die Enten ihre Balance an der Kante des fallenden Wassers hielten. Der Junge winkte ihnen zu und warf seinen Schokoriegel ins Wasser. Die Mutter beugte sich zu ihm hinunter und sagte etwas, das Wagenfeld nicht verstand. Dann ging sie weiter, das Kind hinter sich herziehend. Wagenfeld holte den Briefumschlag aus der Tasche. Anna-Lena hatte als Adresse »Am Deich« angegeben, und als er auf die Hausnummer sah, stellte er fest, dass er schon fast vor ihrer Haustür stand. Er jetzt fiel ihm ein, dass er sie vielleicht doch auf seinen Besuch vorbereiten sollte und er zog sein Handy aus der Tasche. Es war ein Weihnachtsgeschenk seiner Mutter gewesen und er benutzte es fast nie. Nicht erreichbar zu sein gehörte zu den Dingen, die er als wirklichen Luxus empfand. Er hatte jedoch in den letzten Monaten festgestellt, dass es durchaus von Vorteil war, wenn er Menschen von unterwegs erreichen konnte. Nachdem er die Nummer auf den mikroskopisch kleinen Tasten eingegeben hatte, meldete sich Anna-Lena so prompt, dass er erschrak. »Herdecke, wer ist da?« Ihre Stimme klang noch genauso, wie er sie in Erinnerung hatte.

Er räusperte sich. »Ja, Wilhelm hier, Wilhelm Wagenfeld, du hattest mir einen Brief geschrieben. Ich habe gerade Mittagspause, und wenn es dir passt, würde ich gerne vorbeikommen.« Hatte er wirklich »gerne« gesagt? Nach einem längeren Hustenanfall konnte er Anna-Lenas Stimme vernehmen.

»Ja prima, komm, ich bin zu Hause, wie du dir vielleicht denken kannst. Wie lange brauchst du denn?«

»Ich bin sozusagen schon da.« Mit diesen Worten drückte er auf den Klingelknopf.

Der Summer ertönte und im offenen Treppenhaus rief eine bekannte Stimme: »Na das ging ja wirklich schnell.« Zögernd ging er nach oben. Anna-Lenas Kopf erschien über dem Treppengeländer. »Komm ruhig hoch, du kannst dich nicht mehr anstecken. Das müsstest du doch am besten wissen, schließlich hast du mal Medizin studiert. Stell dich nicht so an.«

Wagenfelds medizinisches Grundstudium war schon lange her und ein Rest von Unsicherheit blieb. Nicht zum ersten Mal fragte er sich, warum er jetzt hier war. Vielleicht war es einfach Neugierde gewesen, zumindest redete er sich das ein. Anna-Lena steckte in einem alten Bademantel und hatte sich einen Schal um den Hals gewickelt. Sie führte ihn in einen Raum, der offenbar ihr Wohnzimmer war, aber auch ihr Arbeitszimmer, und wenn man nach der Zahl des dreckigen Geschirrs ging, das überall stand, auch ihr Esszimmer. Trotz der Unordnung hatte das Zimmer Stil. Die Wände waren moosgrün gestrichen und eine große Zahl von Bildern in den verschiedensten Formaten und von ihm gänzlich unbekannten Künstlern bildeten in ihren schwarzen Rahmen einen reizvollen Kontrast. Er setzte sich in einen uralten Sessel, den jemand nicht ganz fachmännisch mit auberginefarbenem Samt überzogen hatte. Ihm gegenüber stand ein riesiges braunes Ledersofa, auf dem Anna-Lena es sich, umgeben von einem Berg Kissen und Decken, gemütlich gemacht hatte. Er war erstaunt, wie wenig sie sich im Laufe der Jahre verändert hatte. Sie war immer noch ein wenig mollig, auch wenn ihr Gesicht durch die Krankheit im Moment eher schmal aussah. Ihre dunkelblonden Haare trug sie noch so lang wie früher und die grünen Augen blickten so angriffslustig wie eh und je.

»Du trägst gar keine Brille mehr.« Er wusste nicht genau, warum er das sagte.

Sie nahm einen Schluck Tee aus ihrem handgetöpferten Becher und sah ihn mit dieser Mischung aus Sympathie und Mitleid an, die ihn schon damals wahnsinnig gemacht hatte. »Du glaubst es nicht, aber es gibt da neuerdings winzigkleine Linsen, die man sich in die Augen setzen kann.«

»Und, wie geht es dir sonst?« Er bemühte sich, nicht zu auffällig auf ihren abgetragenen dunkelblauen Herrenbademantel zu schauen, den wahrscheinlich sogar die Altkleidersammlung abgelehnt hätte. Sicher, auch er war im Besitz eines dieser gemütlichen alten Dinger, aber seiner sah bei Weitem besser aus. Das hoffte er zumindest.

Anna-Lena hustete und fing gleichzeitig damit an, sich eine Zigarette zu drehen. »Das ist selbst für dich eine selten dämliche Frage«, war ihr einziger Kommentar.

Wagenfeld stellte sämtliche Konversationsversuche ein. »Lass uns lieber zur Sache kommen, ich habe nicht viel Zeit.«

Sie klopfte sich die Kissen zurecht und setzte sich aufrecht hin. »Also, das Ganze ist ein Einführungskurs, und da das Semester gerade beginnt, kannst du einfach meine Unterlagen nehmen und anfangen. Ich kenne die Teilnehmer auch nicht, ich weiß nur, am Anfang kommen immer ganz viele, und wenn sie rausgekriegt haben, dass der Kurs freiwillig ist und man keine relevanten Scheine machen kann, bist du praktisch für dich. Dann gehst du noch ein oder zweimal hin und dann wird der Kurs eingestellt.«

»Wenn das so ist, hättest du ihn doch gleich absagen können, oder?«

»Ich habe einen Vertrag als freischwebende Dozentin, den Teufel werde ich tun und etwas absagen. Komm schon,« der Blick aus zusammengekniffenen Augen wirkte eher bedrohlich als bittend, »die Abwechslung wird dir gut tun.«

Wagenfeld betrachtete den schwarzen Ordner, der auf dem Tisch lag. Er wusste nicht genau, warum er sich auf etwas einließ, das von vornherein so aussah, als würde es ein Desaster werden. »Ist die Psychoanalyse eine elitäre Heilmethode?« stand dort als Titel der Veranstaltung. Wie er seine ehemalige Kommilitonin kannte, hätte sie das Fragezeichen wahrscheinlich am liebsten durch ein Ausrufezeichen ersetzt.

»Dann ist es also abgemacht? Oder traust du es dir nicht zu?«

Obwohl er wusste, wie kindisch es war, auf eine so simple Provokation zu reagieren, hörte er sich sagen: »Na schön, ich werde dir den Gefallen tun.«

Anna-Lena thronte in ihrem Kissenberg und sah ihn ohne große Dankbarkeit an. »Ich wünsch dir viel Spaß.«

Am Concordiatunnel wurde, wie immer, gebaut. Vor einer Baugrube stand ein einbeiniger Mann auf zwei Krücken und beschimpfte die Bauarbeiter. Als sein kleiner Hund an der Leine zog, die sich der Mann um das linke Handgelenk gewickelt hatte, rief er ihn fluchend zurück.

»Ist schon ein älterer Herr. Hört nich mehr so gut.« Einen Moment lang bezog Wagenfeld den Kommentar auf sich, bis er zu seiner Erleichterung bemerkte, dass der Mann von seinem Hund sprach.

»Das ist wirklich geschäftsschädigend«, beschwerte er sich, als er durch die Ladentür ging. Niemand beachtete ihn. Lübbers bediente gerade seine letzte Kundin vor der Mittagspause, eine ältere Dame, die ein »S-tück Rockfort« bestellte. Lübbers war sein engster und eigentlich auch einziger Freund, den er schon seit ihren Studententagen in Tübingen kannte. Danach hatten sie sich aus den Augen verloren, bis Lübbers ein kleines Lebensmittelgeschäft am Concordiatunnel übernahm, das auf direktem Weg zwischen Wagenfelds Wohnung und seiner Praxis lag. Lübbers war einige Jahre älter als er und hatte schon damals sein Studium eher als Möglichkeit gesehen, sich ungehindert anderen Dingen zuwenden zu können. Er reiste viel, war auf jeder Demonstration zu finden und kannte Gott und die Welt. Mit seinem grauen Lockenkopf und dem unübersehbaren Bierbauch erinnerte er Wagenfeld immer an einen revolutionären italienischen Poeten. Ihre Freundschaft kam ohne viel Worte aus und das genoss Wagenfeld, der in seiner Praxis Menschen so intensiv zuhören musste, am meisten. An den pflaumenblau gestrichenen Wänden hingen Erinnerungsfotos, die Lübbers bei seinen zahlreichen Aktivitäten zeigten. Was ihn nach einem so turbulenten Leben in dieses kleine Lebensmittelgeschäft verschlagen hatte, blieb auf ewig sein Geheimnis.

»Na Doc, was hat Anna-Lena gesagt? Habt ihr revolutionäre Therapien ausgearbeitet?« Nachdem er die Kundin verabschiedet hatte, schloss er die Eingangstür ab und ging mit seinem Freund nach hinten in die angrenzende Wohnung. Als sie an dem alten Küchentisch saßen, betrachtete Wagenfeld wehmütig das Poster über der Spüle, das Frank Zappa auf der Toilette zeigte und schon in Lübbers erster Wohnung in Tübingen gehangen hatte.

»Die Zeit der revolutionären Theorien ist vorbei, da muss ich dich enttäuschen.« Dabei überlegte Wagenfeld kurz, dass man es wahrscheinlich niemandem verübeln durfte, wenn er in diesen unsicheren Zeiten zuallererst an sein berufliches Fortkommen dachte.

»Ist sie immer noch so chaotisch?« Lübbers und Anna-Lena hatten sich nicht wirklich gut verstanden. Wagenfeld, dessen Blick kurz auf Lübbers Spüle fiel, in der sich das Geschirr der vergangenen Tage stapelte, hatte dazu seine eigene Theorie.

»Ich denke schon. Allerdings ist sie ja auch krank.« Wagenfeld war sich allerdings ziemlich sicher, dass es in der Wohnung einer gesunden Anna-Lena auch nicht anders ausgesehen hätte.

Lübbers grinste. »Hat sich also nicht verändert die Frau, na ja, das kann man uns ja nicht vorwerfen. Wie sieht es aus, Herr Professor, möchten Sie mir vielleicht bei einer kleinen Entspannung Gesellschaft leisten?« In einem der Räume hegte und pflegte Lübbers seine geliebten Graspflanzen mit einer ausgeklügelten Licht und Wärmetechnik. Ab und zu war Wagenfeld nicht abgeneigt, dieser Art der Entspannung zu frönen, aber heute lehnte er ab.

»Danke nein, aber ich denke, ich sollte in meiner gegenwärtigen Position als Lehrer der Jugend ein Vorbild sein.« Und so nahm er nur ein Glas Grünen Tee.

Judith hatte sich nach dem Essen in der Mensa gleich verabschiedet und Olaf ging allein zu seinem Fahrrad. Er wischte sich den Schweiß von der Stirn. Der schwarze Strickpullover mit dem Zopfmuster war viel zu warm. Er trug ihn trotzdem, denn eigentlich war es egal, was er anzog. Er schwitzte immer. Am meisten störten ihn seine feuchten Hände. Gewöhnlich steckte er sie in seine Hosentaschen und Händeschütteln zur Begrüßung hatte er sich schon lange abgewöhnt. Selbst als kleines Kind hatte er sich störrisch allen Begrüßungsritualen widersetzt, sehr zum Ärger seiner Eltern, die dann immer verlegen murmelten: »Ich weiß gar nicht, was er heute hat, sonst ist er ganz lieb.« Und sie hatten recht gehabt: Er war ein liebes Kind gewesen. Normalerweise tat er, was

16

man ihm sagte, und brachte gute Noten nach Hause. Er störte die Erwachsenen nicht und machte den Eindruck, als ob er glücklich wäre. Die einzige Irritation blieb seine standhafte Weigerung, jemandem die Hand zu geben oder sich von anderen Menschen als seinen Eltern küssen zu lassen. Dies und die Tatsache, dass es immer so schien, als wäre er mit seinen Gedanken woanders. Es wäre für seine Eltern leichter gewesen, wenn er ein schlechter Schüler gewesen wäre, dann hätten sie sagen können: »Olaf ist ein Träumer, da kann man nichts machen«. Aber Olaf war kein Träumer. Er war ein aufgewecktes Kind, das sich für vieles interessierte, und bei den anderen Kindern beliebt war. Trotzdem war er am liebsten allein. Das war damals so gewesen und daran hatte sich nichts geändert. Auch heute noch fiel es ihm leicht, Kontakt zu finden, seine Mitstudenten mochten ihn und doch schloss er sich niemandem an. Es gab nur wenige Menschen, die ihm wichtig waren. Während er das schwere Schloss von seinem Fahrrad nahm, machte er sich Gedanken über Judith. Ihm war nicht entgangen, wie kreidebleich sie ausgesehen hatte, als er sie am Büchertisch beobachtet hatte, so bleich, dass ihr Gesicht nur noch aus ihren grauen Augen zu bestehen schien. Er hatte solche Augen noch nie gesehen. Manchmal sahen sie aus wie ein trüber Novemberhimmel und manchmal schimmerten sie wie Mondstein. »Hör auf, Blödmann« schalt er sich selbst, »für die bist du nur ein Kumpel.« Aber er konnte nicht aufhören an ihre Begegnung zu denken, an ihre Augen, die so erschreckt ausgesehen hatten und an ihren Körper, der in der dünnen Armeejacke gezittert hatte, als sie neben ihm ging.

2. Kapitel

Eine Woche später regnete es in Strömen. Ein scharfer Nordwind peitschte die dicken Tropfen unter die Schirme und in die angespannten Gesichter. Wagenfeld, der nicht gerne Auto fuhr und den öffentlichen Nahverkehr in Bremen deshalb jederzeit seinen eigenen Fahrkünsten vorzog, fing an, seinen Entschluss zu bereuen. An jeder Haltestelle stiegen mehr Menschen ein. Wagenfeld, der im hinteren Ende der Straßenbahn saß, kämpfte mit dem nassen Rucksack eines jungen Mannes, der ihm bei jeder Kurve direkt ins Gesicht gedrückt wurde. Da es mittlerweile so voll war, dass Fahrgäste in den geschlossenen Türen standen, hätte es keinen Sinn gehabt, sich zu beschweren. Außerdem beschwerte sich Wagenfeld höchst ungern. Normalerweise litt er nicht an Klaustrophobie, aber in der engen Straßenbahn, mit den feuchten Menschen, die Millimeter vor und neben ihm standen, fing er an, sich sehr unwohl zu fühlen. Er war erleichtert, als sie sich der Universität näherten. Selbst durch die beschlagenen Scheiben konnte er erkennen, dass wieder neue Gebäude aus dem Boden geschossen waren, quadratisch und modern wirkten sie wie die Häuser einer Spielzeugstadt. Sein Weg führte ihn so selten an die Universität, dass er sich jedes Mal wunderte, wie viel sich verändert hatte. Die Bahn hielt vor dem Gebäude der Geisteswissenschaften und er stieg aus. Der Regen hatte ein wenig nachgelassen und mit der Aktentasche, die er sich über den Kopf hielt, gelang es ihm den Innenhof, der zur Cafeteria führte, zu erreichen, ohne klatschnass zu werden. Während er mit den Anderen über den Flur eilte, trocknete er sich sein Gesicht notdürftig mit einem Taschentuch ab. Bevor er in die Vorlesung ging, brauchte er etwas Heißes zu trinken. Im Eingangsbereich zu den Geisteswissenschaften stand in Lila Sprühfarbe eine einsame feministische Parole an der Wand, die an andere Zeiten erinnerte. Im Inneren der Cafeteria waren die alten Plastikstühle modernen Holzbänken gewichen, verschwunden waren auch die mit Zigarettenkippen gefüllten Kaffeebecher. Alles sah sauber und sehr modern aus. Während er vor der Kaffeemaschine stand und darüber nachdachte, was die Studenten, die vor ihren Laptops saßen, zu der alten Cafeteria gesagt hätten, ertönte hinter ihm eine Stimme.

»Sie sind doch bestimmt Herr Wagenfeld.«

Als er sich ruckartig umdrehte, schwappte ihm heißer Kaffee über sein Handgelenk und er verzog schmerzerfüllt das Gesicht. Nachdem er den Becher vorsichtshalber abgestellt hatte, wandte er sich der Sprecherin zu. Sie war eine kleine dünne Person, alles an ihr war winzig, auch ihr Mund, den sie jetzt spitzte, während sie flötete:

»Haben Sie sich wehgetan, das wollte ich nicht, mein Gott, was sind Sie schreckhaft.«

Wagenfeld, der sich bemühte seinen kaffeedurchtränkten Ärmel zu ignorieren, blieb höflich.

»Sie wissen offenbar, wer ich bin, darf ich fragen, wer Sie sind?«

Die Frau kicherte. »Entschuldigung, Sie können mich natürlich nicht kennen, es ist nur, weil ich schon soviel über Sie gehört habe, dachte ich wohl, dass Sie mich auch erkennen müssten. Ich bin Frau Schwitters, die Institutssekretärin.« Als sie sein fragendes Gesicht sah, fügte sie hinzu: »Ich bin eine gute Freundin von Anna-Lena.«

Hinter ihnen hatte sich eine Schlange gebildet und sie zog Wagenfeld am Ärmel vom Getränkeautomaten weg. Es gab wenige Dinge, die Wagenfeld so sehr hasste, wie von wildfremden Personen in irgendeine Richtung bugsiert zu werden. Seine Stimme wurde eisig.

»Nachdem wir uns jetzt also kennen, gibt es einen Grund, dass Sie mich angesprochen haben?«

Diesmal lachte sie, wobei ihr kleiner Körper zitterte. »Sie sind genau, wie Anna-Lena Sie beschrieben hat, aber genau so.« Nachdem sie sich wieder beruhigt hatte, fuhr sie fort: »Ich wollte Ihnen nichts Böses, ich habe Sie nur hier stehen sehen und dachte, ich könnte Ihnen helfen, den Raum zu finden, in dem die Vorlesung stattfindet, das ist nämlich gar nicht so einfach, wenn man sich hier nicht auskennt.« Damit ging sie voraus, ohne sich noch einmal umzusehen. Wagenfeld blieb nichts weiter übrig als ihr zu folgen, zurück in den Regen, während er versuchte den wie immer zu heißen Kaffee zu trinken. Wie sich herausstellte, lag der Raum in einem Gebäude auf der anderen Straßenseite. U-förmig angeordnete

Tische, an denen etwa dreißig Studenten saßen und eine Flipchart erwarteten ihn.

»Ich lass Sie dann mal alleine«, sagte Frau Schwitters und fügte nach einem kurzen Moment aufmunternd hinzu: »Sie schaffen das schon.«

Er stellte seine nasse Aktentasche auf den Tisch, zog den Regenmantel aus und warf den mit einer Mischung aus Regenwasser und Café Latte gefüllten Plastikbecher in den Papierkorb. Dann wandte er sich an seine Zuhörer. »Mein Name ist Wagenfeld. Ich bin für Frau Herdecke eingesprungen. Der Titel der Veranstaltung lautet »Ist die Psychoanalyse eine elitäre Heilmethode?« Er begann mit einer kurzen Einführung. Obwohl er es sich nicht wirklich eingestehen wollte, hatte er während der letzten beiden Tage seine karge Freizeit damit verbracht aus Anna-Lenas fragmentarischen Unterrichtsentwürfen eine, wie er fand, gelungene Einführung zu basteln. Er hatte sogar hier und da eine Anekdote eingebaut, da er sich noch gut erinnern konnte, wie sehr er als Student unter allzu trockenem Lehrstoff gelitten hatte. Als er einen Blick in die Runde warf, konnte er allerdings nicht feststellen, ob irgendetwas von dem, was er gesagt hatte, zu seinem Publikum durchgedrungen war. Die eine Hälfte blätterte in ihren Unterlagen, ein paar versuchten mitzuschreiben, was er gesagt hatte und einige blickten unumwunden auf die Uhr. Als er eine erste Pause machte, meldete sich ein blonder Junge, der einen für die Jahreszeit viel zu warmen, schwarzen Wollpullover trug. Wagenfeld freute sich über dieses Zeichen von Interesse und bat ihn seine Frage zu stellen.

»Welche Scheine kann ich hier machen?«

Nachdem er die Frage wahrheitsgemäß beantwortet hatte, packten einige ihre Sachen ein, standen auf und verließen den Raum. Ein junges Mädchen an einem der ersten Tische musterte ihn so intensiv, dass er unwillkürlich wegschaute. Etwas irritiert wandte er sich wieder seinem Text zu. Als er fertig war, verstaute er das Manuskript in seiner Aktentasche. Die jungen Menschen konnten bei ihm etwas lernen, da war er sich sicher. Plötzlich fühlte er, wie ihn ein ungewohnter Ehrgeiz überkam und er wandte sich noch einmal an die Studenten.

»Ich weiß, dass Sie andere Sorgen haben, als sich mit der Zukunft der Analyse auseinander zusetzen. Sie müssen sich orientieren, Sie stehen unter einem großen Leistungsdruck und denken vielleicht, Sie haben keine Zeit für müßige Diskussionen. Ich kann das sehr gut verstehen. Trotzdem möchte ich Ihnen etwas zu bedenken geben. Ich arbeite jetzt seit über fünf Jahren in meiner Praxis und habe täglich mit den unterschiedlichsten Menschen zu tun. Die Erfahrung, diesen Menschen tief greifend zu helfen und nicht nur eine kurzfristige Besserung ihrer Symptome zu erreichen, erfüllt mich jeden Tag wieder mit Stolz und Befriedigung.« Er war einen Moment von seinen eigenen Worten gerührt und musste sich räuspern. »Ich wollte nur sagen, dass ich mich gerne mit Ihnen über diese, in Zeiten, wo alles schnell gehen muss, vielleicht etwas unpopuläre und sicher auch sehr kostspielige Methode auseinandersetzen möchte. Ich möchte Sie daher ganz besonders bitten um Ihre Teilnahme bitten, wenn Sie anderer Meinung sind und die Psychoanalyse für überholt halten. Ich freue mich auf die Auseinandersetzung. Das wollte ich nur sagen.« Dann brach er verlegen ab. Noch während er sprach, hatten auch die übrigen Studenten angefangen ihre Taschen zu packen und waren verschwunden. Plötzlich stand das Mädchen vor ihm, das ihn so intensiv gemustert hatte. Während die anderen Studentinnen zu eher unauffälligen Blusen, Pullovern und Jeans gegriffen hatten, trug sie eine Armeejacke und einen Schottenrock. Sie war fast so groß wie er und wahrscheinlich genauso kräftig, gestand sich Wagenfeld selbstkritisch ein, während er darauf wartete, dass sie etwas sagte. Eine ganze Weile setzte sie nur ihre Musterung von vorhin fort. Ihre Augen waren eher grau als blau und wurden umrahmt von langen schwarzen Wimpern. Die Augen waren sicher das Faszinierendste an ihr, dachte er und ertappte sich bei dem Gedanken, wie sie wohl in einem Kleid ausgesehen hätte. Plötzlich kam er sich alt vor.

»Ihr Vortrag hat mir gut gefallen.« Ihre Stimme war ein wenig heiser und ihm fiel der lange Schal auf, den sie um den Hals gewickelt hatte. »Ich habe noch ein paar Fragen, die ich Ihnen gerne stellen würde.«

Später konnte Wagenfeld nicht mehr genau sagen, warum er so reagiert hatte. Eigentlich hätte er sich freuen müssen, dass es unter den Studenten jemanden gab, der soviel Interesse zeigte. Vielleicht war es der Ort, der ihn so unsicher machte, vielleicht war es ihre irritierende Art ihn anzusehen. Seine Antwort kam schnell und ungewohnt brüsk. »Es freut mich, wenn es Ihnen gefallen hat. Aber ich bitte Sie, mich zu entschuldigen, ich habe noch einen Termin.« Noch während er sprach, hatte er das Gefühl etwas Falsches zu sagen.

»Dann will ich Sie nicht weiter aufhalten. Wir sehen uns ja nächste Woche.« Ihre Haltung war sehr aufrecht, als sie den Raum mit langen Schritten durchquerte.

Für einen Moment verspürte Wagenfeld den Impuls, sie aufzuhalten, schüttelte dann aber den Kopf und packte seine Unterlagen in die Tasche. Nur ein leise nagendes Gefühl blieb, als er überlegte, ob er nach Hause fahren sollte, um dort etwas zu essen oder ob es eine interessante Erfahrung sein würde, die Mensa zu besuchen. Während er unschlüssig auf seine Uhr sah, betrat ein Mann den Raum. Er zögerte, als er Wagenfeld sah, kam dann aber mit unsicheren Schritten auf ihn zu.

»Gabriel, Sie müssen die Vertretung für Frau Herdecke sein.«

Wagenfeld, der sich nicht sicher war, ob es sich bei Gabriel um den Vor- oder den Nachnamen handelte, stellte sich ebenfalls vor. Der Mann lehnte sich gegen einen der Tische und rieb sich mit einer nervösen Geste die Hände. Sein Anzug war schwarz wie der Rollkragenpullover darunter, sein Schädel schmal und die Glatze wirkte intellektuell. Während er sprach, fixierte er einen Punkt im Universum, der sich etwa zwei Zentimeter neben Wagenfelds Kopf befand, was dieser ziemlich irritierend fand.

»Macht keine große Freude jemandem etwas beizubringen, der es eigentlich nicht hören will. Das Niveau ist erschreckend gesunken in den letzten Jahren. Es gibt jetzt schon Abiturienten, die nicht einmal mehr das große Einmaleins können.« Obwohl er Wagenfeld immer noch nicht ansah, schien der Mann die Skepsis in seinem Blick zu spüren. »Ich will gar nicht in das allgemeine Wehklagen über den Niedergang der Kultur einfallen. Aber es ist nicht einfach.

Na ja, das werden Sie auch noch merken.« Ruckartig stand er auf. »Jedenfalls, wenn Sie etwas brauchen oder Fragen haben, mein Büro ist am Ende des Ganges auf der linken Seite.« Dann verschwand, er als wäre sein Angebot unziemlich gewesen, aus dem Raum. Sein Auftritt war eine seltsame Mischung aus Arroganz und Unsicherheit gewesen, die Wagenfeld abstieß und gleichzeitig neugierig machte. Etwas ratlos sah er ihm nach, dann ging er ebenfalls. Vor der Tür wusste er eine Sekunde lang nicht mehr, ob er nach links oder rechts gehen musste. Außer der Cafeteria, in der bei den wenigen Gelegenheiten, an denen er den Vortrag eines Kollegen gehört hatte, hinterher noch angeregte Diskussionen stattgefunden hatten, war ihm an der Universität kaum etwas bekannt. Er fragte sich, wie lange es wohl dauerte, bis man sich als Erstsemester in den unendlichen Abkürzungen zurechtfand. Als er am Ende des Ganges angekommen war, fiel sein Blick auf das Schild neben der letzten Tür. »G.Gabriel« stand dort und darunter »Statistik, Evaluations- und Forschungsmethoden, multivariate Verfahren«. Das erklärte dann wohl einiges, dachte Wagenfeld und lächelte.

Der Regen hatte aufgehört. Ein scharfer Wind ließ die Schöße seines Regenmantels flattern, als er einen Moment lang vor der Tür stehen blieb. An der Bushaltestelle wartete eine Gruppe Studenten und fror. Ein paar unterhielten sich, einige waren in ihre Aufzeichnungen vertieft oder führten Gespräche mit dem Handy. Als sich zwei junge Männer an ihm vorbei drängten, deren Gespräch zu entnehmen war, dass sie sich auf dem Weg zur Mensa befanden, traf Wagenfeld eine Entscheidung und lief hinter ihnen her. Als sie an einem Stand mit antiquarischen Büchern vorbei kamen, lächelte er dem alten Mann hinter dem Büchertisch freundlich zu. Normalerweise hätte er die Gelegenheit genutzt und ein wenig gestöbert, aber jetzt hatte er Hunger. Der Bücherverkäufer verschränkte die Arme und betrachtete ihn mit finsterer Miene. Wagenfeld war nicht klar, womit er diesen Blick verdient hatte. Fast hätte er die beiden Studenten aus den Augen verloren, aber dann sah er wie sie in ein Gebäude auf der anderen Seite des Platzes gingen. Erwartungsvoll folgte er ihnen. Die Mensa war gut besucht, aber nicht überfüllt, und nachdem er sich sein Tablett mit einem

vegetarischen Nudelauflauf und einer der obligatorischen Quark-
speisen gefüllt hatte, steuerte er auf einen freien Tisch zu. Der
Nudelauflauf schmeckte erstaunlich gut und er aß mit Appetit. Erst
als er bereit war, sich dem Nachtisch zu widmen, hatte er wieder
Augen für seine Umgebung. Die Schlange an der Essenausgabe war
in der Zwischenzeit beträchtlich angewachsen, was zum Teil auf die
Diskussion zurückzuführen war, die G.Gabriel, seines Zeichens
Dozent für Statistik, mit der Bedienung führte. Wagenfeld konnte
nicht verstehen, was gesprochen wurde, schloss jedoch aus der Tatsache, dass ein bereits auf dem Tablett befindlicher Teller wieder
zurückgestellt wurde und durch einen anderen ersetzt wurde, der
offenbar identisch war, dass es etwas mit der Qualität oder der
Quantität der angebotenen Speise zu tun haben musste. Nachdem
offenbar alles zu seiner Zufriedenheit geregelt war, blickte sich
G.Gabriel suchend um, senkte kurz den Kopf, als er Wagenfeld sah,
und steuerte dann auf den einzigen freien Tisch zu. Obwohl sich die
Mensa in der nächsten Viertelstunde zusehends füllte, stellte
Wagenfeld beim Verlassen fest, dass sich kein Student zu ihm
setzte. Wie ein einsamer Prediger saß G.Gabriel in seinem
schwarzen Anzug an seinem Tisch und blickte nicht einmal hoch.

3. Kapitel

Das Zimmer war winzig. Wenn man vor dem Herd in der Kochnische stand, konnte man sich umdrehen und praktisch ohne einen Schritt zu tun auf das Sofa sinken. Links neben der Kochnische stand ein Bett. Auf ein Schlafsofa zu verzichten und stattdessen ein Sofa und ein Bett in diesen kleinen Raum zu stellen, war der einzige Luxus, den Judith sich leistete. Da sie sich die meiste Zeit an der Uni aufhielt, erschien ihr die Enge des Raumes als nebensächlich. Die Wände, die sie, fast ohne die Arme auszustrecken, berühren konnte, erdrückten sie nicht, sondern gaben ihr Halt. Als ihr die Vermieterin das Zimmer vor einem halben Jahr gezeigt hatte, hatte sie begeistert darauf hingewiesen, dass den ganzen Tag die Sonne ins Zimmer schien. Noch am Tag ihres Einzugs hatte sich Judith dichte dunkle Vorhänge gekauft. Jetzt saß sie auf ihrem Sofa, eingewickelt in eine Wolldecke, weil der Wind durch das einfache Fenster zog. Neben ihr lagen ein dicker Ordner mit Unterlagen und ihr Laptop, auf dem sie eben ihre letzten Vorbereitungen für die Klausur abgeschlossen hatte. Ihre Berechnungen stimmten, die Arbeit an mathematischen Problemen machte ihr Spaß. Hier gab es Gesetzmäßigkeiten, die immer wiederkehrten und Regeln, die befolgt werden mussten. Wenn doch nur das wirkliche Leben auch so einfach wäre. Für einen Moment fröstelte sie, als ein kalter Windhauch die Vorhänge sanft schaukeln ließ. Der Funkwecker, der auf dem kleinen Hocker stand, der ihr als Couchtisch diente, fing aufgeregt an zu piepen. Sie drückte die Alarmtaste, um ihn abzustellen und runzelte die Stirn. Sie hatte sich fast drei Stunden mit Statistik beschäftigt, ohne zu merken, wie die Zeit verging. Jetzt musste sie sich wirklich beeilen.

»Frau Bruns, das muss doch nicht sein.« Wagenfelds Stimme klang gereizter, als er beabsichtigt hatte. »Es wäre sehr freundlich, wenn Sie mit dem Staubsaugen nachher weitermachen könnten, Sie sehen ja, ich muss noch arbeiten.«
Frau Bruns, die nicht im geringsten beleidigt war, trat auf den Ausschaltknopf. Es wurde still. »So so, Sie müssen arbeiten, was

glauben Sie denn, Herr Doktor, was ich gerade mache, meinen Sie, das wird von alleine sauber, ihr nobles Haus? Das denken Männer wohl, mein Erich war auch so, was machst du eigentlich den ganzen Tag, hat er mich immer gefragt, na dem hab ich aber was erzählt, das können Sie mir glauben.«

Wagenfeld glaubte es ihr aufs Wort. Er unterbrach sie. »Ich will Sie wirklich nicht von Ihrer Arbeit abhalten, aber ich muss noch die Vorlesung für morgen vorbereiten.« In den letzten Tagen hatte er soviel zu tun gehabt, dass er nicht eher dazu gekommen war. Seitdem sie wusste, dass er, wenn auch nur vertretungsweise, an der Universität arbeitete, war Frau Bruns Respekt vor ihrem Arbeitgeber noch weiter gewachsen, falls das möglich war.

»Für die Vorlesung, ach so, vielleicht kann ich ja erst abspülen, das wird Sie ja wohl nicht stören, ich plansch auch nur ganz leise im Wasser.«

Wagenfeld verzichtete auf den Hinweis, dass in der Küche seit vier Jahren eine Geschirrspülmaschine stand, er wusste, dass es unter ihrer Würde war, die Maschine zu benutzen. »Wird doch mit der Hand alles viel sauberer« war ihr einziger Kommentar zu der Anschaffung gewesen und wenn Frau Bruns da war, lebten Wagenfeld und seine Mutter weiter mit festgeklebten Kartoffelstückchen an den Topfböden. Es war ihm gerade gelungen den unterbrochenen Gedankengang wieder aufzunehmen und einen wirklich gut formulierten Satz zu schreiben, als es an der Tür klingelte. Es war so selten, dass sie über Mittag Besuch hatten, dass er automatisch annahm, es wäre der Briefträger. Erst als er weibliches Stimmengemurmel auf der Treppe hörte und Schritte, die sich näherten, hob er den Kopf. Nachdem er das Klopfen an der Tür mit einem vorsichtigen »Herein« beantwortet hatte, stand seine Mutter im Türrahmen.

»Ich hoffe, wir stören dich nicht, es ist Besuch für dich gekommen.« Die Mischung aus Unglauben und Neugierde in ihrer Stimme erklärte sich, als hinter ihr Anna-Lena sichtbar wurde.

»Hallo Wagenfeld, ich war gerade beim Arzt und ich dachte, ich frag mal, wie es gelaufen ist.« Noch während sie sprach, begann sie damit, ihren meterlangen Wollschal vom Hals zu wickeln und sich aus ihrem Pelzmantel zu schälen, der so alt war, dass die armen Tiere, die dafür ihr Leben gelassen hatten, längst den Pfad der Wiedergeburt beschritten hatten.

»Wie wäre es, wenn du deinem Gast einen Stuhl anbieten würdest, Wilhelm?« Mit diesen Worten verließ seine Mutter das Zimmer.

Wagenfeld, der das unbestimmte Gefühl hatte, eine Zeit lang mit offenem Mund da gestanden zu haben, gab sich einen Ruck.

»Ja, setz dich doch erst mal, darfst du den schon rumlaufen, ich meine, was hat der Arzt denn gesagt?« Mit diesen Worten zog er einen der Stahlrohrstühle unter dem Glastisch hervor. Anna-Lena, die keine Anstalten machte sich hinzusetzen, warf nur ihren Pelzmantel über die Lehne.

»Der hat das gesagt, was Ärzte so sagen, strikte Bettruhe und so weiter, aber da er mich zwei Stunden in seinem Sprechzimmer hat warten lassen, können ein paar Minuten mehr oder weniger ja auch nicht schaden.« Wagenfeld, der erleichtert vernahm, dass ihr Besuch nur von kurzer Dauer sein sollte, fühlte sich ertappt, als sie sich plötzlich zu ihm umdrehte und ihn ansah.

»Deine Mutter hat sich gar nicht verändert, was?«

Diesen Fehdehandschuh würde er nicht aufnehmen. »Weißt du schon, wann du wieder deine Vorlesung halten kannst?«

Anna-Lena näherte sich gerade seiner Bose-Anlage und Wagenfeld beschlich dasselbe Gefühl, das er gehabt hätte, wenn ein Kind unbeaufsichtigt im Zimmer herumgelaufen wäre. Er versuchte es noch einmal, indem er sich auf einen der Stühle setzte. »Willst du dich nicht hinsetzen?«

Anna-Lena, die gerade in einem Bildband über Architektur blätterte, winkte ab. »Ich hab gerade zwei Stunden gesessen, Wagenfeld, ich dreh durch, wenn ich die ganze Zeit ruhig sein muss.« Dann legte sie das Buch weg und kam näher. Wagenfeld sah erst jetzt die tiefen Schatten unter ihren Augen und wurde energisch. »Du setzt dich jetzt hin und Frau Bruns macht dir einen Tee. Dann fahr ich dich nach Hause.«

»Wagenfeld, das steht dir, wenn du streng bist.« Trotz ihrer spöttischen Bemerkung nahm Anna-Lena endlich Platz. Sie holte ihr Tabakpäckchen aus der Manteltasche, legte es aber, nachdem sie den Blick ihres Gastgebers gesehen hatte, mit einem tiefen Seufzer ungeöffnet auf den Tisch.

»Du hast wohl überhaupt keine Laster? Wenigstens ein kleines Bäuchlein hättest du mittlerweile haben können.« Die Arme vor der Brust verschränkt musterte sie ihn missmutig.

Wagenfeld, der zu recht auf seine schlanke Figur stolz war, die er ganz allein einem gnädigen Genpool und keinerlei Anstrengung seinerseits verdankte, stand auf und fühlte ihre Stirn. »Du hast Fieber.«

Sie fuhr sich mit der Hand durch das Haar, eine schweißfeuchte Strähne blieb an ihrer Stirn kleben. »Glaubst du, es hätte damals was aus uns werden können? Du warst verliebt in mich, gib es zu.«

Ohne dass er es verhindern konnte, überfiel ihn die Erinnerung an eine kalte Nacht, eine kleine Studentenkneipe in Tübingen und an eine schwankende Anna-Lena, die sich bei ihm eingehakt hatte. Er roch plötzlich wieder ihr Parfüm und fühlte ihren warmen Körper an seiner Seite.

»Sei nicht albern«, sagte er streng.

Judith wurde mit Entsetzen klar, dass sie zu spät kommen würde. Das war ihr vor einem Monat schon einmal passiert, als sie plötzlich in der vollen Bahn nicht mehr atmen konnte und an der nächsten Haltestelle hinausgestürzt war. Nur unter Aufbietung ihrer ganzen Kräfte war es ihr gelungen, nicht zurück nach Hause zu laufen, sondern in die nächste Straßenbahn einzusteigen. Sie arbeitete jetzt ein halbes Jahr in dem privaten Pflegeheim und weil man sie dort als zuverlässige Kraft kannte, war es bei einer Ermahnung geblieben. Sie schickte ein Stoßgebet zum Himmel, dass es auch diesmal glimpflich ablaufen würde. In der Abendschicht waren heute nur zwei portugiesische Frauen eingesetzt, die würden sicher nichts sagen, aber Alfred, der es sich neben seiner Funktion als Hausmeister auch zur Aufgabe gemacht hatte, die Heimleitung über alles zu informieren, würde sicher petzen. Judith war auf das Geld dringend angewiesen und sie wusste, dass es trotz aller Widrigkeiten ein guter Job war. Sie durfte fast immer die Spät-

28

schicht machen, was bedeutete, dass sie selten eine Vorlesung versäumen musste, und die alten Menschen liebten sie. Sie hörte sich geduldig die immer gleichen Geschichten an, während sie die Insassen bettfertig machte und musste dabei nicht einmal Interesse heucheln. Es machte ihr nichts aus, die alten Körper zu waschen und sie freute sich, wenn sich ein zahnloser Mund zu einem Lächeln verzog, nur weil sie das Zimmer betrat. Sie war so in ihre Gedanken vertieft, dass sie beinahe gar nicht bemerkt hätte, dass sie schon die Schwachhauser Heerstraße erreicht hatten. Der Fahrer öffnete die Tür und sie sprang aus dem Wagen. Sie bog in die Richard-Dehmel-Straße ein und rannte, bis sie bei dem parkähnlichen Grundstück ankam. Nur ein kleines Messingschild verriet dem Besucher, dass er vor dem privaten Pflegeheim »Haus Margot« stand. Die prachtvolle alte Villa hätte auch im Besitz einer begüterten Kaufmannsfamilie sein können. Judith lief über den Kiesweg und ignorierte die große Eingangstür. Sie schlüpfte durch die weiße Holztür an der Rückseite des Gebäudes, die direkt in die Kellerräume führte. Es gelang ihr, unbeobachtet in den Umkleideraum zu gelangen. So schnell sie konnte zog sie die weiße Hose und den Kittel an, schloss die Spindtür und sah auf die Uhr: Zehn Minuten zu spät. Mit etwas Glück waren jetzt alle im Schwesternzimmer und ihre Verspätung würde nicht auffallen. Sie stieg die Holztreppe nach oben. In der Eingangshalle war niemand. Sie konnte unbemerkt die schwere mit Schnitzereien verzierte Holztür öffnen, die zum Flur führte, an dem die Patientenzimmer lagen. Es gelang ihr, ungesehen in das erste Zimmer zu schlüpfen. Die Vorhänge waren zugezogen und nur eine kleine Nachtischlampe verbreitete einen Kreis gelben Lichtes. Ängstlich kam Judith näher. Erst als sie am Bett stand, konnte sie leise Atemzüge hören. Sie wollte sich gerade erleichtert abwenden, als die Frau die Augen aufschlug. Das Weiß war von roten Äderchen durchzogen, aber der Blick, der sie erfasste, war klar. Eine Hand schob sich unter der Bettdecke hervor und ergriff ihren Arm. Die Hand war trocken und ein wenig rau und der Druck der klauenartigen Finger war fest und tat weh. Die alte Frau murmelte etwas. Ihre Stimme war so leise, dass Judith die Worte kaum verstehen konnte. »Kümmern Sie sich darum, Sie haben es versprochen.«

Judith strich über die papierdünne Haut der Stirn. »Ist ja gut, ich habe es nicht vergessen.« Dann machte sie sich vorsichtig los.

Sie hatte gerade das Zimmer verlassen, als Alfred um die Ecke bog.

»Na, junge Dame, mal wieder zu spät?«

Nachdem Frau Bruns den Kamillentee serviert hatte und Anna-Lena ihn unter ihren neugierigen Augen getrunken hatte, war es Wagenfeld gelungen, seinen Besuch ohne weiteres Widerstreben ins Auto zu bugsieren.

»Oh, ein BMW, wie dekadent, Herr Psychoanalytiker, haben wir uns schon mal gefragt, warum wir so ein schnelles Auto brauchen?«

Wagenfeld legte den Sicherheitsgurt an. »Weil wir eigentlich nur noch mit Bremer Bussen und Bahnen unterwegs sind und deshalb das Auto unserer Mutter fahren.« Er wandte den Kopf und wappnete sich für die nächste Spitze, aber Anna-Lena sagte stattdessen nur:

»Und, hast du schon einige unserer Koryphäen kennengelernt?« Sie war schwer zu verstehen, weil sie sich bis zur Nasenspitze in ihren Schal eingewickelt hatte. Ihrem Pelzmantel entströmte ein Hauch Patchouli, der zusammen mit dem Wickvaporub, mit dem sie sich großzügig eingerieben hatte, eine interessante Mischung bildete.

»Eigentlich nicht, es tauchte nur ein Herr Gabriel auf, offensichtlich Statistiker.«

Anna-Lena kicherte.

»Rate mal, wie der mit Vornamen heißt: Gottlieb. Der heißt Gottlieb Gabriel. Die Eltern gehören doch eingesperrt.«

Auch Wagenfeld musste grinsen. Dann fiel ihm das junge Mädchen wieder ein. »Und eine Studentin wollte mit mir sprechen, aber ich hatte keine Zeit.« Er beschrieb die blauschwarzen Haare und ihre Kleidung und hatte für einen irritierenden Moment wieder das Gefühl, dass er sie nicht hätte wegschicken dürfen.

Anna-Lena gab einen Grunzlaut von sich. »Für mich sehen die alle gleich aus, je älter ich werde. Glatte Gesichter, glatter Charakter.« Sie zog ihren Schal etwas nach unten und Wagenfeld konnte sie besser verstehen. »Waren wir auch mal so?« Wagenfeld wusste nicht genau, was sie meinte. »So jung? Natürlich.« Insgeheim war er der Überzeugung auch mit vierzig nicht wesentlich älter zu sein und es kränkte ihn zutiefst, wenn er spürte, dass junge Menschen seine Jugend offenbar nicht wahrnehmen konnten. Plötzlich stieß Anna-Lena einen kleinen Schrei aus. »Doch warte mal, jetzt weiß ich, wen du meinst: Judith. Judith Martens. Die studiert Informatik, kommt aber ab und zu in meine Vorlesungen. Intelligentes Mädchen.« Anna-Lena schob den Schal wieder hoch und rutschte nach unten, um es sich bequem zu machen. Deshalb konnte Wagenfeld den Rest des Satzes nicht mehr verstehen. »Ich glaube, die hat es auch nicht leicht.« Dann schloss Anna-Lena die Augen und schlief ein.

Trotz ihrer Begegnung mit Alfred war die Schicht gut verlaufen. Niemand der Patienten war verwirrter als sonst gewesen, niemand hatte versucht, im Schlafanzug vom Gelände zu verschwinden. Um elf konnte Judith das Pflegeheim verlassen. Es war stockdunkel draußen und für Ende Oktober schon sehr kalt. Sie steckte ihre Hände in die Taschen ihrer Jacke und machte sich auf den Heimweg. Diesmal ging sie langsam und vorsichtig, denn der einsame Strahler, der sonst den parkähnlichen Garten erleuchtete, war offenbar kaputt. Glücklicherweise gehörte die Furcht vor der Dunkelheit nicht zu ihren Ängsten. Deshalb dachte sie sich auch nichts dabei, als sie Schritte hinter sich hörte. Wahrscheinlich war es Alfred, der noch eine letzte Runde machte. Erst als zwei kräftige Hände ihren Schal nach hinten rissen und sie keine Luft mehr bekam, war ihr klar, dass dies ein Irrtum war. Sie wollte schreien, aber zu ihrem Entsetzen kam kein Ton über ihre Lippen. Dann verlor sie das Bewusstsein.

4. Kapitel

»Anna-Lena hat sich kaum verändert.« Dem Tonfall seiner Mutter nach zu urteilen handelte es sich bei dieser Bemerkung nicht um ein Kompliment.

Wagenfeld hob die Zeitung noch ein wenig höher.

»Ist sie gut nach Hause gekommen? Sie sah ja wirklich sehr krank aus.«

»Ich habe sie vor ihrer Haustür abgesetzt, ich nehme an, sie ist danach ins Bett gegangen.« Sicher konnte man sich da allerdings nicht sein.

Für einen Moment war nur das leise Knirschen zu hören, als sie beide in ihre Brötchen bissen.

»Kommst du über Mittag nach Hause?«

Wagenfeld faltete den Weser-Kurier zusammen: »Nein, heute habe ich Vorlesung.« Er musste zugeben, dass sich dieser Satz gut anhörte. Vielleicht hätte er doch eine akademische Laufbahn einschlagen sollen.

Das Stimmengewirr in der Cafeteria war lauter als sonst. Überall standen kleine Grüppchen und schienen aufgeregt über etwas zu diskutieren. Wagenfeld, der von seiner Praxis aus hierher gehetzt war, nahm automatisch an, dass es um die Einführung von Studiengebühren oder um andere existenzbedrohende politische Entscheidungen ging. Er holte sich vom Tresen einen Schokoladenriegel und einen Pappbecher Kaffee und suchte nach einem freien Platz. Erst in der oberen Etage fand er einen Stuhl an einem Zweiertisch, an dem ein einsamer Mann vor einem Berg von Papieren saß.

»Darf ich?« Der Mann blickte auf und er erkannte G.Gabriel. Als auf seine Bitte kein ja oder nein folgte, nahm Wagenfeld das als stumme Einladung und setzte sich. Sein Gegenüber hatte den Blick wieder auf die Papiere gerichtet. Er trug denselben schwarzen Anzug und dieselbe leicht gequälte Miene zur Schau. »Vielleicht hat er ja ein Schweigegelübde abgelegt«, dachte Wagenfeld. Der Mann hatte etwas Linkisches und zugleich Provozierendes an sich.

»Sieht ja heute aus wie in einem Bienenkorb. Wissen Sie, warum alle so aufgeregt sind?«

Ohne aufzublicken, antwortete G.Gabriel: »In einem Bienenkorb geht es deutlich geordneter zu. Das müssten Sie als Akademiker eigentlich wissen.«

»Ich entschuldige mich für meinen unpassenden Vergleich.« Wagenfelds Tonfall klang ein klein wenig aggressiver als er beabsichtigt hatte. Der Mann blickte ihn an. »So weit ich weiß, handelt es sich um ein junges Mädchen.« Bevor er weitersprechen konnte, kam Frau Schwitters, die Institutssekretärin auf sie zu. Ihr kleines Gesicht war vor Aufregung gerötet.

»Haben Sie schon gehört, was passiert ist?«

»Ich war gerade dabei, den Kollegen zu unterrichten. Aber Sie können das sicher besser erzählen. Also bitte.« Mit diesen Worten lehnte er sich zurück.

Das ließ sich Frau Schwitters nicht zweimal sagen. Sie wandte sich an Wagenfeld: »Dann haben Sie es also noch nicht gehört, schrecklich ist es, ganz schrecklich.« Sie schüttelte den Kopf. »Sie war übrigens in Ihrer Veranstaltung, ein ganz nettes Mädchen.« Wenn sie einen Kurs »Wie erhöhe, ich die Spannung?« bei Hitchcock belegt hätte, hätte sie ihren Zuhörer nicht mehr auf die Folter spannen können. Endlich erlöste sie ihn und rückte dazu noch ein wenig näher. »Man hat sie heute Morgen gefunden. Judith Martens. Sie ist erwürgt worden. Und wissen Sie, womit der Mörder es getan hat?« Sie beugte sich vor und flüsterte fast in sein Ohr, »mit ihrem Schal ist sie erwürgt worden. Mit ihrem eigenen Schal.«

Wagenfeld erinnerte sich an den Namen. Anna-Lena hatte ihn erwähnt. Er sah die junge Frau für einen Moment wieder vor sich und ihm fiel auch sein Unbehagen wieder ein, sie weggeschickt zu haben.

»Sie müssen Sie doch auch gut gekannt haben, sie hat doch bei Ihnen Tutorium gehabt.« Frau Schwitters nutzte die Gelegenheit, als am Nebentisch ein Stuhl frei wurde, zog ihn an ihren Tisch und setzte sich.

G.Gabriel nickte. »Sie gehörte zu den wenigen Menschen, die ein natürliches Verständnis für Zahlen hatten.«

Die beiden warteten, ob er noch mehr sagen würde, aber der Statistikdozent schwieg. Offensichtlich hielt er den Satz für eine ausreichende Charakteranalyse.

Eine Gruppe Studenten kam auf sie zu, denen eine ältere Frau folgte, die mit der Grandezza einer afrikanischen Clanmutter auftrat. Ein wallendes Gewand verhüllte ihre üppige Figur, ihr graues Haar war zu einem Pagenkopf geschnitten. Sie blieb an ihrem Tisch stehen. »Wir finden, dass alle Veranstaltungen heute ausfallen sollten. Wir werden einen größeren Raum suchen, um die Studenten über das Vorgefallene zu informieren. Es kann sich ja doch keiner konzentrieren und bevor weitere Gerüchte entstehen, sollte man ihnen die Möglichkeit geben, die Fakten zu erfahren.«

Der Vorschlag war so entschieden vorgebracht worden, dass Wagenfeld nicht erwartet hätte, dass jemand widersprechen würde. Frau Schwitters tat es.

»Das mag so sein, Frau Doktor Gödeler, aber in einigen Kursen sind auch Studenten, die das Mädchen gar nicht kannten und die sich auf ihre Klausuren nächste Woche vorbereiten möchten. Ich denke, man sollte ihnen diese Möglichkeit ebenfalls nicht nehmen, finden Sie nicht auch?« Dabei sah sie die Frau mit schief gelegtem Kopf an.

»Das ist doch kein Problem. Wir informieren die Studenten und wer in der Vorlesung bleiben will, bleibt dort, die anderen kommen zu uns.« Sie wandte sich an Wagenfeld »Ich habe gehört, Sie sind für Frau Herdecke eingesprungen, also betrifft es auch Ihre Studenten. Sie sollten genauso verfahren.« Damit war alles entschieden und sie setzte ihren Weg fort.

»Dann ist ja alles klar.« Wagenfeld konnte nicht verhindern, dass der Satz einen ironischen Unterton bekam.

Die Röte, die Frau Schwitters Gesicht überzogen hatte, war noch stärker geworden. »Ja, so sind sie, unsere Stars. Sie haben eben die Kapazität der Populärpsychologie kennen gelernt. Frau Professor Doktor Gödeler.« Trotz ihres Versuches, der Bemerkung durch ein schiefes Lächeln die Schärfe zu nehmen, war Wagenfeld überrascht über den Hass, der in ihren Worten mitschwang.

»Als Geisteswissenschaftler hat man es bekanntermaßen nicht schwer, zu unverdienter Aufmerksamkeit zu kommen. Die Nachprüfbarkeit von intellektuellem Geschwafel hält sich wohl in Grenzen. In einer Zeit, in der es offenbar nur noch um Äußerlichkeiten geht, macht sich niemand mehr die Mühe tiefer in die Materie einzudringen.« G.Gabriel warf einem kurzen Blick auf seine Armbanduhr und packte seine Sachen zusammen. »Die Vorlesung fängt gleich an. Ich gehe davon aus, dass meine Studenten Wert darauf legen unterrichtet zu werden.« Mit diesen Worten erhob er sich und verließ den Tisch.

Wagenfeld hätte ihn am liebsten aufgehalten, um ihm zu erzählen, dass gerade die neusten Erkenntnisse der Naturwissenschaften einige der zentralen Thesen Freuds stützten, aber ihm war klar, dass dies albern gewesen wäre. Die Institutssekretärin legte ihre Hand auf seinen Ärmel. »Dann gehe ich auch mal. Mit ihrer Vorlesung können Sie es halten, wie Sie wollen. Nur weil eine Frau Doktor Gödeler das sagt, ist hier noch keine Veranstaltung ausgefallen.« Mit diesen Worten verließ sie ihn ebenfalls. Irgendwie erschien Wagenfeld eine akademische Laufbahn nicht mehr so erstrebenswert.

Olaf wusste nicht, was er tun sollte. Er war wie immer in die Uni gefahren, wie immer die langen Korridore entlang gelaufen und hatte sich wie immer pünktlich an einen Tisch gesetzt. Jetzt starrte er auf die Flipchart, auf der jemand »Vorlesung fällt aus. Wegen Mord an Judith« gekritzelt hatte. Es fühlte sich an, als ob er sich in einer gallertartigen Masse bewegen würde, alle Geräusche um ihn herum waren auf eine merkwürdige Art und Weise gedämpft, alles, was er sah, verschwamm vor seinen Augen.

»Geht es Ihnen nicht gut?« Wagenfeld, der dem Hinweis entnahm, dass ihm die Entscheidung ob die Vorlesung stattfinden sollte oder nicht, aus den Händen genommen worden war, blickte auf den Studenten, der vor ihm saß. Sein blondes Haar fiel ihm ins Gesicht und klebte an der feuchten Stirn. Er hatte offenbar nicht bemerkt, dass jemand den Raum betreten hatte, denn als Wagenfeld sprach, erschrak er. Der junge Mann schien unter Schock zu stehen. Wagenfeld setzte sich neben ihn.

»Ganz schön warm hier. Sie sollten ihre Jacke ausziehen. Hübscher Pullover. So einen hatte ich auch mal. Hält warm im Winter. Ist der selbst gestrickt?«

Der Blick, der ihn traf, hätte sensible Naturen veranlasst, auf der Stelle das Weite zu suchen. »Mir ist nicht nach Small Talk, wenn Sie verstehen.«

Wagenfeld war durch die Arbeit mit seinen Patienten abgehärtet. »Haben Sie das Mädchen gekannt?«

Der junge Mann blickte auf seine Hände. Sie lagen wie etwas, das nicht zu ihm gehörte, auf seinen Knien. »Wir haben ein paar Vorlesungen zusammen besucht. Wie man sich halt so an der Uni kennt. Heutzutage ist das ziemlich anonym. Nicht mehr so gemütlich wie damals, als Sie studiert haben. Und jetzt entschuldigen Sie mich.« Er stand auf und griff nach seiner orangefarbenen Plastiktasche. Dabei stieß er den Stuhl so heftig von sich, dass dieser polternd umkippte. Ohne sich umzusehen, verließ er den Raum.

Wagenfeld blieb noch einen Moment sitzen. Das hatte er wohl verdient. Offenbar hatte es zwischen dem jungen Mann und der ermordeten Studentin eine engere Beziehung gegeben. Für einen kurzen Moment sah er sie wieder vor sich stehen, traf ihn wieder ein enttäuschter Blick aus silberfarbenen Augen. Diese Augen waren wirklich beeindruckend gewesen. Er konnte den jungen Mann verstehen. War ihr Blick wirklich enttäuscht gewesen? Für einen Moment glaubte er sich zu erinnern, dass eine Spur Verachtung darin gelegen hatte. Aber vielleicht bildete er sich das auch nur ein. Seufzend nahm er seine Tasche und machte sich auf den Weg nach Hause. Als er aus dem Gebäude trat, musste er blinzeln. Der Regen der letzten Tage hatte aufgehört. Eine Herbstsonne schien überraschenderweise auf das nasse Laub und ließ es glänzen. Die Luft war kühl und frisch. Wagenfeld beschloss, dass ihm ein kleiner Spaziergang gut tun würde. Auf dem Weg zum Unisee kam er an den neu errichteten Gebäuden vorbei. Wehmütig dachte er an seine letzte Englandreise, an die Türme von Oxford, die Innenhöfe der Colleges und die Rad fahrenden Dekane und Studenten. Als sich ein schwarzes Untier vor ihm aufbaute und ihm knurrend den Weg versperrte, wurde er jäh in die Wirklichkeit zurück geholt. Hunde gehörten nicht zu seinen Lieblingstieren und der Gedanke, dass sie das sicher spüren konnten, machte die Sache nicht besser.

»Hermann komm, komm her, du sollst herkommen.« Eine ältere Frau tauchte aus dem Gebüsch auf. Der Hund knurrte noch einmal eindrucksvoll und trottete dann mit eingezogenem Schwanz auf seine Besitzerin zu. Die zog ihm eins mit einer zusammengerollten Zeitung über und Wagenfeld wunderte sich nicht zum ersten Mal über die seltsamen Machtfantasien, die einige Hundebesitzer auslebten. Der Sand unter seinen Füßen war von unzähligen Pfotenspuren durchzogen, aber glücklicherweise war kein Hund mehr zu sehen. Vor ihm lag die glatte graue Fläche des Sees, in der ein einsamer Surfer mit seinem Brett kämpfte. Erst jetzt fiel Wagenfeld auf, dass es fast windstill war, was in Bremen eher selten vorkam. Das hatte ihm neben einigen anderen Dingen während seines Studiums in Tübingen am meisten gefehlt: Ein kräftiger Wind, der einem den Kopf freipustete. Heute allerdings hätte es dazu schon eines Orkans bedurft, musste er zugeben und ihm wurde klar, warum er so intensiv über seine Vergangenheit nachdachte. Alles in ihm weigerte sich an die Gegenwart zu denken, an eine tote junge Frau, die etwas von ihm gewollt hatte, das er ihr jetzt nicht mehr geben konnte.

Nachdem er den Nachmittag in seiner Praxis verbracht hatte, wo es ihm nur mühsam gelungen war, sich auf seine Patienten zu konzentrieren, ging er auf dem Heimweg bei Lübbers vorbei. Der hatte gerade die Obstkisten, die draußen standen, hereingeholt und war dabei, den Laden abzuschließen. Als er Wagenfelds Gesicht sah, fragte er nicht lange, sondern führte ihn nach hinten in seine kleine Küche.

»Wie sieht es aus, Doc, immer noch das Vorbild der Jugend?« Wagenfeld schüttelte den Kopf. Ein paar Minuten später erfüllte ein würziger Geruch den Raum und Wagenfeld gelang es, sich zu entspannen. Nachdem er alles erzählt hatte, lehnte er sich auf dem wackeligen Küchenstuhl nach hinten und hob den Kopf zur Decke.

»Wieso passiert mir das schon wieder?«

»Da oben wohnt nur Frau Hagemann, die kann dir das auch nicht sagen.«

»Wer weiß, es gab doch mal die Theorie, dass Gott eine Frau ist.«

Lübbers gestattete sich ein Grinsen. »Wie ich Frau Hagemann kenne, würde das vieles erklären.« Er stand auf und goss sich Tee aus einer Thermoskanne ein. »Willst du auch?« Wagenfeld lehnte ab. Das Getränk roch nach einer Mischung aus Himbeere und Badezusatz. »Vielleicht wirft sich der Mörder ja wieder in deine Arme und beichtet alles. Vielleicht bist du ja mit einem magischen Mördermagneten ausgestattet.« Einen Moment dachten beide über das Wort nach.

»Magischer Mördermagnet?« Wagenfeld seufzte. Das hatte ihm gerade noch gefehlt.

5. Kapitel

»Du musst etwas essen, Gottlieb. Wenigstens eine Kleinigkeit.« Mit diesen Worten schob sie ihm den Teller hin, auf dem ein getoastetes Weißbrot mit Gurkenscheiben lag. Die Kruste des Brotes war säuberlich abgeschnitten und ein weiterer Schnitt hatte die Scheibe in zwei gleich große Dreiecke geteilt. Am Anfang ihrer Beziehung hatte sie sich einen Spaß daraus gemacht, sein Essen, wann immer es möglich war, als geometrische Figur zu servieren. Sie hatte sogar ein kleines Gerät gekauft, mit dem man hart gekochte Eier in eine Würfelform zwingen konnte. Hatte er sich anfangs noch geschmeichelt gefühlt durch diese Aufmerksamkeit ihm gegenüber, für den Strukturen und Zahlen alles waren, fühlte er sich jetzt eher peinlich berührt. Trotzdem war er dankbar für ihre Fürsorge, auch wenn er es nicht so formuliert hätte. In ihrer Ehe gab es eine Teilung der Aufgaben und zu ihren Aufgaben gehörte es für sein leibliches und seelisches Wohl zu sorgen. Über seinen Teil machte er sich selten Gedanken. Ohne ein Wort nahm er eine Hälfte des Toastes und biss hinein. Als sie keine Anstalten machte, das Zimmer zu verlassen, sah er auf. Sie stand an den Türrahmen gelehnt und beobachtete ihn. Ihre Figur, die immer noch schlank war, hatte sie der harten Arbeit in einem Fitnessstudio zu verdanken. »Sie wird alt«, dachte er ohne besondere Regung. Er nahm es einfach nur zur Kenntnis.

»Du denkst bitte daran, dass wir heute Abend zum Treffen eingeladen sind?« Das Treffen bestand aus einem lose stattfindenden Beisammensein von Mitgliedern der Universität, bei dem man Privates und Geschäftliches besprach, eine Kleinigkeit aß und den Austausch über die Fachbereiche hinaus genoss. Man traf sich reihum in den Wohnungen der Teilnehmenden, was den privaten Charakter erhöhen sollte. Er hätte gut auf diese zwanghaft hergestellten Kontakte verzichten können, war sich aber auch klar darüber, dass es seiner Karriere hinderlich sein könnte, wenn er sich jedem sozialen Austausch widersetzte. Er brummte seine Zustimmung und wandte sich wieder seiner Arbeit zu. Kurz darauf hörte er die Tür klappen. Seine Frau hatte das Zimmer verlassen. G. Gabriel war wieder allein.

Eine kräftige Windböe ließ ihn gegen das Geländer der Bürgermeister-Smidt-Brücke taumeln. Der Schirm, den er gegen den heftigen Regen aufgespannt hatte, ließ sich nicht mehr bändigen und Wagenfeld gelang es nur unter Mühen ihn zusammen zuklappen. Obwohl es nur noch wenige Meter bis zu Anna-Lenas Wohnung waren, würden sie ausreichen, um ihn bis auf die Haut zu durchnässen. Sie hatte ihn in der Praxis angerufen und um seinen Besuch gebeten. Der Klang ihrer Stimme war ungewohnt nervös gewesen und so hatte er sich entschlossen nach seiner Sprechstunde noch bei ihr vorbeizufahren. Als sie ihm die Tür öffnete, erschrak er. Wenn Anna-Lena vorher krank ausgesehen hatte, dann sah sie jetzt aus, als wäre sie gerade noch dem Tode entronnen. Die Ringe unter ihren Augen waren so dunkel, dass sie wie eine Maske wirkten. Nur an der Empörung in ihrer immer noch kräftigen Stimme war die alte Anna-Lena zu erkennen.

»Sie sind gerade weggegangen. Sie haben mich verhört. Mich. Mich haben sie verhört.«

Wagenfeld fühlte sich an einen Fernsehdialog erinnert, bei dem man durch penetrante Wiederholung sichergehen wollte, dass der Zuschauer auch alles Wichtige mitbekam. »Ich nehme an, du meinst die Polizei. Das wundert mich nicht. Sie war in deinem Kurs, du hast sie gekannt.« Die nassen Hosenbeine klebten unangenehm kalt an seiner Haut. Flüchtig überlegte er, ob er Anna-Lena um ihren alten Herrenbademantel bitten sollte, bis die Hose trocken war. Die Stille irritierte ihn. Anna-Lena war auf einmal so schweigsam.

»Was ist, hast du kein Alibi?«

»Wagenfeld, halt die Klappe.« Neben dieser Grobheit schwang aber noch ein anderer Ton mit, deshalb überging er die Beleidigung. Verwundert erkannte er, dass sie besorgt war. So behutsam wie möglich fuhr er fort: »Haben sie dich nach etwas Besonderem gefragt?«

Ehe sie antwortete, begann sie umständlich die dicken Samtkissen aufzuschütteln. Dabei öffnete sich ein Knopf an ihrem alten Flanellschlafanzug und gab den Blick auf ein sehr ansehnliches Dekolleté frei. Wagenfeld griff nach der Teekanne, die vor ihm stand. Sie war die Keramiknachbildung eines Affen. Der Schwanz bildete den Henkel und aus seinem geöffneten Mäulchen ergoss sich der Tee in seinen Becher. Auf dem Becher war eine Diddlmaus abgebildet. Er nahm ihn mit beiden Händen und versuchte dabei, das Bild zu überdecken, während er trank. Als er aufsah, hatte Anna-Lena ihr Lager gerichtet und sich die Decke bis unters Kinn gezogen. Sie sah ihn nicht an, als sie sprach.

»Wir hatten mal einen Streit.« Sie runzelte die Stirn. »Streit kann man eigentlich nicht sagen. Eine Diskussion.« Nachdem sie umständlich einen Hustenbonbon ausgewickelt und in den Mund gesteckt hatte, fuhr sie etwas undeutlich fort: »Ich weiß genau, wer das den Bullen erzählt hat. Diese alte Ratte.« Wagenfeld suchte nach einem Platz, auf dem er seinen Becher abstellen konnte. Der Tisch war übersät mit Zeitschriften, Papieren und altem Geschirr und er wurde kurz abgelenkt. »Hast du eigentlich niemanden, der dir hilft?«

Anna-Lena beäugte ihn wie ein seltsames Insekt. »Die Nachbarin kommt ab und zu. Wagenfeld, ich erzähle dir gerade etwas Wichtiges.« Er stellte den Becher ab und beugte sich vor, um absolute Konzentration zu signalisieren. Sie fuhr fort. »Es ging um die Besetzung einer Stelle. Eine Kollegin war für den Posten vorgeschlagen worden und hat ihn bekommen, obwohl alle wussten, dass ihr männlicher Mitbewerber wesentlich qualifizierter war. Darüber hat sich Judith wahnsinnig aufgeregt. Sie wollte bis zum Rektor gehen. Ich habe versucht, ihr zu erklären, wie viel unqualifizierte Männer auf akademischen Posten sitzen, aber für sie war das kein Argument.« Anna-Lena verdrehte die Augen. »Dieses Mädchen hatte einen so hohen moralischen Anspruch, dass sie kaum noch geradeaus gucken konnte. Aber ich mochte sie. Auch wenn sie manchmal anstrengend war.«

Wagenfeld, der sich in seinen nassen Sachen langsam unbehaglich fühlte, suchte nach tröstenden Worten. »Aber daraus macht doch niemand ein Mordmotiv. Ich meine, nur weil du dich mal mit ihr gestritten hast?« Er versuchte es vorsichtig auszudrücken: »Übertreibst du da nicht etwas?«

Anna-Lena schnaubte. »Du hättest sehen sollen, wie die mich angeguckt haben. Der dritte Grad war nichts dagegen.« Sie setzte sich auf und verschränkte die Arme vor der Brust. »Sag mal, kennst du einen Beamten, der Krüger heißt? Als ich erzählt habe, dass ich gar nicht an der Uni war, weil du mich vertreten hast, hat er so komisch geguckt und gefragt: der Psychologe?«

»Psychoanalytiker.« Wagenfeld korrigierte automatisch. »Es gab da mal etwas, ich meine, ich habe Ihnen vor einiger Zeit bei den Ermittlungen geholfen. Ist nicht so wichtig.« Und er erzählte von dem toten Jungen und seiner Rolle bei der Aufklärung. Einiges verschwieg er und bei einigen Dingen übertrieb er ein wenig. Die ganze Zeit musterte ihn Anna-Lena neugierig. Als er ging, waren seine Hosenbeine wieder trocken.

Die Platte mit den Lachshäppchen war fast leer. Sie waren perfekt arrangiert und niemand kam auf die Idee, dass Frau Doktor Gödeler sie selbst hergerichtet haben könnte. Die Gastgeberin hatte sich in einige Meter Stoff gehüllt und sprach gerade mit einem Dozenten, der neu an die Bremer Universität gekommen war. Er schwärmte von seiner neu eingerichteten Küche und einem ultimativen Rezept für die Zubereitung von Wild.

»Das Kochen überlasse ich Leuten, die etwas davon verstehen. Ich esse lieber, wie man unschwer erkennen kann.«

Der Geowissenschaftler wollte etwas sagen, aber Frau Doktor Gödeler unterbrach ihn. »Ich habe absolut kein Problem damit, nicht in die gesellschaftliche Norm zu passen.« Sie zwinkerte ihm zu. » In anderen Kulturen wäre ich wahrscheinlich eine Göttin.« Dann lachte sie laut und herzhaft und trank einen Schluck Weißwein.

G.Gabriel stand in der Tür zum Flur, mit einem Glas Sekt in der Hand, und beobachtete sie. Seine ganze Wohnung hätte Platz in diesem Wohnzimmer gehabt. Überquellende Bücherregale bedeckten jede freie Wandfläche. Das Parkett war liebevoll restauriert und in der Mitte des Raumes stand ein schwarzes Ledersofa von solchen Ausmaßen, dass er sich fragte, wie man es durch die Tür bekommen hatte. Wahrscheinlich hatte Frau Doktor Gödeler einen Kran gemietet und es durch eins der riesigen Fenster hieven lassen.

»Und, amüsieren Sie sich, mein Bester?« Die Gastgeberin hatte ihr Gespräch über die Zubereitung von Essen beendet und stand auf einmal neben ihm.

G.Gabriel murmelte eine Antwort. Er wusste, dass in der Anrede »mein Bester« eine Beleidigung verborgen war, fühlte sich aber wie immer nicht in der Lage angemessen zu reagieren. Während er noch nach einer passenden Entgegnung suchte, gesellte sich seine Frau zu ihnen.

»Du hast noch gar nichts gegessen, Liebling. Dort drüben sind noch ein paar Häppchen, soll ich dir etwas holen?« Ihr Kleid ist zu kurz, dachte er, man sieht ihre knochigen Knie.

»Ihr Gatte wollte mir nicht verraten, ob er sich amüsiert, gefällt es Ihnen denn wenigstens?«

G.Gabriel hörte zu, wie seine Frau irgendetwas plapperte, und trank sein Glas Sekt aus.

»Na, ist ja mächtig gute Stimmung was?« Ein Kollege aus der Mathematik war zu ihnen getreten. »Wundert mich, dass niemand den Mord erwähnt. Ich dachte, das wäre heute ein Thema.«

G.Gabriel sah, wie die Augen seiner Frau sich weiteten. »Ein Mord? Davon hast du ja gar nichts erzählt.«

Der Kollege warf ihm einen neugierigen Blick zu. »Ja, eine Studentin. Du musst sie doch auch gekannt haben, war sie nicht in deinem Tutorium? Die Polizei hat wohl einen ihrer Kommilitonen verhaftet. Das war heute jedenfalls das letzte Gerücht. Wenn es stimmt, war es schnelle Arbeit.«

»Das arme Mädchen. Die Verrohung unserer Gesellschaft schreitet voran.« Zwei steile Falten erschienen auf Frau Doktor Gödelers Stirn.

Zu diesem Thema konnten alle etwas beitragen und als sie bei der Banalisierung des Alltages und dem Fallen jeglicher Schamgrenzen in den Medien angekommen waren, fühlte sich G.Gabriel fast wohl. Er hatte das zweite Glas Sekt getrunken und spürte, wie ihm der

Alkohol ein klein wenig zu Kopf stieg. Er tauschte sich gerade mit einem Mathematikkollegen über die mangelnden Kenntnisse der Studenten aus, als seine Frau ihn am Ärmel zupfte.

»Ich möchte jetzt gehen, Gottlieb. Ich habe ein wenig Kopfschmerzen.« Normalerweise war er es, der zum Aufbruch drängte.

»Möchten Sie eine Kopfschmerztablette, meine Liebe?« Frau Doktor Gödeler, die gerade einen Exkurs über die Geschichte der Kriminalistik hielt, unterbrach sich kurz.

»Nein danke, ich sollte lieber keine Tablette nehmen, ich habe ein Glas Sekt getrunken. Es geht mir sicher gleich besser.«

Ihre Gastgeberin musterte ihr blasses Gesicht und wandte sich an G.Gabriel. »Ihre Frau sollte sich kurz hinlegen. Kommen Sie, ich zeige Ihnen, wo das Schlafzimmer ist.«

Trotz der protestierenden Laute seiner Frau führte sie Frau Doktor Gödeler über den Flur. Sie folgten ihr in einen dunklen Raum.

»Warten Sie, ich mache Ihnen Licht. So ist es besser. Ruhen Sie sich einen Moment aus, ich rufe Ihnen ein Taxi.« Dann verschwand sie.

Ohne weiteren Widerspruch legte sich seine Frau auf das Bett und schloss die Augen. Er konnte sehen, wie schlecht es ihr ging. Obwohl es ihm peinlich war, sich plötzlich in einem fremden Schlafzimmer wiederzufinden. verspürte er eine ungewohnte Neugierde. Hier verbrachte die dumme Kuh also ihre intimsten Momente. Wenn es in ihrem Leben überhaupt intime Momente gab. Das Bett war groß, aber das musste es bei ihrer Figur ja auch sein. Ein Kleiderschrank, wie alles in der Wohnung überdimensioniert, bedeckte die eine Wand. Vor den Fenstern waren rote Vorhänge zugezogen und ließen kein Licht von außen durch. Plötzlich hörte er die Stimme seiner Frau.

»Wo bist du?«

»Ich bin hier, Schatz.« Er setzte sich auf die Bettkante und sie griff nach ihm, ohne die Augen zu öffnen.

Neben dem Bett stand kein Nachttisch, sondern ein kleiner runder Tisch, auf dem Bücher lagen. In einigen steckten Lesezeichen, ein Taschenbuch lag umgedreht auf dem Tisch. Er drehte den Kopf, aber der Verfasser sagte ihm nichts. Viel verriet das Schlafzimmer ohnehin nicht über sie. Ein einziges Foto stand auf dem Nachttisch. Es zeigte ein kleines Mädchen an der Hand eines älteren Mannes. Das Kind hatte Zöpfe und war so mager, dass seine Knie gefährlich spitz wirkten. G.Gabriel war enttäuscht. Sein Blick fiel auf die Nachttischschublade. Wenn seine Frau nicht mit dieser Leidensmiene auf dem Bett gelegen hätte… . Er betrachtete sie. Winzige Schweißperlen standen auf ihrer Stirn und ihre Hand war feucht und kalt. Er musste sich beherrschen, seinen Arm nicht wegzuziehen. Er dachte an die kleine Dreizimmerwohnung, in der er wohnte. Vielleicht würden sie sich irgendwann auch etwas Besseres leisten können. Sicherlich nicht vergleichbar mit Frau Doktor Gödelers Altbauwohnung mit den hohen Stuckdecken und den Parkettböden, direkt am Bürgerpark. Aber zumindest würden sie in eine andere Gegend ziehen. Dass gerade ein Mensch wie er, der Ruhe über alles liebte, im Viertel gelandet war, einem Stadtteil, der berühmt war für seine Toleranz gegenüber den Wohn- und Lebensexperimenten seiner Bewohner, konnte nur als unglücklicher Zufall bezeichnet werden.

Seine Frau sagte etwas. Ihre Stimme war so leise, als sie sprach, dass er Mühe hatte, sie zu verstehen. »Hast du sie gekannt?«

Im ersten Moment wusste er tatsächlich nicht, wen sie meinte. Dann fiel es ihm wieder ein. Er fühlte, wie er rot wurde. »Sie war in meinem Statistikkurs. Ich wollte dich nicht aufregen, deshalb habe ich nichts gesagt.« Er spürte selbst, dass sich der Satz wie eine Lüge anhörte.

Plötzlich stand Frau Doktor Gödeler im Türrahmen. »Ihr Taxi ist da.«

6. Kapitel

Der große Raum war weiß gehalten und ein Bild, auf dem riesige Blüten dargestellt waren, bildete den einzigen Farbklecks. Außer seinem alten Schreibtisch vor den hohen Fenstern und dem Besucherstuhl davor, standen nur noch die Couch und ein Sessel in seinem Behandlungszimmer. Von diesem Sessel aus beobachtete Wagenfeld den Hinterkopf seiner Patientin. Sie war ein wenig nachlässig geworden, wie er von seinem Platz aus sehen konnte. Das schwarze Haar schimmerte an den Wurzeln grau. Als sie das erste Mal in seine Praxis gekommen war, hatte ihr Äußeres fast wie ein Schutzschild gewirkt. Ihr Nadelstreifenkostüm war perfekt geschnitten gewesen und ihre kurzen Haare waren so schwarz, dass sie ihr nicht mehr ganz junges Gesicht hart machten. Jetzt war sie ein halbes Jahr bei ihm und er konnte beobachten, wie der Panzer mit jeder Sitzung durchlässiger wurde. Sie erzählte gerade von ihrer letzten Beziehung, dem Mann, den sie kennen gelernt und der großen Enttäuschung, die sie erlebt hatte, als die Beziehung wie alle ihre Beziehungen, abrupt endete. Es war jedes Mal derselbe Männertyp, mit dem sie die schmerzlichen Erfahrungen ihrer Kindheit immer wieder aufs Neue inszenierte. Aber noch war sie nicht so weit, diese Erkenntnis zuzulassen. Wagenfelds Gedanken schweiften für einen Moment ab und er musste an das Gespräch mit Anna-Lena denken. Sie hatte wirklich verstört ausgesehen und er hätte ihr gerne geholfen. Die Begegnung mit dem gewaltsamen Tod eines Menschen konnte heftige Gefühle auslösen, wie er aus eigener Erfahrung nur zu gut wusste.

»Er hat mich so geliebt, ich habe es doch gespürt, Ich weiß nicht, was passiert ist. Auf einmal wollte er nicht einmal mehr mit mir sprechen. Aber er hat doch gesagt, wie sehr er mich liebt.«

Die Stimme seiner Patientin brachte Wagenfeld in die Wirklichkeit zurück. Was passiert war, hätte er ihr leicht erklären können. Aber sie musste es leider mühsam selbst herausfinden.

Nach zwei weiteren Patienten waren seine Nachmittagssitzungen für heute erledigt. Es war anstrengend gewesen und er fühlte sich völlig leer. Müde nahm er seinen Regenmantel vom Garderobenhaken und warf noch einen letzten Blick in das Zimmer. Draußen begann es schon dunkel zu werden. Der November hatte begonnen und er spürte, wie er trübsinnig wurde. Ihm fiel das Rilkegedicht ein, von dem er immer nur die Zeile »wer jetzt kein Haus hat, baut sich keines mehr« behalten konnte. Am Fahrstuhl verkündete ein Schild, dass er außer Betrieb war. Wagenfeld machte sich auf den Weg durch das Treppenhaus. Ein Hauch von Bohnerwachs drang in seine Nase. Der weiße Marmor an den Wänden und die Stuckelemente erinnerten noch an die glanzvolle Vergangenheit des alten Hauses. Heute waren die großbürgerlichen Wohnungen in Apartments und Büroräume aufgeteilt, die fast immer an Ärzte und Juristen vermietet wurden. Von außen erinnerte ihn das Gebäude mit seinen zahllosen Erkern, halbrunden Balkonen und Säulen immer an ein Grandhotel. Seine Praxis lag »Außer der Schleifmühle« und die zehn Minuten bis zur Uhlandstraße ging er gern zu Fuß. Auf der Bismarckstraße tobte der Feierabendverkehr und Wagenfeld beschleunigte seine Schritte. Diesmal hielt er nicht an Lübbers kleinem Laden, sondern ging weiter durch den Concordiatunnel und atmete erst wieder ein, als er in die ruhige Seitenstraße einbog. Die Uhlandstraße mit ihren schönen Bremer Häusern schien zu einer anderen Welt zu gehören. Er hing an seinem Elternhaus. Ab und zu versuchte er auszurechnen wie oft er schon die alte Steintreppe zur Haustür hochgestiegen war, gab es aber immer wieder auf. Als er seinen Schlüssel ins Schloss steckte, fiel ihm plötzlich ein, dass seine Mutter morgen Geburtstag hatte. Zum ersten Mal in seinem Leben hatte er das wirklich völlig vergessen. Der Gedanke erschütterte ihn.

Er hing seinen Regenmantel an die Garderobe und ging, so leise er konnte, die Treppe zu seiner Wohnung hoch. Offenbar war sie nicht zu Hause, denn von unten war kein Geräusch zu hören. Gegen seine Gewohnheit öffnete er die Türen der Anrichte, auf der seine Anlage stand. Sie diente gleichzeitig als kleine Bar und wurde nur genutzt, wenn er Besuch hatte. Aber jetzt hatte er das Gefühl, ein kleiner Whisky würde ihm gut tun. Der torfige Geschmack erinnerte in an seinen letzten längeren Urlaub, als er die Orkneyinseln besucht hatte. Wie lange war das her? Er konnte es nicht fassen.

Vielleicht fühlte er sich deswegen so erschöpft. Er legte sich auf das kleine Ledersofa, das unter dem Fenster stand. Es war zu kurz, um es sich darauf richtig gemütlich zu machen, aber wenn er seine Beine über die Armlehne baumeln ließ, war es halbwegs bequem. Eine Hand unter den Kopf starrte er, das Whiskyglas auf seinem Bauch balancierend, an die Decke. Er dachte über Urlaub nach und die Tatsache, dass er, obwohl er sein eigener Herr war, es seinen Patienten schuldete, solche Termine langfristig anzukündigen. Das ließ keinen Raum für Spontanität. Vielleicht konnte er nächstes Jahr in den Sommerferien länger Urlaub machen als die Woche, die er sich normalerweise zugestand. Plötzlich fiel ihm wieder ein, warum er hier lag und über Urlaub nachdachte. Seufzend stellte er das leere Whiskyglas auf den Beistelltisch und griff zum Telefon.

»Ja, ich bin es. Ich brauch mal deine Hilfe. Ich habe kein Geburtstagsgeschenk. Fällt dir irgendetwas ein, so auf die Schnelle?«

Der Wind blies ihm kalt ins Gesicht und fuhr unter seine Jacke. Nicht zum ersten Mal fragte sich G.Gabriel wie es sein konnte, dass er morgens auf der Hinfahrt zur Universität genauso Gegenwind hatte, wie jetzt, wenn er sie verließ. Vielleicht war das einfach typisch für sein ganzes Leben, dachte er, immer gab es irgendwelche Umstände, die den geraden Weg, den er eigentlich gehen sollte, zu einer holprigen Strecke werden ließen und ihn zwangen, eine Abzweigung zu nehmen. Noch vor zehn Jahren, mit Anfang dreißig, hatte es so ausgesehen als würde er schnell die akademische Leiter nach oben klettern. Nach seinem Mathematikstudium hatte er sofort eine Anstellung an der Universität gefunden und begonnen seine Doktorarbeit zu schreiben. Er hatte sich seinen Doktorvater sorgfältig ausgesucht, einen bekannten Mathematiker, der ihn protegierte und sich sehr für ihn einsetzte. Als er wenig später seine Frau traf, die ihn unterstützte, war er, soweit es sein nüchterner Charakter zuließ, beinahe glücklich. Er hatte das Glück nicht festhalten können. Es hatte ihn verlassen, wie ihn seine Mutter verlassen hatte, als er noch ein Kind war. Durch einem Sportunfall beim Drachenfliegen starb sein Doktorvater. Er stürzte einfach vom Himmel. Die Nachricht hatte ihn wie ein Faustschlag getroffen und seine Wut war heute noch so grenzenlos wie damals. Dieser alte Narr, der geglaubt hatte, sich wer weiß was beweisen zu müssen, hatte sein Leben zerstört. Es dauerte Monate, bis es ihm gelungen war, einen anderen Doktorvater zu finden. Bald stellte sich heraus, dass es sich um keine gute Wahl gehandelt hatte. Schon nach kurzer Zeit stritten sie über einen mathematischen Beweis, der eine zentrale Stelle in seiner Arbeit einnahm. Außerdem hatte er hinter seinem Rücken intrigiert. Es gab keine andere Erklärung dafür, dass ihn wichtige interne Papiere nicht oder zu spät erreichten oder dass manche Gespräche unter Kollegen verstummten, wenn er an ihren Tisch trat. Das Ganze hatte ihn so sehr belastet, dass er unfähig war, an seiner Doktorarbeit weiterzuschreiben. Zuhause hatte es Streit und Vorwürfe gegeben. Es war ihm immer schwerer gefallen, seine Wut zu unterdrücken. Dann endlich wechselte dieser Mann an eine andere Universität und sein Leben begann sich wieder zu normalisieren. Und jetzt das. Er dachte an den Abend bei der Gödeler und an das vorwurfsvolle Gesicht seiner Frau. Der Wind wurde heftiger und er beugte sich so tief über den Lenker, wie es ihm möglich war. Auch das war typisch für ihn, dachte er bitter, sich ducken, darin hatte er es zu einer Meisterschaft gebracht. Am Stern bog er in die Hollerallee ein. In letzter Sekunde wich er einem Autofahrer aus, der ihm die Vorfahrt nahm. Natürlich hätte er auch das Auto nehmen können, aber die Fahrt zur Arbeit war die einzige körperliche Anstrengung, die er sich auferlegte. Das Auto benutzte fast ausschließlich seine Frau, wenn es nicht gerade in Reparatur war. Es war mittlerweile so alt, dass sie dringend ein neues gebraucht hätten. Aber er weigerte sich, dafür Geld auszugeben. Weil er nicht mehr daran glaubte, dass es ihm irgendwann gelingen würde, eine Professur zu erhalten, sparte er, soviel er von seinem Gehalt abzweigen konnte, für das Alter. Ihm war klar, dass ein Mann, der seit sieben Jahren an seiner Doktorarbeit schrieb, in der freien Wirtschaft keine Chance mehr hatte und wie lange er seine Dozentenstelle behalten konnte, wusste niemand. Endlich bog er ins Fesenfeld ein. Er fuhr auf dem Bürgersteig bis zum Haus und war noch nicht abgestiegen, als seine Nachbarin die Tür öffnete, als hätte sie auf sein Erscheinen gewartet. »Ach Herr Gabriel, gut, dass ich Sie treffe, da ist ein Paket für Sie gekommen. Warten Sie, ich hole es.« Sie verschwand im Haus und ihm blieb nichts anderes übrig, als auf ihre Rückkehr zu warten. Er wusste, dass sie mit der Briefträgerin immer ein Schwätzchen hielt. Wahrscheinlich hatte sie ihr das Paket mit den Worten: »Dann sparst du dir eine Treppe« aus der Hand gerissen. Alles nur, weil sie sich wichtig machen wollte. Endlich kam sie wieder, in der Hand etwas Kleines, das mit Leichtigkeit durch den Briefkastenschlitz gepasst hätte. Gabriel gelang es nur mit Mühe sich höflich zu bedanken. »Ihre Frau war gar nicht zu Hause, arbeitet sie wieder?« Ohne zu antworten, öffnete er die Tür und verschwand im Haus. Um zu seiner Wohnung zu gelangen, musste er ein Stück über den Flur der unteren Wohnung gehen. Glücklicherweise war die alleinstehende Frau, die dort wohnte, nicht zu Hause. Dafür war er dankbar. Das Letzte, was er jetzt gebrauchen konnte, war noch eine neugierige Frau, die sich mit ihm unterhalten wollte. Sie sollten sich wirklich nach einer neuen Wohnung umsehen. Die Holztreppe knarrte, während er nach oben ging. Er hörte, wie unten ein Schlüssel ins Schloss gesteckt wurde. Die quengelige Stimme eines müden Kindes kündigte an, dass seine Nachbarin nach Hause kam. Schnell stieg er die letzten Stufen hoch.

7. Kapitel

Es wurde langsam dunkel, aber das störte ihn nicht. Olaf saß auf einer Bank am Weserufer und starrte auf das graue Wasser. Er konnte sich nicht mehr erinnern, hierher gelaufen zu sein. Er konnte sich an alles nur noch vage erinnern. An die Polizisten, die nach der Vorlesung auf ihn gewartet und höflich gefragt hatten, ob er sie mit auf die Wache begleiten würde. An das muffige Zimmer, in dem sie immer wieder von seiner Beziehung zu Judith gesprochen hatten und an die Fragen nach seinem Alibi. Seit ihrem Tod war es, als ob er in einer gallertartigen Flüssigkeit schwamm, die alle Geräusche und Gerüche dämpfte. Selbst die Stadt sah anders aus, als er sie in Erinnerung hatte: Die Häuser wirkten kleiner als sonst und alles schien seltsam verlangsamt zu sein. Beinahe wäre er von einem Auto angefahren worden, aber weder das wütende Hupkonzert noch die wüsten Beschimpfungen des Fahrers hatte er wirklich gehört. Auf der anderen Seite des Ufers konnte man die Umrisse des Café Sand erkennen. Ein Schlepper tuckerte in Richtung Stephanibrücke. Es musste in diesem Sommer gewesen sein, als er mit Judith hier gesessen hatte, auch wenn es ihm jetzt so vorkam, als wären seitdem Jahre vergangen. Sie waren nach der Uni mit dem Fahrrad hierher gefahren. Eine Zeit lang hatten sie nur dagelegen und den Wolken hinterher geguckt. Er erinnerte sich, wie Judith die Stelle vorher sorgfältig untersucht hatte, wegen der zahllosen Hunde, die hier herumliefen, aber ausnahmsweise war das Gras sauber gewesen. Einmal hatten sich ihre Arme gestreift. Er konnte sich noch genau an das Gefühl erinnern. Ihr Arm war braun gewesen, mit winzigen Sommersprossen übersät. Unversehens stupste etwas energisch gegen sein Bein. Als er sich umwandte, sah er einen kleinen Mischlingshund, der einen Stock vor seine Füße gelegt hatte. Er hielt den Kopf schief und wartete. Olaf nahm den Stock und warf ihn in die Weser. Da gab es etwas, dass er tun sollte, aber so sehr er sich auch anstrengte, ihm fiel nicht mehr ein, was es war.

Wagenfeld hatte Mühe, wach zu werden. Erst nachdem er geduscht hatte, fühlte er sich etwas besser. Als er nach unten kam, saß seine

Mutter schon am Frühstückstisch. Er küsste sie auf die Wange und gratulierte ihr zum Geburtstag. Für einen kurzen Moment hatte er vergessen, was er ihr schenken wollte, aber dann fiel es ihm wieder ein. Nachdem er sich gesetzt hatte, gab er ihr den Umschlag. Lübbers hatte ihm zwei Karten für die Premiere der Zauberflöte heute Abend besorgt. Seine Mutter liebte die Oper.

»Dass du daran gedacht hast.« Ihre Stimme klang so ungewohnt gerührt, dass er für einen Moment ein schlechtes Gewissen hatte. »Kannst du dich denn heute Abend freimachen?« Er nickte unwillkürlich, anstatt sich eine Ausrede auszudenken. Vielleicht würde es ja nicht so schlimm werden. Auf seinem kurzen Spaziergang in die Praxis ertappte er sich sogar dabei, dass er eine kleine Melodie vor sich hinsummte. Er hatte kaum seinen Mantel ausgezogen, als es auch schon an der Tür klingelte. Seine erste Patientin war die dunkelhaarige Frau von gestern. Sie kam seit einem halben Jahr an drei aufeinanderfolgenden Tagen und war immer pünktlich gewesen. Jetzt war sie fast zehn Minuten zu früh dran. Sie wirkte aufgeregt und hatte sich kaum auf die Couch gelegt, als es aus ihr herausbrach.

»Ich bin so glücklich, Herr Doktor, ich kann Ihnen gar nicht sagen, wie glücklich ich bin.«

Wagenfeld, der nur den Hinterkopf seiner Patientin sah, schnitt eine Grimasse. Er konnte sich vorstellen, welche Geschichte sie ihm erzählen würde.

»Ich bin gestern Abend mit einer Freundin in ein Restaurant gegangen. Wir wollten uns nur unterhalten, ein netter Abend unter Frauen, Sie wissen schon. Und da ist es passiert. Er kam an unseren Tisch und erst waren wir gar nicht erfreut, weil wir doch reden wollten, aber er war wirklich charmant, sehr gute Erziehung und so, Sie wissen schon.«

Wagenfeld wusste.

»Aber nicht, dass Sie glauben, ich hätte nichts gelernt im letzten halben Jahr, ich bin diesmal wirklich vorsichtig.« Um die Ernsthaftigkeit ihrer Aussage zu unterstreichen, senkte die Frau ihre Stimme. »Diesmal glaube ich nicht alles, was er mir erzählt, Sie wissen schon. Diesmal bin ich vorsichtig. Aber ich habe ein gutes

Gefühl, diesmal habe ich ein gutes Gefühl, ganz ehrlich. Tief drinnen, Sie wissen schon.« Als sie »tief drinnen« sagte, zitterte ihre Stimme ein wenig. Wagenfeld war sich sicher, dass auch sie wusste. Ganz tief drinnen. Sie wusste, dass sie wieder betrogen und belogen werden würde und sie war sich sicher, dass sie es verdient hatte, wie sie es immer verdient hatte. Ganz tief drinnen. Er machte sich Notizen. Für seine vorsichtigen Fragen war sie nicht zugänglich. Nach der Sitzung fühlte er sich erschöpft und leer, genauso wie sie sich fühlen würde, wenn der erste Rausch verflogen war. Er wollte gerade in die Küche gehen, um sich einen Tee zu machen, als das Telefon klingelte.

»Wagenfeld, hast du Zeit?« Die Stimme war so leise, dass er sie zuerst nicht erkannte. »Anna-Lena, bist du das? Sprich doch lauter. Ich verstehe dich kaum.«

Ein Räuspern war am anderen Ende der Leitung zu hören. Dann wurde ihre Stimme lauter. »Stör ich dich gerade? Ich wollte dich fragen, nur wenn du Zeit hast, kannst du noch mal vorbei kommen?«

Eigentlich hatte er keine Zeit und wenn er ehrlich war auch keine Lust, schon wieder den Abend bei ihr zu verbringen.

»Wagenfeld, bitte. Komm bitte.«

Er hörte die Verzweiflung in ihrer Stimme. »Na gut, wenn es wichtig ist. Aber viel Zeit habe ich nicht. Willst du mir nicht sagen, worum es geht?«

»Nicht am Telefon«, lautete die kryptische Antwort.

Als er am späten Nachmittag in der Straßenbahn saß, hatte er Mühe die Augen aufzubehalten. Er setzte sich aufrecht hin und wischte mit dem Jackenärmel über die beschlagene Scheibe. Die Menschen hetzten mit hochgeschlagenen Kragen durch die Innenstadt, um letzte Besorgungen zu machen. Ihre Mäntel waren so grau wie ihre Gesichter. Warum gab es keine Vorschrift, dass man im Winter in farbenfroher Kleidung herumlaufen musste? Orange, gelb oder grün wäre doch einmal eine schöne Abwechslung. Wagenfelds Blick fiel auf seine schwarze Cordhose. Vielleicht hätte es auch nichts genützt. Er mochte den November nicht, in diesem Monat waren selbst die Gedanken grau. Er dachte an die ermordete junge Frau mit den außergewöhnlichen Augen, er dachte an Anna-Lena, an ihre furchtsame Stimme und er dachte an seine Patientin, die jetzt wahrscheinlich in den Armen eines Mannes lag, der sie verachtete. Plötzlich dachte er an Lübbers und eine verräucherte Kneipe, in der es ein gut gezapftes Pils gab. Das wäre eine Möglichkeit. Am Brill stieg er aus. Die Luft war kühl. Er schlug seinen Mantelkragen hoch und bückte sich, als ihm der Wind auf der Brücke eisig ins Gesicht blies.

Als er die Türklingel drücken wollte, ertönte schon der Summer. Anna-Lena musste am Fenster gestanden und auf ihn gewartet haben. Beunruhigt ging er nach oben. Sie lehnte am Türrahmen, eingewickelt in ihren alten Bademantel und sah noch elender aus als am Tag davor. Wagenfeld wartete, bis sie es sich wieder auf ihrem Sofalager bequem gemacht hatte. Den angebotenen Tee lehnte er ab. Er fühlte sich heute seelisch nicht in der Lage aus einer Diddl-Tasse zu trinken.

»Was ist los? Sag schon.« Psychologisches Feingefühl hob er sich für seine Patienten auf.

Anna-Lena stopfte sich die Kissen im Rücken zurecht. Sie suchte auf dem Tisch nach ihrem Tabakpäckchen und fluchte, als sie sah, dass es leer war.

Wagenfeld räusperte sich. »Ich dachte es wäre dringend. Vielleicht kannst du mal anfangen.« Dabei sah er betont auffällig auf seine Armbanduhr. Es war selten, dass er bei Anna-Lena das Gefühl hatte, die Situation zu beherrschen und musste zugeben, dass er es genoss.

Etwas von der alten Widerborstigkeit lag in ihrer Stimme. »Hör auf dich aufzuplustern Wagenfeld.« Sie trank einen Schluck Tee und behielt den Becher in der Hand, um sich ihre Hände zu wärmen. Dann sah sie ihn an. »Es geht nicht um mich. Es geht um einen Studenten.«

Wagenfeld sah mit Erstaunen, dass ihr eine sanfte Röte in die Wangen stieg. Er schlug die Beine übereinander und lehnte sich zurück. Das versprach interessant zu werden.

»Hör auf, so dämlich zu grinsen, Wagenfeld. Ich habe nur gesagt, es geht um einen Studenten. Da ist gar nichts. Herrgott noch mal, er könnte mein Sohn sein.« Sie spürte selbst, dass sie zu laut protestierte, und wurde ruhiger. »Es ist ein Bekannter von Judith. Dem ermordeten Mädchen. Falls du dich erinnerst.«

Wagenfeld erinnerte sich gut.

»Die Polizei hat ihn verhört, er war wohl in sie verliebt, aber sie nicht in ihn, wie das halt so ist. Wenn du nicht bei deiner Mutter leben würdest, wüsstest du, wovon ich rede.«

Wagenfeld nahm ein nicht vorhandenes Staubkorn von seinem Hosenbein und ignorierte den Angriff.

Anna-Lena stellte die Tasse auf den Tisch und lehnte sich zurück. Sie fixierte einen Punkt an der Decke, ehe sie weitersprach. »Es geht ihm schlecht. Er hat Angst. Und da dachte ich...« Sie brach ab. »Kannst du nicht mal mit ihm sprechen?«

Wagenfeld war überrascht, aber auch geschmeichelt. »Wieso ich?«

Sie nahm ein Taschentuch und schnaubte sich geräuschvoll. Dann schloss sie die Augen. »Na ja, du bist schließlich ein Mann, vielleicht fällt es ihm leichter, mit dir zu sprechen. Herrgott noch mal, warum ist das so schwierig? Vielleicht findest du ja etwas, das ihn entlastet. Schließlich hast du doch Beziehungen zur Polizei.«

»Beziehungen kann man das eigentlich nicht nennen.«

»Die Polizei scheint sich auf ihn als Täter einzuschießen, aber ich kann einfach nicht glauben, dass er so etwas getan hat.« Dann fügte sie, ohne die Augen zu öffnen, hinzu: »Hör auf, so zu grinsen.«

Wagenfeld dachte gar nicht daran, aufzuhören. »Na gut, ich kann ja mal mit ihm reden. Aber nicht heute Abend. Da habe ich eine Verabredung.« Er sagte ihr lieber nicht, mit wem.

Das war jetzt die Strafe für seine Vergesslichkeit. Wagenfeld versuchte im Dämmerlicht die Ziffern seiner Armbanduhr zu lesen. Rechts neben ihm saß eine Dame im Abendkleid, die ihn mit einem missbilligenden Blick bedachte. Dass es ausgerechnet Oper sein musste. Und dann noch die Zauberflöte. Obwohl er gerne Musik hörte, gehörten Opern zu einem Genre, für das ihm völlig das Verständnis fehlte. Sein Blick fiel auf seine Mutter. Sie hatte den Kopf gesenkt und lauschte mit geschlossenen Augen und verzücktem Lächeln. Dabei wippte sie im Takt mit ihren Füßen. Wagenfeld verschränkte die Arme vor der Brust. Irgendwann würde es zu Ende sein. Das hoffte er zumindest.

In der Pause stürmten alle ins Foyer. Wagenfeld wurde von der Menge mitgespült und fand sich vor dem Sektausschank wieder. Als er sich umblickte, sah er, dass auch viele jüngere Menschen gekommen waren. Wie er den Gesprächsfetzen entnahm, die an seine Ohren drangen, schien den meisten die Aufführung zu gefallen. Er entdeckte seine Mutter, die ein befreundetes Paar getroffen hatte und plaudernd einige Meter weiter stand. Mit dem Glas in der Hand, machte er sich auf die Suche nach einem ruhigeren Plätzchen. Plötzlich sprach ihn jemand an.

»Das hätte ich ja gar nicht vermutet, dass Sie ein Opernliebhaber sind.« Erst auf den zweiten Blick erkannte Wagenfeld Frau Doktor Gödeler. Die Psychologieprofessorin war bester Laune. »Ist das nicht eine wundervolle Vorstellung?« Obwohl sie sich nur einmal in der Cafeteria begegnet waren, hatte sie ihn sofort erkannt. Diesmal trug sie ein schwarzes Kleid mit einem auffälligen Blütenmuster. An ihrem üppigen Busen funkelte eine große grüne Brosche.

Wagenfeld murmelte etwas von »Geburtstagsgeschenk«. Als sie ihn neugierig ansah, gab er zu, Schwierigkeiten damit zu haben, dass sich Menschen auf der Bühne ansangen, anstatt miteinander zu sprechen.

»Es kommt mir immer ein wenig künstlich vor. Aber wie gesagt, meine Arbeit lässt mir nur wenig Zeit für kulturelle Veranstaltungen. Ab und zu schaffe ich es mal in ein Konzert, aber im Großen und Ganzen bin ich wohl ein Kulturbanause.«

»Das glaube ich weniger, Herr Kollege. Da stapeln Sie wohl doch etwas tief.« Sie war so nah, dass er ihr Parfüm riechen konnte. »Ich habe vielleicht noch eine stärkere Beziehung zu diesen Dingen, weil ich selber singe. Wir haben an der Universität übrigens einen hervorragenden Chor. Falls noch eine unentdeckte Begabung in

Ihnen schlummert? Wir haben auch Musicalmelodien in unserem Repertoire.«

Wagenfeld war beeindruckt. Diese Frau strahlte so etwas Unerschütterliches aus, dass er sich in ihrer Gegenwart unwillkürlich wohl fühlte. »Ich glaube nicht, dass Sie viel Freude an mir hätten, ich treffe nie einen Ton.«

»Das heißt ja wohl, dass Sie es gerne mal versuchen würden. Wir treffen uns jeden ersten Donnertag im Monat. Schauen Sie doch mal rein.« Als der Pausengong ertönte, drehte sie sich noch einmal um. »Ich weiß ja nicht, wie lange Ihr Gastspiel an unserer Universität dauert, aber haben Sie schon einmal darüber nachgedacht, selber eine Veranstaltung anzubieten? Einige Mitarbeiter der Universität treffen sich in loser Folge, um privat und beruflich Kontakt zu halten. Wenn Sie Lust haben? Ich sorge gerne dafür, dass Sie das nächste Mal eingeladen werden.« Dann gab sie Wagenfeld die Hand. »Ich würde mich freuen, wenn Sie kämen.« Es klang, als ob es ernst gemeint wäre. Plötzlich fiel ihm ein, dass er ihren Namen kannte. Vor zwei Jahren hatte sie ein Buch veröffentlicht, das den Titel trug »Nimm dein Leben in die Hand«. Es war in Fachkreisen als Fauxpas angesehen worden, dass sich eine Wissenschaftlerin mit einer Professur an einem Werk für die breite Masse versucht hatte. Ihr Ruf unter Kollegen war nicht unumstritten. Sie hatte sich damals vehement verteidigt, wobei ihr Argument, dass man Menschen, die wahrscheinlich niemals einen Therapeuten aufsuchen würden, nicht »Leuten mit Halbwissen überlassen dürfe« zu einem Aufschrei unter der Zunft der Ratgeberautoren geführt hatte. Wagenfeld hatte die Auseinandersetzung darüber nicht ernsthaft verfolgt, deshalb war ihm der Zusammenhang nicht gleich eingefallen. Auf jeden Fall scheute diese Frau nicht vor Auseinandersetzungen zurück, das gefiel ihm. Er machte sich ebenfalls auf den Weg zu seinem Platz. Die Frau im Nachbarsitz hatte es sich gerade bequem gemacht, als er sich mit einer Entschuldigung an ihr vorbeizwängte.

»Setz dich endlich hin, es fängt gleich an.« Die Stimme seiner Mutter zischte von der anderen Seite. Der Rest des Abends war nicht ganz so schlimm, wie Wagenfeld befürchtet hatte. Er gewöhnte sich an die Tatsache, dass alle sangen. Ein oder zweimal ertappte er sich sogar dabei, dass seine Füße ebenfalls im Takt wippten. Als er an der Garderobe stand und auf ihre Mäntel wartete, summte er leise »Papapaagena« vor sich hin.

»Du summst falsch, mein Lieber.« Seine Mutter nahm ihm den Mantel aus der Hand. »Leider hast du die Unmusikalität deines Vaters geerbt.« Wagenfeld fragte sich oft, wie sein Leben verlaufen wäre, wenn sein Vater nicht so früh gestorben wäre.

»Guck mal, ist das nicht Ethan Freeman?« Er hatte den Satz noch nicht zu Ende gesprochen, als er alleine dastand. Zehn Minuten später kam seine Mutter glückstrahlend wieder. Sie, die in ihrem Leben so viel Wert auf Haltung und gutes Benehmen legte, hatte sich ohne nachzudenken ins Getümmel gestürzt und glühte jetzt wie ein junges Mädchen. Wagenfeld war peinlich berührt.

»Hast du ein Autogramm gekriegt?«

Sie nestelte an ihrer Handtasche. »Hier schau, »Für Alma, herzlichst Ethan Freeman« hat er geschrieben. Für Alma. Er ist nur für zwei Tage in Bremen.« Sie ging erst weiter, nachdem sie das kostbare Foto sicher verwahrt hatte. Noch mehr als Opern, auch wenn sie sich das niemals eingestanden hätte, liebte seine Mutter Musicals. In der kurzen und erfolglosen Periode des Bremer Musicaltheaters war sie in jede Vorstellung gegangen. Sie hakte sich bei ihm ein und schwankte ein wenig. Er war besorgt.

»Soll ich uns ein Taxi rufen?«

Sie schüttelte den Kopf. »Die zwei Gläser Sekt. Ich bin durchaus imstande, die kurze Strecke zu laufen. Lass uns durch die Wallanlagen gehen. Ein bisschen Bewegung wird dir gut tun, mein Lieber.« Sie schlenderten am Wasser entlang. Als sie beim Rosselenker die Brücke überquerten, schwärmte sie immer noch von der Aufführung.

»Ob der Paternoster noch funktioniert?« Er warf einen Blick zur wuchtigen Fassade des Finanzamtes.

»Wie kommst du denn jetzt darauf?«

Er zuckte mit den Achseln. Als Kind hatte er seinen Vater einmal zu einem Termin begleitet und die Paternosterfahrt hatte einen starken Eindruck auf ihn gemacht. Vielleicht war es ihm wieder eingefallen, weil er gerade an ihn gedacht hatte.

»Hältst du noch diese Vorlesungen?«

Er blickte auf ihr weißes Haar, durch das an einigen Stellen die Kopfhaut schimmerte. »Ja, diese Vorlesungen halte ich noch.« Obwohl sie sicher in der Zeitung von dem Mord gelesen hatte, hatte keiner von ihnen das Thema angesprochen. Auch jetzt dachte er nicht daran, ihr mehr zu erzählen. Ein junges Paar kam ihnen entgegen, engumschlungen, die junge Frau lachte. Plötzlich blieb seine Mutter stehen.

»Sieh doch mal.«

Die Luft war frostig und über ihnen funkelten Sterne. Ein seltener Anblick in Bremen.

8. Kapitel

Die Papiere, die den ganzen Schreibtisch bedeckten, überlagerten sich in verschiedenen Schichten, an denen sich, wie in der Geologie, Zeitbestimmungen vornehmen ließen. Ganz unten konnte man Einladungen zu Kongressen, ein Programm des Fernsehsenders Arte und ein paar persönliche Briefe entdecken, die schon einige Wochen alt waren. Ganz oben lagen Schreiben, die erst vor wenigen Tagen in den Ablagekorb gewandert waren. Aus diesem Korb nahm Frau Doktor Gödeler sie heraus, beantwortete die wirklich dringenden und ließ die weniger wichtigen liegen, bis sie von anderen nicht so wichtigen Dingen bedeckt wurden. Zum Arbeiten setzte sie sich an den kleinen Tisch, der neben dem Fenster stand. Nur wenn die Schichten zu kleinen Gebirgen angewachsen waren, machte sie sich widerwillig ans Aufräumen. Dieser überquellende Schreibtisch gab ihr Sicherheit und wenn sie ihre eigene Therapeutin gewesen wäre, hätte sie einige interessante Theorien entwickeln können, warum ihr diese Papierschichten so wichtig waren. Da sich die Unordnung aber nur auf die wenigen Quadratmeter der Schreibtischoberfläche beschränkten und es keinerlei Anzeichen gab, dass diese sich auf die übrige Wohnung ausbreiten würde, machte sie sich darüber keine Gedanken. »Man muss nicht aus allem ein Problem machen« war ihr Leitsatz, den sie auch gerne in den Vorlesungen benutzte. Seit einer halben Stunde saß sie vor ihrem alten Computer, mit dem sie immer noch ihre ganzen Arbeiten tippte und starrte auf den Bildschirm. Der Verleger hatte angerufen und freundlich, aber bestimmt, das versprochene Manuskript angemahnt. Nachdem ihr erstes Buch ein so großer Erfolg geworden war, hatte sie leichtfertigerweise einen Vertrag für das nächste unterschrieben und der Abgabetermin rückte bedrohlich nahe. Eigentlich hatte sie nicht vor, noch ein populärwissenschaftliches Buch zu verfassen, sie liebte die Abwechslung und der Spaß, den sie an der Provokation ihrer Kollegen gehabt hatte, ließ sich nicht wiederholen. Sie war gerade aufgestanden, um sich ein Glas Rotwein aus der Küche zu holen, als das Telefon klingelte. Schlecht gelaunt knurrte sie ihren Namen.

»Margarete Gödeler«

»Haben Sie einen Moment Zeit?«

Sie hasste Telefongespräche, die so begannen. »Ich wollte gerade anfangen zu arbeiten. Was gibt es?«

G.Gabriel räusperte sich. »Es geht um die interdisziplinäre Veranstaltung, Sie wissen doch, die im nächsten Semester.«

»Ich dachte, es sind zwei eigenständige Veranstaltungen?« Papierrascheln drang durch das Telefon und sie stellte sich ungeduldig vor, wie er in einem Wust von Unterlagen blätterte. Dann sprach er endlich weiter.

»Letztes Jahr haben wir »Sozialstrukturanalysen« gemacht. Sie hatten den theoretischen Teil übernommen und ich die Computeraufbereitung der Daten.«

»Ja, aber das ist so einfach, da brauchen wir uns nicht abzustimmen.«

Es war still am anderen Ende der Leitung. »Gibt es sonst noch was?« Ihre Stimme klang brüsk, sie versuchte, ihn so schnell wie möglich wieder loszuwerden. Erstaunlicherweise legte er nicht gleich auf, wurde aber so leise, dass sie Mühe hatte, ihn zu verstehen.

»Es ist nur«, er zögerte, dann schien er sich einen Ruck zu geben, »es ist wegen der Studentin. Haben Sie, ich meine, Sie haben doch vielleicht etwas gehört?«

»Etwas gehört?« Sie hatte nicht vor, es ihm leicht zu machen und trank erst einen Schluck Rotwein, ehe sie weitersprach, »was sollte ich denn gehört haben?«

»Ich meine, ob Sie etwas über die polizeilichen Ermittlungen wissen? Die Polizei hat doch jemanden verhaftet oder? War das ihr Freund?«

»Woher soll ich das denn wissen. Sie waren doch ihr Tutor, wenn ich mich richtig erinnere.«

»Das ist richtig, aber da ging es immer nur um Statistik, ich meine …«, er versuchte ein Lachen, »da redet man ja nicht so …«. Plötzlich schien jemand ins Zimmer gekommen zu sein, denn sie hörte eine Frau etwas sagen, das sie nicht verstehen konnte und kurz darauf ihn, mit einer Stimme, die jetzt wieder lauter war und offenbar entschlossen klingen sollte: »Entschuldigung, ich muss jetzt Schluss machen, ist ja auch nicht so wichtig.« Dann war die Leitung still. Sie legte das Telefon auf die Aufladestation und betrachtete einen Moment lang ihr Gesicht in dem kleinen runden Spiegel, der über der Kommode im Flur hing. Es war der einzige Spiegel in der ganzen Wohnung und das war gut so. Sie schnitt eine Grimasse, dann ging sie mit dem Glas Rotwein ins Wohnzimmer und setzte sich auf die schwarze Ledercouch. Draußen war es grau, novembergrau. Selbst der Blick auf den Bürgerpark, der ihrer Seele immer so gut tat, deprimierte sie heute. Schließlich stand sie noch einmal auf, um die Flasche aus der Küche zu holen. Als sie am Telefon vorbeiging, läutete es. Sie wartete bis der Anrufbeantworter ansprang, dann hörte sie die vertraute Stimme, älter geworden, aber immer noch gewohnt, dass man ihr gehorchte. Der Anruf wäre nicht nötig gewesen. Sie hätte die Verabredung ohnehin nicht vergessen. Einen Moment lang hob sie das Glas und hielt es mit ausgestrecktem Arm, als wollte sie jemandem zuprosten. Dann trank sie es aus.

»Ich weiß nicht, was ich Ihnen erzählen soll. Ich hab schon alles den Bullen erzählt.«

Wagenfeld seufzte. Sie hatten keinen guten Start gehabt. Als er vor dem Haus in der Lahnstraße stand, vor dem ganze Fahrräderhorden davon kündeten, dass hier viele junge Menschen wohnten, war ihm selbst nicht ganz klar gewesen, was er hier eigentlich sollte und wieso er seinen freien Samstagnachmittag wegen einer Bitte Anna-Lenas opferte. Das Treppenhaus war eng und muffig. Als ihm der junge Mann die Tür öffnete, erkannte er ihn sofort. Er war ihm schon einmal an der Universität begegnet, am Tag nach dem Mord hatte er ganz alleine im Veranstaltungsraum gesessen und auf die Tafel gestarrt. Damals hatte Wagenfeld den Eindruck gehabt, er stände unter Schock. Ihm fiel auf, dass er den gleichen schwarzen Wollpullover trug. Anna-Lenas Bekannter erkannte ihn offenbar nicht, denn er drehte sich wortlos um, ging in die WG-Küche und überließ es seinem Gast, ob er ihm folgen wollte oder nicht. Die Küche war überraschend groß und erstaunlich aufgeräumt. Es gab ein Sammelsurium von verschiedenen Stühlen, die um einen runden Kiefernholztisch standen. Wagenfeld nahm auf einem reich verzierten Gründerzeitstuhl Platz, der direkt neben einem Hocker aus knallrotem Plastik stand. Olaf setzte sich ihm gegenüber, verschränkte die Arme vor der Brust und schwieg. Wagenfeld schlug die Beine übereinander. Im Schweigen hatte er jahrelange professionelle Erfahrung. Nachdem sie sich einige Minuten taxiert hatten, gab Olaf auf.

»Wollen Sie einen Kaffee?« Er stand auf. Neben der Spüle stand auf einer blaulackierten Anrichte eine hochmoderne Espressomaschine. Nachdem er das ohrenbetäubende Ritual vollzogen hatte, brachte er Wagenfeld einen Latte Macchiato im Glas, der aussah, als wäre er aus einem italienischen Café.

»Die haben mir meine Eltern geschenkt.« Olaf hatte Wagenfelds erstaunten Blick bemerkt. »Das ist die einzige Droge, die ich nehme: Koffein.«

Dann starrte er so angestrengt auf seinen Kaffee, als erschiene dort gleich die Lösung auf eine wichtige Frage. Wagenfeld überlegte, was Anna-Lena an diesem jungen Mann so anziehend fand. Seine blonden Haare standen widerspenstig in alle Richtungen und Wagenfeld war sich nicht sicher, ob die Frisur stundenlangen Bemühungen vor dem Spiegel zu verdanken war oder eher dem Gegenteil.

»Ich weiß selbst nicht so genau, was ich eigentlich für Sie tun kann, aber Frau Herdecke meinte, ich sollte mich mal mit Ihnen unterhalten.« Vielleicht eine Spur zu defensiv, dachte er, aber Olaf entspannte sich ein wenig. Sie tauschten einen Blick des Einverständnisses über energische Frauen.

»Studieren Sie Psychologie?«

Olaf verzog das Gesicht. »Um Gottes Willen. Ich studiere Informatik. Psychologie, so ein Schwachsinn.«

Wagenfeld zuckte nicht mit der Wimper. Der Latte Macchiato war wirklich köstlich. Vielleicht sollte er sich für die Praxis so eine Maschine kaufen?

»Sie waren aber ein paar Mal in den Veranstaltungen bei Frau Herdecke?«

»Ja.« Er schien zu überlegen, wie weit er Wagenfeld trauen konnte. »Wegen Judith. Sie hat sich dafür interessiert und ich dachte ...«

Wagenfeld fiel ein, wie er in Tübingen einmal ein ganzes Semester in einer Theatergruppe verbracht hatte, in der Hoffnung, die männliche Hauptrolle neben der überaus attraktiven Hauptdarstellerin zu bekommen. Es hatte dann nur für eine Statistenrolle gereicht. Die schöne Studentin hatte ihn keines Blickes gewürdigt. Plötzlich fühlte er sich Olaf sehr nah.

»Hat es funktioniert?«

Olaf verzog das Gesicht. »Funktioniert? Maschinen funktionieren. Ich hab mich für das interessiert, was sie interessiert hat. Das ist doch nicht ungewöhnlich.«

Auf jeden Fall hast du heftige Gefühle für Sie gehabt, dachte Wagenfeld.

»Was war Sie für ein Mensch? Ich bin Ihr nur einmal kurz begegnet.« Er sah plötzlich wieder ihren eindringlichen Blick und die Enttäuschung, als sie sich abwandte.

Olaf sprach mit dem Latte Macchiato Glas. »Sie war halt Judith. Sie verstand was von Mathematik.« Die Anerkennung in seiner Stimme erinnerte Wagenfeld an das, was G.Gabriel gesagt hatte. »Sie hatte ein natürliches Verhältnis zu Zahlen.« Wagenfeld hatte nicht gewusst, dass Mathematikverständnis zu den Attraktivitätsmerkmalen einer Frau gehörte. Es schien ihm, als würde das eher etwas über die beiden Männer aussagen, als über Judith.

»Anna-Lena hat mir erzählt, dass Judith sich einmal sehr aufgeregt hat, als eine Frau einen Posten bekam, obwohl sie weniger qualifiziert dafür war als ihr Mitbewerber. Weißt du was davon?«

Olaf schien nicht aufzufallen, dass Wagenfeld ihn plötzlich duzte und Anna-Lenas Vornamen kannte er offenbar auch.

»Ja, das hat sie sehr aufgeregt. Sie war halt«, er suchte nach den richtigen Worten, »sie war sehr für Gerechtigkeit. Sie hat nie gelogen.« Er sah Wagenfeld an. »Ich meine nicht dicke Lügen, ich meine, wenn sie eine andere Studentin gefragt hat, wie findest du denn mein Kleid, wissen Sie, solche Sachen.«

Das machte den Umgang mit ihr wahrscheinlich nicht immer einfach, aber reichte das für ein Mordmotiv?

»Hat sie neben ihrem Studium noch andere Interessen gehabt, ich meine außer der Psychologie?«

»Sie hat gearbeitet, neben dem Studium meine ich, in einem Altenheim.«

Wagenfeld überlegte gerade, ob er um einen weiteren Latte Macchiato bitten sollte, als ein junger Mann die Küche betrat.

»Alter, ich hab voll verpennt.« Erst jetzt bemerkte er Wagenfeld. »Hast du Besuch? Ich verschwinde gleich wieder.« Dann ging er zum Tisch, gab Wagenfeld die Hand und stellte sich vor: »Julius«.

Wirklich höflich, diese jungen Menschen. Wagenfeld sah auf die Uhr. Es war gleich fünf. Vielleicht sollte er jetzt gehen.

»Ich will euch nicht länger aufhalten. Wenn dir noch etwas einfällt, das wichtig sein könnte, ruf mich doch an.« Er suchte in seinen Taschen und fand schließlich eine Karte. »Hier, warte, ich schreib dir auch meine Privatnummer auf.«

Olaf brachte seinen Gast zur Tür. »Grüßen Sie Anna-Lena von mir.« Er schien verlegen. »Und, na ja, vielen Dank, dass Sie mir helfen wollen. Glauben Sie, dass die mich verhaften? Ich meine, ich hab nichts getan, aber man weiß ja wie das geht: Wenn die erst mal jemanden haben, dann kümmern die sich doch um nichts anderes mehr.«

Erst jetzt fiel Wagenfeld auf, wie unglaublich blau die Augen waren, die ihn jetzt so düster anblickten. Langsam konnte er Anna-Lena verstehen.

»Du musst dir keine Sorgen machen«, sagte er mit mehr Überzeugung, als er empfand. Als er schon auf dem Treppenabsatz war, rief Olaf ihm hinterher: »Sie mochte Musik. Sie hat gesungen, im Chor, im Uni-Chor.«

Draußen war es schon dunkel. Es roch nach Kaminfeuern. Es roch nach Weihnachten, dachte Wagenfeld, auch wenn es noch ein paar Wochen dauern würde. Als Kind hatte er sich immer auf Weihnachten gefreut, auf die Heimlichkeiten, die Abende davor, die sogar sein Vater ab und zu mit ihm verbrachte. Er konnte sich an

Brettspiele erinnern, die sie gespielt hatten, während seine Mutter mit einem Buch auf dem Sofa saß und ihnen zu sah. Manchmal waren sie alle drei glücklich gewesen. Oder spielte ihm die Erinnerung einen Streich und alles war ganz anders gewesen? Er bog in die Donaustraße ein. In den Wohnungen waren die Lichter an. Er sah Bücherregale, hohe Räume, liebevoll und individuell eingerichtet und doch wirkten sie auf ihn merkwürdig standardisiert. Plötzlich fühlte er sich einsam, so einsam, als hätte man ihn in ein schwarzes Loch katapultiert, abgeschnitten von jedem Kontakt zu anderen Lebewesen. Das Gefühl war so heftig, dass er für einen Moment stehen bleiben musste. Er atmete tief durch. Trotz eigener jahrelanger Analyse stand er Emotionen, die nicht während einer Therapiesitzung entstanden, oft erstaunlich hilflos gegenüber. Er hatte dieses Phänomen immer wieder bei Kollegen beobachtet. Mittlerweile war er der Meinung, dass es sich um ausgleichende Gerechtigkeit handelte, die Therapeuten davor bewahren sollte, allzu heftige Allmachtsfantasien zu entwickeln. Obwohl es nicht bei jedem half, wie er zugeben musste. Er atmete tief durch und ging weiter bis zum Delmemarkt. Auf dem verlassenen Platz stand die bronzene Figur eines Fischhändlers, der in der hocherhobenen Hand einen dicken Fisch gegen den Himmel hielt. Plötzlich strich ihm eine Katze um die Beine. Wagenfeld, der Sympathiekundgebungen von fremden Tieren nicht gewohnt war, bückte sich und streichelte ihren runden Kopf. Das Fell war warm und weich. Darunter konnte er den harten Schädel spüren. Die Katze schnurrte sanft. Als er sich aufrichtete, stellte er erleichtert fest, dass er das schwarze Loch verlassen hatte und sich wieder auf einem bewohnten Planeten befand. Er dankte der Katze, die, als sei ihr der Dank unangenehm, anfing sich zu putzen. Auf der gegenüberliegenden Straßenseite gab es eine Buchhandlung. Er sah sich die Auslagen an und überlegte gerade, wann er zuletzt ein gutes Buch gelesen hatte, als ihm eine Ecke mit Ratgebertiteln ins Auge fiel. Mittendrin lag das Buch von Frau Doktor Gödeler. »Nimm dein Leben in die Hand.« So optimistisch der Titel klang, Wagenfeld bezweifelte, dass es so einfach war. Plötzlich spürte er, wie hungrig er war. Vielleicht konnte er in der Innenstadt noch etwas essen.

Nur das leise Klirren der Gabeln auf den Porzellantellern war zu hören. Wenn sich jemand unterhielt, dann tat er es mit gedämpfter Stimme. Als der Oberkellner Frau Doktor Gödeler zu ihrem Tisch führte, war ihr Vater schon da. Er erhob sich und sie musste den Impuls unterdrücken auf die Uhr zu sehen. Sie wusste auch so, dass sie pünktlich war.

»Hallo Margarete. Wie geht es dir?«

»Gut, danke. Dir hoffentlich auch?«

Obwohl er im nächsten Jahr seinen achtzigsten Geburtstag feiern würde, war er geistig und körperlich rüstiger als mancher Sechzigjährige. Er nahm regen Anteil an der Anwaltskanzlei, die seinen Namen trug und vertrat besonders wichtige Klienten auch noch vor Gericht. Jetzt sah er sie mit dieser Mischung aus Missbilligung und Liebe an, die sie von Kindheit an gewohnt war.

»Das Kleid ist wirklich nicht vorteilhaft für dich, wie oft habe ich dir schon gesagt, du sollst nicht immer nur diese Säcke tragen, ein gut geschnittenes Kostüm würde deine Figur viel besser zur Geltung bringen.«

»Ich mag diese Säcke aber. Lass uns etwas bestellen, ich habe Hunger.« Sie vertiefte sich in die Speisekarte. Nachdem sie ihre Bestellung aufgegeben hatte, sah sie ihn an. »Vater, ich bitte dich, du erwartest doch nicht immer noch, dass ich plötzlich aussehe wie ein blondes Model?«

»Was für ein Unsinn, ich mache mir nur Sorgen um deine Gesundheit.«

»Das brauchst du nicht.«

Er lächelte sie an. »Das weiß ich doch. Aber alte Gewohnheiten legt man nun mal schwer ab, besonders in meinem Alter.« Er begann von Fällen aus der Kanzlei zu erzählen. Als das Essen kam, waren beide so in die Erzählung vertieft, dass sie den Kellner zuerst gar nicht bemerkten. Das Essen roch köstlich.

»Reitest du eigentlich immer noch? Ein Geschäftsfreund hat kürzlich von seiner Tochter erzählt, die in einem Gestüt hier in der Nähe ihr Pferd stehen hat. Das ist kein Gestüt, wo du hinfährst oder?«

»Nein, das ist kein Gestüt, sondern nur ein stinknormaler Pferdehof. Und ja, eigentlich bin ich über das Alter, in dem ein Mädchen für Pferde schwärmt hinaus, aber es ist mir, verdammt noch mal, egal.«

Er musterte sie. »Du musst nicht gleich so vulgär werden, Margarete. Und fühle dich doch nicht immer gleich angegriffen.«

Sie schwieg. Durch die großen Panoramafenster konnte sie am anderen Ufer die Schlachte sehen. Dazwischen lag die Weser, ein breites graues Band, über dem die Wolken jagten. Die Bäume bogen sich unter dem heftigen Wind. Der Kellner trat an ihren Tisch und fragte, ob alles zu ihrer Zufriedenheit war. Plötzlich war ihr alles zu viel, die Atmosphäre, das Essen, die teuren Möbel und dieser alte Mann, der mehr Interesse an der Weinkarte hatte als an ihr. Zu ihrem Entsetzen spürte sie, wie ihr Tränen in die Augen traten.

»Du entschuldigst mich.« Sie stand auf.

Kurz hinter Lilienthal hatte sie endlich begonnen, sich zu entspannen und als sie auf den Parkplatz vor dem Hof einbog, war alles andere vergessen. Ihr gelber Sportwagen mochte zwischen den Pferdetransportern wie ein Fremdkörper wirken, aber sie war hier zu Hause. Der Boden hatte sich durch den Regen der letzten Tage in eine Schlammwüste verwandelt. Während sie ihre Gummistiefel anzog, stellte sie sich vor, was ihr Vater über diesen Hof denken würde, der so ganz ohne Glanz daher kam, wo alles auf die Bedürfnisse der Tiere abgestellt war und sich die Menschen dem unterordnen mussten. Als sie aus dem Auto stieg, kam die alte Hündin der Besitzerin auf sie zu gehumpelt und begrüßte sie. Sie strich über den grauen Kopf und blickte in die sanften Hundeaugen.

»Komm, jetzt besuchen wir Rubin.« Als wenn sie die Worte verstanden hätte, trottete das Tier zum Stall. Viele der Boxen waren leer, weil die Pferde auf der Weide waren. Als sie Rubin nicht sofort entdeckte, krampfte sich etwas in ihr zusammen. Dann hörte sie das vertraute Wiehern. Während sie das Gatter der Box öffnete, durchströmte sie grenzenlose Erleichterung. Leise schnaubend kam der Wallach näher. Sie streckte die Hand aus, um seine Stirn zu kraulen. Das warme Pferdemaul stupste sie an und sie griff in ihre Jacke.

»Hier, für dich, das magst du doch.« Für einen Moment waren sie ganz allein auf der Welt. Sie strich über die Blesse an seiner Stirn. Nach dem Gespräch mit ihrem Vater hatte sie nur noch das Bedürfnis gehabt, hierher zu kommen.

»Hat sich gut gemacht, der Junge.« Unbemerkt war die Besitzerin der Pferdepension in den Stall gekommen.

Frau Doktor Gödeler trat aus der Box und schloss den Verschlag. »Er frisst doch genug?«

Die Frau ging zu dem Tier und strich ihm übers Maul. »Na mein Dicker, Frauchen macht sich Sorgen. Sag doch mal was.«

Das Pferd blieb still, stupste sie aber sanft an der Schulter. »Ist ja gut, mein Junge, du bist zu groß, um auf den Schoß zu kommen.« Sie lachte. Dann drehte sie sich um. »Sie müssen sich wirklich keine Sorgen machen, es geht ihm so weit gut. Besuchen Sie ihn doch öfter.«

Frau Doktor Gödeler nahm ihre Jacke vom Haken. »Das würde ich so gerne, das können Sie mir glauben. Nächstes Semester habe ich wieder mehr Zeit.« Gemeinsam verließen sie den Stall. Die Frau begleitete Frau Doktor Gödeler zu ihrem Wagen.

»Morgen kommt der Tierarzt. Der guckt ihn sich noch einmal an.« Sie zögerte. »Wollen Sie das wirklich machen? Sie haben doch schon soviel Geld für Ärzte ausgegeben.«

»Es bleibt so wie besprochen. Das mit dem Geld lassen Sie meine Sorge sein.« Frau Doktor Gödeler öffnete die Autotür. Sie warf noch einen Blick zum Stall. Dann stieg sie ein.

9. Kapitel

Wagenfeld hätte beinahe verschlafen. Das passierte ihm so selten, dass er auf dem Weg ins Bad überlegte, welcher Begegnung er heute aus dem Weg gehen wollte. Er sah die Patienten vor seinem geistigen Auge. Nein, da war niemand, der Anlass gab, eine besonders schwierige Stunde zu erwarten. Er stellte sich unter die Dusche und fühlte den harten Strahl prickelnd auf seiner Haut. Eigentlich hätte er sich zum Schluss dem Schock kalten Wassers aussetzen müssen, um endgültig wach zu werden, beschloss dann aber, lieber sanft in den Tag zu gleiten. Soviel Zeit hatte er noch.

Als er nach unten ging, stieg ihm Kaffeeduft in die Nase. Im Wintergarten klapperte seine Mutter mit Geschirr. Vielleicht hatte Anna-Lena recht, vielleicht hätte er schon lange ausziehen müssen. Gleichzeitig war ihm klar, dass er es nicht fertigbringen würde. Das Versprechen, sie niemals zu verlassen, das er ihr als zehnjähriger Junge auf der Beerdigung seines Vaters gegeben hatte, war stärker als jede Vernunft. Das hatte er in schmerzhaften Sitzungen bei seinem eigenen Analytiker einsehen müssen.

»Willst du ein Ei?«

»Nein, danke, ich muss mich beeilen. Ich trinke nur eine Tasse Kaffee.«

Sie kam mit einem Korb voll Brötchen aus der Küche. Nachdem er ihnen beiden Kaffee eingeschenkt hatte, griff er nach der Zeitung.

»Und, bist du heute Abend zur Abwechslung mal zu Hause?« Ihre Stimme war so spitz wie ihr Mund.

Wagenfeld, der das Gefühl hatte, nur zu Hause zu sein, wunderte sich etwas. Normalerweise verbrachten sie die Abende nicht gemeinsam. »Warum, hast du mich für irgendetwas eingeplant?« Sie antwortete nicht. »Auch wenn du es vielleicht nicht glaubst, ich hatte eigentlich vor, heute auf eine Chorprobe zu gehen.« Wagenfeld grinste. »Seitdem wir zusammen in der Oper waren, denke ich, vielleicht schlummert in mir ja doch ein großes Talent als Sänger.«

Sie trank einen Schluck Kaffee. »Du hast recht, das glaube ich nicht.«

Auf der Anrichte stand das Foto Ethan Freemans. Er lächelte ihnen zu.

»Oh happy dayhays, oh happy dayhayhays«. Wagenfeld versuchte, sich hinter der Fotokopie des Textes zu verstecken und möglichst unhörbar zu brummen. Wie hatte er nur auf die Idee kommen können, dass er unauffällig Chormitglieder nach Judith ausfragen konnte, ohne sich darüber im Klaren zu sein, dass man ihn zum Singen nötigen würde. Die Stimmen wurden lauter, vereinigten sich zu ekstatischem Jubel, der jäh durch ein energisches Klopfen des Taktstockes auf das Dirigentenpult beendet wurde. Frau Doktor Gödeler hatte ihm verschwiegen, dass sie nicht nur einfaches Mitglied, sondern die energische Dirigentin dieses Chores war. Sie hatte ihn begeistert und keineswegs misstrauisch begrüßt. Ehe er sich versah, hatte er ein Notenblatt in der Hand und stand in der letzten Reihe. Sein schüchterner Einwand, er könne gar nicht singen, wurde durch ein kurzes »Papperlapapp« weggewischt. Jetzt jedoch sah sie ihn über ihre Lesebrille an und Wagenfeld fühlte sich in seine Schulzeit zurückversetzt. Ein Jahr lang hatte sein Musiklehrer Herr Frantz versucht, ihm harmonische Töne zu entlocken, dann hatte er aufgegeben. Den Rest seiner Schulzeit hatte Wagenfeld eine Gnadenvier bekommen. Frau Doktor Gödeler sah allerdings wesentlich energischer aus als Herr Frantz, der sich vor allem durch seine völlige Unkenntnis technischer Geräte auszeichnete. »Kommen Sie doch mal her junger Mann« war sein ständiger Hilferuf, woraufhin der merkwürdigerweise meistens bebrillte diesjährige Lieblingsschüler den Plattenspieler in Gang setzte. Als Wagenfeld Abitur machte, wurde Herr Frantz pensioniert und Wagenfeld sah vor seinem geistigen Auge kurz die Szene aufblitzen, wie Herr Frantz versuchte, eine Überweisung an einem Bankterminal zu tätigen. Wahrscheinlich rief er heute noch »Kommen Sie mal her junger Mann«. Dann fiel Wagenfeld ein, dass er schon an die achtzig sein musste. Vielleicht lebte er gar nicht mehr. Die Stimme Frau Doktor Gödelers riss ihn aus seinen Erinnerungen.

»Wir hören Sie gar nicht, Herr Wagenfeld, ein bisschen lauter bitte. Diesmal nur die Männer.« Dann hob sie den Taktstock.

Links neben ihm stand ein zierlicher Mann mit runder Nickelbrille, der ihm bis zur Brust reichte. Auf der rechten Seite wurden sie von einem Studenten überragt, der an die zwei Meter lang sein musste und wahrscheinlich Basketball spielte. Er versuchte nicht daran zu denken, wie sie nebeneinander aussehen mussten. Außer ihm schien das jedoch niemand komisch zu finden. Er konzentrierte sich auf das Lied und folgte, so gut er konnte, der Melodie. Glücklicherweise waren seine zwei Mitstreiter enthusiastische Sänger, ihre kräftigen Stimmen überdeckten seine nicht so gelungene Darbietung. Frau Doktor Gödeler sah ihn prüfend an, stellte dann aber, nach einem kurzen Blick auf ihre Armbanduhr, weitere Versuche, seine musikalischen Fähigkeiten zu verbessern, ein. Ein kurzes Klopfen mit dem Taktstock und der Chor sang wieder gemeinsam. Wagenfeld schätzte, dass ungefähr zwanzig Menschen zusammen gekommen waren, größtenteils Studenten, aber auch einige ältere Universitätsangehörige. Sogar Frau Schwitters, die zierliche Institutssekretärin, machte mit. Sie hatte eine überraschend warme, kräftige Stimme und sang einen Solopart. Nachdem sie fast eine Stunde gesungen hatten, ertappte sich Wagenfeld dabei, dass es begann, ihm Spaß zu machen. Nachdem kein drohendes Klopfen mit dem Taktstock mehr erfolgte und Frau Doktor Gödeler ihn nicht mehr prüfend über den Rand ihrer Brille ansah, traute er sich auch lauter zu singen. Zu seiner Überraschung traf er sogar die meisten Töne. Als alle nach anderthalb Stunden ihre Sachen zusammenpackten, hatte Wagenfeld fast vergessen, weshalb er hier war. Er summte leise vor sich hin, als Frau Doktor Gödeler auf ihn zu trat.

»Sie machen sich Herr Wagenfeld. Mit ein bisschen Einzelunterricht um die Hemmungen zu überwinden könnte aus Ihnen ein ganz passabler Sänger werden.«

Auch wenn er wusste, dass diese Aussage wahrscheinlich übertrieben war, fühlte sich Wagenfeld geschmeichelt.

»Es hat mir großen Spaß gemacht. Tritt der Chor auch öffentlich auf?«

Frau Doktor Gödeler zündete sich eine Zigarette an. Nach einem tiefen Zug strich sie mit der Hand über ihre Hüfte. »Mein zweites Laster. Das erste ist das Essen, wie Sie unschwer erkennen können. Bis jetzt sind wir nur auf universitären Veranstaltungen aufgetreten. Wenn die Erstsemester eingeführt werden, bei solchen Gelegenheiten. Aber ich denke, wir haben durchaus Potenzial. Frau Schwitters hat übrigens eine hervorragende Stimme, ungeschult, aber ausbaufähig.« Sie sah Wagenfeld neugierig an. Ihre Lesebrille hatte sie ins Haar geschoben. Ihr Gesicht war nicht geschminkt. Sie wirkte völlig uneitel. Wagenfeld überlegte, wie alt sie wohl war. Sicher Anfang fünfzig, vielleicht aber auch älter. Es ließ sich schwer sagen. Um sie herum herrschte Aufbruchstimmung. Stühle wurden gerückt, Verabredungen getroffen. Ein paar Studenten sangen leise vor sich hin. Frau Doktor Gödeler schien es nicht eilig zu haben.

»Frau Herdecke hat auch eine wundervolle Stimme. Kennen Sie sich auch privat oder ist es Zufall, dass Sie ihre Vertretung übernommen haben?«

Wagenfeld, der sich ein wenig überrumpelt fühlte, entschloss sich die Wahrheit zu sagen. »Ich kenne Anna-Lena uns aus dem Studium. Danach haben wir uns aus den Augen verloren.«

»Nicht ganz einfach mit ihr, nicht wahr?«

Einen Moment lang verspürte Wagenfeld den für ihn völlig untypischen Drang dieser Frau sein Herz auszuschütten, dann sagte er: »Wir haben uns lange nicht gesehen, das müssten Sie besser beurteilen können.« Fast hatte er den Eindruck, dass sie ihn anerkennend ansah, so als hätte er einen Punkt gemacht in einem Spiel, das sie spielten, ohne dass er es wusste.

»Ich bin nicht stutenbissig, falls Sie das meinen. Ich komme mit Frau Herdecke gut zurecht. Sie ist eine kompetente Kollegin. Leider nicht so geschickt, was den Umgang mit Hierarchien betrifft, deshalb wird sie keine Karriere an der Universität machen. Man muss hier immer aufpassen, wem man auf die Füße tritt.«

»Ich hatte den Eindruck, dass Sie sich darum nicht groß kümmern.«

Sie holte einen kleinen Taschenaschenbecher aus den Tiefen ihres Kleides und drückte ihre Zigarette sorgfältig aus. Der Raum hatte sich mittlerweile geleert. Die Neonlampen warfen summend ihr grelles Licht auf Tische und Stühle. Frau Doktor Gödeler sah noch einmal auf ihre Uhr.

»Kommen Sie, sonst werden wir noch eingeschlossen, da ist der Hausmeister unbarmherzig.« Sie nahm ihr Cape von einem der Tische. Der Raum lag in einem der Nebengebäude der Universität und Wagenfeld hatte ihn nur unter großen Mühen gefunden. Jetzt folgte er Frau Doktor Gödeler, die sich mit traumwandlerischer Sicherheit durch die leeren Flure bewegte. Als wäre ihr Gespräch nie unterbrochen gewesen, antwortete sie auf seine Frage.

»Sie spielen sicher auf mein Buch an. Haben Sie es gelesen?« Als sie Wagenfeld verneinende Geste sah, schnaubte sie. »Na also. Die Kollegen, die besonders darauf herumgehackt haben, kannten auch keine Zeile daraus. Aber Sie haben recht, es hat mir Spaß gemacht, zu provozieren. Um auf Frau Herdecke zurückzukommen: Genau deshalb weiß ich, wovon ich rede. Mein Weg wäre um einiges leichter gewesen, wenn ich mich an bestimmte Regeln gehalten hätte. Das wird gerade von Frauen hier besonders erwartet. Ich habe es trotzdem geschafft. Heute kann ich es mir leisten, Erwartungen nicht zu erfüllen. Aber glauben Sie mir ...«, sie drehte sich um und sah Wagenfeld eindringlich an, »leicht war es nicht.«

»Was ist mit der Studentin, die ermordet wurde. Hätte Sie Karriere gemacht?«

Sie zögerte einen Moment. »Soweit ich weiß, hat sie Mathematik studiert. Deshalb kann ich über ihre fachliche Qualifikation wenig sagen. Ich kenne sie nur aus unseren Chorproben.« Sie schien zu überlegen. »Nein, ich glaube nicht, dass sie einen leichten Weg gehabt hätte. Sie war ...«, sie überlegte kurz, »sperrig. Sie gehörte zu den Menschen, die ein starkes Gefühl dafür haben, was richtig und was falsch ist, auch wenn ihre Umwelt anderer Meinung ist.« Sie bogen um eine Ecke und standen vor einer Tür, die in die Tiefgarage führte. »Sind Sie mit dem Wagen da?« Wagenfeld verneinte.

»Ich wusste nicht, ob ich einen Parkplatz bekomme. Außerdem,« fügte er widerstrebend hinzu, »braucht meine Mutter heute Abend

74

ihr Auto selbst.« Er war sich nicht klar darüber, warum er das Bedürfnis hatte, ihr zu erzählen, dass er das Auto seiner Mutter fuhr, beschloss aber, im Moment nicht weiter darüber nachzudenken. Zu seiner Erleichterung ging sie nicht weiter darauf ein.

»Wo müssen Sie denn hin? Wenn Sie wollen, fahre ich Sie. Ich fahre gerne Auto, kein Problem also.«

Wagenfeld, der auf dieses Angebot gehofft hatte, nahm dankend an. Sie gingen zwischen den wenigen Autos durch, die hier um diese Zeit noch standen. Als sie vor einem sonnengelben Sportwagen hielten, musste sich die Überraschung auf seinem Gesicht abgezeichnet haben, denn Frau Doktor Gödeler sah ihn amüsiert an.

»Was haben Sie denn gedacht, was ich fahre? Einen Bulldozer?« Sie öffnete die Tür und wuchtete ihren Körper hinter das Lenkrad. Als Wagenfeld sicher auf dem Beifahrersitz saß, drehte sie den Zündschlüssel. »Sind Sie angeschnallt? Dann wollen wir mal.«

Sie fuhr so schnell, wie er befürchtet hatte. Die dunkle Silhouette des Bürgerparks raste an ihnen vorbei. Wagenfeld schloss die Augen. Erleichtert hörte er das Quietschen der Bremsen, als sie nach kurzer Zeit in der Uhlandstraße angekommen waren. Sie stellte den Motor nicht ab, beugte sich aber noch einmal aus dem geöffneten Seitenfenster, nachdem er ausgestiegen war.

»Wenn Sie sich so für Judith Martens interessieren, sollten Sie vielleicht mal mit Herrn Gabriel reden. Die beiden waren doch befreundet.«

Bevor er sie fragen konnte, was sie damit meinte, fuhr der Wagen mit aufheulendem Motor davon. Als im Nachbarhaus das Licht anging, stieg Wagenfeld schnell die Treppe hoch. Erst als er wenig später gemütlich im Bett lag, fragte er sich, warum sie ihm diese Information gegeben hatte. Frau Doktor Gödeler wirkte nicht so, als ob sie leichtfertig intime Informationen über andere preisgab.

Am nächsten Morgen war der Winter da. Es war bitterkalt, selbst für Ende November. Schon auf dem Weg zur Arbeit hatte Wagenfeld trotz Mütze und Schal gefroren. Er hasste Mützen und trug sie nur, wenn es unumgänglich war. Immer kratzten sie und immer sah man aus wie ein Idiot. Aber heute hatte er nach einem Blick auf das

Thermometer eine Ausnahme gemacht. Leichter Schnee hatte sich heimtückisch über gefrorene Pfützen gelegt. Obwohl er vorsichtig ging, war er an diesem Morgen nicht der Einzige, der sich unversehens auf dem eisigen Boden wiederfand. Zu allem Überfluss musste er in der Mittagspause zur Universität und Anna-Lenas Vorlesung halten. Vielleicht sollte er einfach absagen. Als er endlich schlecht gelaunt in seiner Praxis ankam, waren die Heizkörper nur lauwarm. Er musste dringend mit dem Hausmeister reden. Bevor er dazu kam, sich einen heißen Tee zu machen, klingelte es an der Tür. Glücklicherweise war seine Patientin so mit ihren Problemen beschäftigt, dass sie die Kälte gar nicht weiter bemerkte. Er holte eine Wolldecke aus der Flurgarderobe und für sich selbst eine Strickjacke. Als sie auf der Couch lag, fiel ihm als Erstes auf, wie sorgfältig ihr Haar frisiert war. Glatt, schwarz schimmernd wie Metall, erinnerte es ihn an einen Helm. Sie verschränkte die Arme über der Brust. Von den Haarspitzen bis zum kleinen Zeh drückte alles an ihr Abwehr aus. Diesmal erzählte sie nichts von ihrer neuen Beziehung. Sie sprach kein Wort. Wagenfeld analysierte sorgfältig die Gefühle, die ihre Haltung in ihm auslöste. Die Grenze, die sie zog, die hinter ihrer scheinbaren Bedürftigkeit steckte und die verhinderte, dass sie befriedigende Beziehungen zu Männern eingehen konnte, wurde immer deutlicher. Er beobachtete seine eigene ablehnende Haltung. Die Ablehnung, die sie in ihm auslöste, musste sie schon früh am eigenen Leib erfahren haben. Er wartete geduldig, ob sie ihr Schweigen brechen würde, aber in der ganzen Sitzung fiel kein einziges Wort. Als er aufstand um sie zu verabschieden, sah sie ihn nicht an. Trotzdem war er zufrieden. Sie waren ein gutes Stück vorangekommen. Oft waren die Stunden, in denen nicht geredet wurde, die kostbarsten.

Er fühlte sich besser. Es war Zeit für eine Tasse Tee, bevor der nächste Patient kam. Die Heizung lief jetzt auf vollen Touren, langsam wurde es warm. Als das Telefon klingelte, erklang Anna-Lenas Stimme auf dem Anrufbeantworter.

»Ich wollte dir nur sagen, dass du heute nicht zur Uni musst. Mir geht es besser. Ich übernehme den Kurs wieder.«

Wagenfeld sah auf die Uhr. Immerhin, sie hatte es geschafft, ihm anderthalb Stunden vorher Bescheid zu sagen. Das war sicher ihr persönlicher Rekord. Dass er die Stunde am liebsten abgesagt hätte, spielte keine Rolle mehr. Es gelang ihm nur mühsam, seine Wut zu unterdrücken, als der nächste Patient vor der Tür stand. Er würde später darüber nachdenken müssen, wie Anna-Lena es immer wieder fertigbrachte, dass er sich so maßlos über sie ärgerte.

Ob es die Wut auf Anna-Lena war oder der Wunsch, Olaf zu helfen, der ihn dazu brachte, in der Mittagspause Frau Schwitters anzurufen und sich nach der Privatadresse von G.Gabriel zu erkundigen, wusste er nicht. Frau Doktor Gödelers Hinweis, Judith Martens sei mit ihm befreundet gewesen, erschien ihm wichtig genug, der Sache nachzugehen. Er hatte nicht die geringste Vorstellung, was er über den Grund seines Besuches sagen sollte und hoffte einfach, dass ihm im entscheidenden Moment das Richtige einfallen würde.

Die Temperatur war etwas gestiegen, als er nach der letzten Therapiesitzung des Tages auf der Straße stand, aber dafür blies ihm jetzt ein böiger Nordostwind ins Gesicht. Er beschloss ausnahmsweise ein Taxi zu nehmen. Trotz der kurzen Strecke schaffte es der Taxifahrer ihm ausführlich von seiner Scheidung und dem Krieg um Haus und Kind zu erzählen, wobei es schien, als ob ihm der Verlust des Hauses deutlich mehr zu schaffen machte. Wagenfeld versuchte, nicht zuzuhören. Der Fahrer verabschiedete sich herzlich und Wagenfeld musste daran denken, dass ein zehnminütiger Besuch in seiner Praxis den Mann normalerweise gut dreißig Euro gekostet hätte. Das Haus, vor dem er stand, war ein kleines Reihenhaus, das auf den ersten Blick aussah, wie die meisten Häuser in der Straße. Im Vorgarten lag ein Dreirad in einer Schneepfütze, der Wintergarten war mit selbstgemachten Papiersternen beklebt. Es überraschte ihn, dass G. Gabriel Kinder hatte. Zum ersten Mal kamen ihm Bedenken, ob dieser Besuch eine gute Idee war. Er sah ihn wieder in der Mensa sitzen, einsam zwischen den ganzen Studenten und erinnerte sich an ihr kurzes Gespräch, als er das erste Mal von der ermordeten Studentin erfahren hatte. Wenn der Mann wirklich eine Affäre mit ihr gehabt hatte, dann war er ein guter Schauspieler. Es würde nicht leicht werden, etwas von ihm zu erfahren. Deshalb hatte er sich einen Zeitpunkt ausgesucht an dem der Mann aller Wahrscheinlichkeit nach in der Uni war. Ein Gespräch mit seiner Frau, auf das Wagenfeld gehofft hatte, war eine Sache. Ein Gespräch in Gegenwart eines Kindes war etwas völlig anderes. Er war gerade zu der Überzeugung gekommen, dass ein Treffen an der Universität doch einfacher wäre, als hinter ihm plötzlich eine blonde Frau mittleren Alters stand. Die zwei schweren Einkaufstüten waren nicht die einzige Last, die sie mit sich herum schleppte. Ihr schmales Gesicht sah blass und müde aus. Beide starrten sich einen Moment lang an, dann räusperte sich Wagenfeld.

»Frau Gabriel? Ich bin ein Kollege ihres Mannes und ganz neu an der Uni. Ihr Mann hat freundlicherweise angeboten, mir zu helfen. Ich war gerade in der Gegend und dachte, ich versuche es einfach mal. Ich hoffe, Sie verzeihen mir diesen Überfall.«

Sie sah ihn hilflos an. »Es tut mir leid, Gottlieb ist noch in der Uni, er kommt immer so spät, seine Studenten halten ihn oft noch auf, er kann ja nie nein sagen.« Ihr Blick wanderte zu den Fenstern im ersten Stock, hinter denen kein Licht brannte.

Wagenfeld hätte geschworen, dass »Nein« eines der ersten Wörter war, die der kleine Gottlieb gesagt hatte, nachdem er auf die Welt gekommen war. Er versuchte es mit seinem charmantesten Lächeln

»Vielleicht kann ich auf ihn warten? Ich meine natürlich nur, wenn es Ihnen nicht zu viel Umstände macht.« Er streckte die Hände aus, um ihr die beiden Plastiktüten abzunehmen. Sie waren noch schwerer, als er vermutet hatte. Da ihr offenbar kein Grund einfiel, seinen Wunsch abzulehnen, nickte sie nur und schloss auf. Sie betraten einen engen Flur, in dem eine alte Holztreppe nach oben führte. In der unteren Wohnung öffnete sich eine Tür, aus der ein kleiner Junge seinen Kopf heraus streckte.

»Ich geh schon in die Schule«, krähte er ihnen hinterher. Wagenfeld, der Kinder mochte, aber nie so richtig wusste, worüber er sich mit ihnen unterhalten sollte, drehte sich um. »Das ist ja schön«.

Frau Gabriel drehte sich ebenfalls um. »In die Vorschule, Daniel, das ist erst die Vorschule«. Dann nahm sie Wagenfeld die beiden Einkaufstüten ab und stieg die Treppe hinauf.

»Haben Sie auch Kinder?« Er streckte seine Hand aus, um ihr aus dem Mantel zu helfen. Er war sich nicht sicher, ob sie seine Geste mit Absicht übersah.

»Glücklicherweise nicht. Gottlieb hätte sonst keine Ruhe für seine Arbeit.« Wagenfeld war erleichtert. Sie führte ihn in ein kleines Zimmer, das offenbar Wohn- und Esszimmer zugleich war. Vor dem Fenster stand ein schöner alter Biedermeiertisch mit den dazugehörigen Stühlen.

»Wollen Sie sich nicht setzen?« Sie ging mit ihm zum Tisch. Ihre Hand fuhr vorsichtig über die polierte Tischoberfläche. »Ist das nicht schön? Ich muss immer daran denken, wie viel Arbeit und Liebe früher für die einfachsten Dinge aufgebracht wurden.« Erstaunt bemerkte er, dass ihre Augen feucht wurden. »Aber ich bin unhöflich. Ich habe Ihnen gar nichts angeboten. Ich mache uns schnell einen Tee. Dauert nur einen Moment.«

Beim Hinausgehen schaltete sie die Lampe ein, die über dem Tisch hing und Wagenfeld saß auf einmal in einem grellen Lichtkegel. Er rückte seinen Stuhl ein wenig nach hinten und sah sich um. Bis auf den schönen Tisch und die Stühle war die Einrichtung modern und nichtssagend. Er konnte nur wenige persönliche Gegenstände entdecken. In einem Bücherregal stand eine gerahmte Fotografie, die offenbar nach der Trauung im Standesamt aufgenommen worden war. Er erkannte einen ernsten G.Gabriel, der den Arm etwas linkisch um seine Frau gelegt hatte, die mit einer solchen Intensität in die Kamera lächelte, als wollte sie sich selbst von ihrem Glück überzeugen.

»Das ist unser Hochzeitsfoto.« Unbemerkt hatte seine Gastgeberin das Zimmer betreten. »Er hat damals gerade seine Dozentenstelle bekommen. Wir waren sehr glücklich.« Sie stellte das Tablett mit Teegeschirr ab. Offenbar hatte sie sich vor genommen, das Beste aus seinem Besuch zu machen. Er sah, dass sie ein wenig Lippenstift aufgelegt hatte. Auch die Ringe unter ihren Augen waren verschwunden. »Ich freue mich, dass uns einmal ein Kollege von Gottlieb besucht. Mein Mann hat so viele Verpflichtungen, dass ihm leider nur wenig Zeit für Bekanntschaften bleibt. Außerdem herrscht natürlich auch viel Neid an der Universität. Wenn man etwas Außergewöhnliches leistet, steht man oft alleine da.« Sie nahm die Teebeutel aus der Kanne und schenkte ihm Tee ein. Das Teegeschirr war wirklich exquisit. Wagenfeld fragte sich, wie man in eine solch schöne Kanne Tee aus Beuteln füllen konnte. Er kam sich vor wie ein Snob, spürte aber, dass es um mehr ging als um Snobismus. Es war, als ob in einem Musikstück ein Ton in einer falschen Tonart gespielt wurde. Dieser Ton brachte alles aus dem Gleichgewicht.

»Danke, wirklich köstlich.« Er hatte das Gefühl, sie freute sich ehrlich über diese Floskel. Ihr blondes Haar war perfekt frisiert, die schwarze Hose und der hellblaue Pullover unterstrich ihren sportlichen Typ. Sie machte auf ihn den Eindruck, als wollte sie allen Erwartungen gerecht werden, auch wenn sie nicht genau wusste, welchen. Jetzt spielte sie die Rolle der Gastgeberin.

»Ich dachte mir gleich, dass Sie neu an der Universität sein müssen. Ich habe Sie auf den Treffen der Mitarbeiter noch nie gesehen.« Sie nahm einen Schluck Tee und sah ihn über den Rand der Tasse an. Eine Sekunde lang fühlte er sich ertappt, so als wisse sie genau, warum er hier war.

»Ja, ganz neu sozusagen. Eigentlich bin ich Analytiker.« Er benutzte seinen Beruf nicht zum ersten Mal, um Eindruck zu machen. »Meine Arbeit füllt mich sehr aus. Aber die Lehre ist natürlich auch ein interessantes Gebiet. Ich habe erst vor Kurzem von diesen Treffen erfahren, von Frau Doktor Gödeler. Sie sprach sehr nett von ihrem Mann.«

Ihr Gesicht hellte sich auf. »Ja, ich schätze Frau Doktor Gödeler sehr, sie hat damals zu uns gehalten …«, sie brach verwirrt ab. »Ich meine, sie ist eine sehr nette Frau.«

Wagenfeld, der spürte, dass sie dazu nicht mehr sagen würde, versuchte, das Gespräch unauffällig auf die ermordete Studentin zu bringen.

»Ihr Mann scheint bei den Studenten sehr beliebt zu sein.« Er hoffte, dass diese Schmeichelei nicht zu offensichtlich war, aber sie schien nicht sehr viel Erfahrung mit Schmeicheleien zu haben, denn sie wirkte erfreut. Ihre blassen Wangen hatten etwas Farbe bekommen und sie entspannte sich ein wenig.

»Er nimmt seine Arbeit sehr ernst, vielleicht spüren sie das.«

»Er arbeitet auch als Tutor, nicht wahr?«

Sie nickte. »Obwohl das natürlich zu seinen Pflichten gehört, tut er mehr als nötig wäre. Wenn er spürt, dass jemand begabt ist, hilft er ihm, wo er nur kann. Obwohl ihn das alles von seiner eigenen Arbeit abhält. Er schreibt an seiner Doktorarbeit, wie Sie vielleicht wissen?« Ihr Ton war fragend, eine leichte Besorgnis schwang darin, die Wagenfeld sich nicht erklären konnte. Langsam tat ihm sein Rücken weh. Er versuchte, sich bequemer hinzusetzen und schlug die Beine übereinander, aber das brachte keine wirkliche Erleichterung. Er wusste nicht, ob er es wagen konnte, sie direkt nach dem ermordeten Mädchen zu fragen. Dann riskierte er es. »Ich hoffe, der Tod seiner Studentin geht ihm nicht zu nahe?« In diesem Moment ertönte unter ihnen ein lautes Poltern, das Sekundenbruchteile später von einem markerschütternden Brüllen gefolgt wurde. Ihm entging die Erleichterung nicht, mit der sie auf die kleine Unterbrechung reagierte. »Jetzt ist er wieder mit seinem Rad irgendwo gegengefahren. Das hat er letzte Woche zu seinem Geburtstag bekommen. Ich verstehe nicht, wie man einem Kind erlauben kann, in der Wohnung Fahrrad zu fahren.« Sie schenkte sich Tee nach und zählte sorgfältig drei Teelöffel Zucker ab. »Natürlich hat ihn das getroffen. Mein Mann ist sehr sensibel.

»Kannten Sie die junge Frau auch?«

Die Untertasse klirrte leise, als sie den Teelöffel ablegte. »Nein, ich habe keinen Kontakt zu seinen Studenten. Ich unterstütze meinen Mann so gut ich kann bei seiner wissenschaftlichen Arbeit, aber mit seinen Vorlesungen habe ich nichts zu tun.«

Sie sagte das, als ob sie sich verteidigen müsste. Wagenfeld lächelte sie beruhigend an. »Es muss schön sein, wenn man jemanden hat, der einem Kraft gibt. Ich bin ja leider unverheiratet.« Er hoffte, dass ihm das »leider« einigermaßen überzeugend über die Lippen gekommen war. Ihr schien jedenfalls kein falscher Ton aufgefallen zu sein. Sie entspannte sich wieder.

»Sie sind doch noch jung, da kann noch viel passieren. Aber Sie haben recht, Gottlieb und ich haben sehr viel Glück gehabt. Heutzutage werden so viele Ehen geschieden. Die Menschen haben einfach keine Geduld mehr. Schließlich besteht das Leben nicht nur aus Honig, manchmal muss man sich auch mit trocken Brot zufrieden geben.« Wagenfeld hielt das für eine interessante Feststellung. So wie sie das sagte, hatte es wohl lange keinen Honig mehr für sie gegeben. »Die Menschen nehmen sich keine Zeit mehr. Nicht für andere Menschen und nicht für die Dinge um sie herum. Wenn etwas nicht mehr funktioniert, wird es gleich weggeworfen.«

Das Gebrüll unter ihnen war verstummt. Für einen Moment herrschte eine fast unnatürliche Stille. Kein Autolärm drang durch die geschlossenen Fenster, niemand unterhielt sich auf der Straße, keine Schritte klangen auf dem Pflaster. Wagenfeld spürte plötzlich, dass er versuchte, ganz leise zu atmen. Er räusperte sich. Der Ton kam ihm unnatürlich laut vor. Auf einmal hatte er das Gefühl zu ersticken. Er sah auf seine Armbanduhr.

»Ich glaube, ich kann doch nicht mehr länger warten. Vielleicht bespreche ich alles mit Ihrem Mann in der Universität. Es ist nicht so wichtig. Ich war nur gerade hier in der Gegend, deshalb dachte ich...« Er trank seinen Tee aus, stellte die Tasse vorsichtig auf den Tisch und schob den Stuhl zurück.

»Der Tee war wirklich köstlich, ich hoffe, ich habe Sie nicht von anderen Dingen abgehalten.«

Er war erstaunt, als sie antwortete: »Doch, das haben Sie. Aber das macht nichts. Ich habe genug Zeit.« Sie wartete auf dem Flur, bis er seinen Mantel angezogen hatte. Als er die Wohnungstür öffnete, sagte sie leise: »Er ist ein guter Mann«. Er blieb auf der obersten Treppenstufe stehen, aber sie schloss die Tür. Nachdenklich ging er nach unten. Der Junge saß auf dem Fußboden und spielte mit einem Auto. Wagenfeld verabschiedete sich. »Auf Wiedersehen.« Aber diesmal würdigte Daniel ihn keines Blickes.

Sie stellte die Teetassen auf das Tablett und brachte alles in die Küche. Plötzlich fühlte sie sich so erschöpft, dass sie sich für einen

Moment an der Wand abstützen musste. Während sie ihren Kopf gegen die kalten Kacheln lehnte, atmete sie tief durch. Disziplin war immer ihr Lebensmotto gewesen. Haltung bewahren gehörte zu den unabdingbaren Tugenden eines Erwachsenen. Obwohl sie nie darüber geredet hatten, nahm sie an, dass Gottlieb diese Einstellung am meisten an ihr schätzte. Gefühlsausbrüche waren ihm ein Gräuel. Sie zeigten ihre Zuneigung nicht durch auffällige Gesten und doch waren sie sich so eng verbunden wie kein anderes Ehepaar. Das hatte sie jedenfalls immer angenommen. Während sie ihren Kopf gegen die kalte Wand presste, glaubte sie ein leises Knistern zu hören. Es hatte angefangen. Etwas in ihr zerbrach ganz leise.

10. Kapitel

Weihnachtsstimmung lag in der Luft. In den kleinen Buden wurden Schmuck, Kerzen und verschiedenste Geschenkartikel verkauft. Es gab Crêpes und andere Delikatessen, Gruppen von fröhlichen Menschen standen mit Glühweinbechern in der Hand herum, Kinder saßen in altmodischen Holzkarussells. Das alte Rathaus und der Dom bildeten den ehrwürdigen Hintergrund für das bunte Treiben. Vor zwei Tagen war der Bremer Weihnachtsmarkt eröffnet worden. Alle schienen glücklich zu sein, nur Wagenfeld hatte schlechte Laune. Er trug seine verhasste Mütze und hatte sich einen Wollschal so vor das Gesicht gebunden, dass es ihm – selbst wenn er gewollt hätte – nicht möglich gewesen wäre, irgendeine der angebotenen Leckereien zu essen. Eigentlich liebte er die Vorweihnachtszeit, ein Teil von ihm, der nicht erwachsen werden wollte, erwartete immer noch wunderbare Überraschungen und magische Momente. Aber nicht heute. Der Grund dafür kam gerade um die Ecke gestapft. Die Haare zu einem jungmädchenhaften Pferdeschwanz gebunden, den obligatorischen Schal um den Hals und in ihren alten Pelzmantel gehüllt, strahlte Anna-Lena über das ganze Gesicht.

»Ist das nicht schön, Wagenfeld? Ich liebe den Weihnachtsmarkt.« Ohne sich um seine wortkarge Antwort zu kümmern, hakte sie sich bei ihm unter und zog ihn zu einer Bude, in der übergroße Ohrringe auf schwarzem Samt präsentiert wurden. »Oh, guck mal, der ist ja toll.« Sie hielt sich einen besonders großen an ihr rechtes Ohr. »Wie findest du den?«

Wagenfeld, der zu gut erzogen war, um ehrlicherweise zu antworten, sie sähe damit aus wie eine Kaffeekanne mit Henkel, versuchte das Thema zu wechseln. Schließlich trafen sie sich nicht zum Vergnügen. Er hatte versprochen ihr zu berichten, was er bis jetzt herausgefunden hatte und sie hatte auf einem Treffen bestanden. »Nicht am Telefon, Wagenfeld, ich muss mal raus, ich war so lange eingesperrt.« Am Ende hatte er eingewilligt. Zur Strafe stand er nun hier, frierend und ungeduldig. Er schob den Schal ein wenig nach unten.

»Wie geht es Olaf?«

Sie legte den Ohrring zurück. »Nicht so gut, wie du dir vielleicht denken kannst.« Sie verlor das Interesse an Ohrringen und zog ihn zur nächsten Bude. »Komm, lass uns was trinken, ich lad dich ein.« Wagenfeld, der einsah, dass es zwecklos war, sich zu wehren, nahm den heißen Becher entgegen. Wenigstens konnte er sich so seine Hände wärmen.

Sie sah ihn erwartungsvoll an. »Und, erzähl, hast du irgendetwas entdeckt?«

»Ich hoffe, du versprichst dir nicht zu viel. Zuerst einmal, ich mag den Jungen. Ich kann mir auch nicht vorstellen, dass er etwas mit dem Mord zu tun hat. Aber wie wir beide wissen, kann man so etwas natürlich nicht mit absoluter Gewissheit sagen.« Der Blick, den sie ihm zuwarf, ließ ihn automatisch den Glühweinbecher in einem Zug austrinken. Schmeckte gar nicht schlecht. Er fühlte, wie sich eine angenehme Wärme in seinem Magen ausbreitete. »Nein, du hast recht, Olaf ist unschuldig. Sonst hätte es ja auch keinen Sinn, ihn zu entlasten.«

»Wagenfeld du redest Unsinn. Hast du nun was herausgefunden?«

»Nicht wirklich. Aber es gibt eine Spur, der ich weiter nachgehen werde.« Das Wort »Spur« erfüllte ihn mit Befriedigung. Es hörte sich so professionell an. Anna-Lena hing an seinen Lippen. Er räusperte sich. »Olaf hat mir erzählt, dass Judith im Chor gesungen hat, deshalb habe ich dort angefangen zu recherchieren.«

Anna-Lenas Aufmerksamkeit wurde kurz abgelenkt. »Du meinst, du hast mit der alten Gödeler gesungen? Wagenfeld, du bist tapferer als ich gedacht habe.«

Irritiert fuhr er fort: »Wenn ich etwas über die Frau herausfinden will, muss ich dahin gehen, wo sie auch war. Das ist simpelste Detektivarbeit.« Obwohl er spürte, dass seine Zuhörerin immer noch nicht den gebotenen Ernst aufbrachte, sprach er weiter. »Jedenfalls habe ich mich im Anschluss an die Probe mit Frau Doktor Gödeler unterhalten. Ich finde sie übrigens ganz sympathisch. Am Ende erwähnte sie etwas von einer möglichen Beziehung Judiths zu diesem Statistiker, dem allseits geschätzten Herrn Gabriel. Kannst du dir vorstellen, dass zwischen den beiden etwas gelaufen ist?«

Jetzt besaß er ihre ungeteilte Aufmerksamkeit. »G.Gabriel und Judith? Kann ich mir eigentlich nicht vorstellen. Der Mann ist ja nicht gerade ein Ausbund an Leidenschaft.« Sie kaute nachdenklich auf ihrer Unterlippe. »Obwohl, man sagt ja nicht umsonst, stille Wasser sind tief. Armer Olaf. Das darfst du ihm nicht sagen.«

Wagenfeld, der begann, sich in der Rolle des Ermittlers wohlzu-fühlen, erzählte von seinem Besuch bei Gabriels Frau. »Wenn die beiden tatsächlich eine Beziehung hatten, wäre es natürlich spannend herauszufinden, ob seine Frau etwas davon wusste. Ich denke, sie hat eine übertrieben starke Bindung an ihren Mann. Fast schon neurotisch.« Er stellte sich an den Tresen und holte zwei neue Becher Glühwein. Nach ein paar weiteren Schlucken begann die angenehme Wärme seinen ganzen Körper zu durchdringen. »Nehmen wir mal an, sie wusste davon. Wäre doch ein perfektes Mordmotiv.«

»G.Gabriel hätte es aber auch tun können. Vielleicht hat Judith ihn erpresst?« Anna-Lenas Augen begannen gefährlich zu leuchten. »Du bist richtig gut als Ermittler, das hätte ich nicht gedacht. Was wirst du als Nächstes tun?«

Das war das Problem. Er hatte keine Ahnung. Wagenfeld holte noch zwei Becher Glühwein. Als er den Arm hob, um Anna-Lena zuzuprosten, stieß er mit einem älteren Herrn zusammen.

»Entschuldigung.«

»Da nich für.«

Der ältere Herr lächelte ihn an. Wagenfeld lächelte zurück. Er fühlte sich so warm und geborgen wie lange nicht mehr. Ein wenig mehr Liebe für die Mitmenschen, das war alles, was die Welt brauchte. Für einen Moment vergaß er Olaf und den Mord.

»Ganz schön kalt. Da tut so ein Glühwein ganz gut.«

»Aber die Preise sind unverschämt. Das hätte es früher nicht ge-geben. Fünf Euro. Die denken doch, die können alles mit uns machen. Und wovon soll'n wir das bezahlen? Arbeit gibt's doch auch keine mehr. Früher war das anders. Aber jetzt, überall nur noch Ausländer.« Der alte Herr lächelte nicht mehr. Er begann sich in Zorn zu reden. Wagenfeld rückte ein kleines Stück ab. Das mit der Liebe zu den Mitmenschen war wohl doch nicht so einfach. Er sah, dass Anna-Lena tief Luft holte und zu einer Antwort ansetzte.

»Komm, lass doch, wir haben Wichtigeres zu besprechen.« Er stellte die leeren Becher zurück. Als sie weiter schlenderten, hörten sie den Mann noch eine Zeit lang schimpfen. Glücklicherweise gab es noch andere Glühweinstände. Bald war Wagenfeld wieder versöhnt mit seiner Umwelt, sogar Anna-Lena schien bei näherer Betrachtung eigentlich eine liebenswerte Person zu sein. Er beugte sich zu ihr herunter, um sie zu küssen.

»Wagenfeld, du bist betüddert.« Auch Anna-Lenas Aussprache wirkte nicht mehr ganz korrekt. »Aber das macht nichts. Ist ja schließlich bald Weihnachten.«

Obwohl ihm der Zusammenhang nicht ganz klar war, stimmte er ihr eifrig zu.

Am nächsten Morgen konnte er glücklicherweise ausschlafen. Es war Samstag und bis auf die vertrauten Stimmen von Frau Bruns und seiner Mutter, die wieder irgendwelchen Säuberungsaktionen nachgingen, störte nichts seine Ruhe. Es ging ihm soweit ganz gut, erst als er den Versuch machte aufzustehen, begann es in seinem Kopf zu hämmern. Er konnte sich nicht mehr genau an den gestrigen Abend erinnern, er wusste nur noch, dass Anna-Lena vorgeschlagen hatte, Lübbers zu besuchen. »Was ist denn aus deinem dicken Freund geworden?« waren ihre genauen Worte gewesen. Eine Zeit lang hatten sie in Lübbers Küche gesessen und weitergetrunken. Danach musste er wohl nach Hause gegangen sein, konnte sich aber nicht mehr erinnern, wie er ins Bett gekommen war. Vorsichtig stand er auf und ging ins Bad. Nachdem er zwei Aspirin genommen hatte, fühlte er sich stark genug seiner Umwelt entgegenzutreten. Noch im Bademantel machte er sich auf den Weg in die Küche.

»Mein Gott, Doktor, Sie sehen ja lustig aus. Ist wohl'n büschen spät geworden gestern?« Er konnte sich nicht erinnern, dass Frau Bruns Stimme jemals so laut gewesen war. Warum brüllte die Frau bloß so? »Das kenn ich, wenn Alkohol im Spiel ist, vergessen die Männer Gott und Vaterland. Wie oft hab ich auf Meinen gewartet.

Was war das immer für ein Theater, bis ich ihn dann im Bett hatte. Mein Gott, war der anhänglich, wenn er betrunken war.« Mit dem Putzlappen in der Hand folgte sie Wagenfeld in die Küche. »Da ist noch Kaffee, setzen Sie sich doch, so elend, wie Sie aussehen, ich mach das schon.« Sie steckte den Putzlappen in die Tasche ihrer Kittelschürze und schenkte ihm eine Tasse Kaffee ein. Wagenfeld fragte sich manchmal, wo solche Schürzen noch hergestellt wurden. Vielleicht hatte sie auch vor vielen Jahren einen schier unerschöpflichen Vorrat davon angelegt. Oder sie gingen einfach nicht kaputt. Dankbar trank er den starken Kaffee. Unglücklicherweise hatte Frau Bruns nicht vor, ihn zu verlassen. Sie goss sich ebenfalls eine Tasse Kaffee ein und schickte sich an, ihm Gesellschaft zu leisten.

»Sind Sie jetzt gar nicht mehr an der Universität? Ihre Frau Mutter hat erzählt, da ist wieder jemand ermordet worden. Is ja komisch. Und Sie sind wieder mittenmang.« Ein stiller Vorwurf klang aus ihren Worten. So sehr sie seine Anstellung an der Universität begrüßt hatte, seine Verwicklung in Mordfälle schätzte Frau Bruns gar nicht. Er wunderte sich, dass seine Mutter es erwähnt hatte. »Sie müssen sich da aber nich wieder einmischen oder?« Jetzt spielte sie ihren Trumpf aus. »Das kann ja auch ganz schön gefährlich werden. Ich hab erst neulich wieder im Fernsehen gesehen wie so ein junger Mann, der nur helfen wollte, ins Krankenhaus gekommen ist. Eiskalte Killer sind das heutzutage. Sein Sie bloß vorsichtig.« Mit diesen ominösen Worten ließ sie Wagenfeld allein. Seufzend trank er seinen Kaffe aus. Am besten verließ er das Haus. Solange Frau Bruns den Staubwedel schwang, fand er hier sowieso keine Ruhe. Vielleicht sollte er Lübbers besuchen und herausfinden, was er gestern Abend gemacht hatte. Er befragte seinen Magen und entschied, dass er heute aufs Frühstück verzichten konnte. Eine halbe Stunde später stand er vor dem Laden.

Um diese Zeit war es immer voll. Es wurden noch die letzten Besorgungen für das Wochenende gemacht, alle hatten gute Laune und Zeit sich zu unterhalten. Wagenfeld bewunderte die Leichtigkeit, mit der Lübbers mit seinen Kunden sprach. Ob es um die Knieoperation des Dackels ging oder die Schwierigkeiten, die Kinder auf dem Schulhof hatten: Zu jedem Thema hatte er etwas zu sagen. Mit den älteren Damen flirtete er hemmungslos. Seine manchmal etwas rauen Scherze über wartende Liebhaber und eifersüchtige Ehemänner liebten sie ganz besonders. Wagenfeld, der sich immer noch elend fühlte, machte ihm ein Zeichen und ging nach hinten in die angrenzende Wohnung. In der Küche setzte er Teewasser auf und suchte in der vollen Spüle nach einem Becher. Obwohl er selber eher ordentlich war, störte ihn bei Lübbers die Unordnung nicht. Im Gegenteil, hier fand er sie irgendwie entlastend. Er hatte es sich gerade mit einem Becher Tee am Küchentisch bequem gemacht, als hinter ihm eine vertraute Stimme ertönte.

»Gibt es hier keinen anständigen Kaffee?«

Wagenfeld drehte sich um. Hinter ihm stand Anna-Lena und sie trug Lübbers alten Kimono.

»Sie sind aber schnell wieder da, Herr Doktor.« Die Hand in die Hüfte gestützt, stand Frau Bruns auf dem untersten Treppenabsatz und sah ihn neugierig an. Wagenfeld murmelte etwas, um dann, so schnell er konnte, in den oberen Regionen des Hauses zu verschwinden.

Am Montag verspürte Wagenfeld fast ein Gefühl der Dankbarkeit, als er sich morgens auf den Weg in seine Praxis machte. Es tat gut, sich wieder mit dem Leben seiner Patienten auseinander zusetzen, selbst wenn dies nicht immer einfach war. Aber es war immer noch besser, als sich mit dem Gedanken zu beschäftigen, warum Anna-Lena im Kimono in Lübbers Küche stand. Oder damit, warum ihn das so aus der Fassung gebracht hatte. Als er mittags an seinem Schreibtisch saß und gerade überlegte, ob er in der Pause nach Hause gehen sollte, klingelte das Telefon. Eine unbekannte Stimme wies ihn darauf hin, dass die Universität noch eine Unterschrift von ihm bräuchte. Ob er sich bitte umgehend im Sekretariat melden könnte? Als er den Hörer aufgelegt hatte, sah er einen Moment unschlüssig auf die Uhr. Dann zuckte er mit den Schultern. Wenn er sich gleich auf den Weg machte, hatte er es hinter sich. Er holte seinen Mantel und verließ die Praxis.

»Wo hab ich denn die Unterlagen?« Frau Schwitters durchwühlte den Papierberg auf ihrem Schreibtisch. Die Lesebrille, die schief in ihrem Haar saß, verstärkte den wuseligen Eindruck. Wagenfeld zog seinen Mantel aus, setzte sich in den Besucherstuhl und machte sich auf eine längere Wartezeit gefasst. Eigentlich war ihm die Abrechnung der zwei Vorlesungsstunden ziemlich egal, zumal eine davon ausgefallen war. Aber in Zeiten von Versicherungen und Finanzämtern galt es einige bürokratische Bräuche einzuhalten. Einen triumphierenden Schrei ausstoßend hielt die Institutssekretärin einen Bogen Papier in die Höhe. »Ich wusste doch, dass ich es gesehen habe. Normalerweise macht das meine Kollegin, aber die ist krank und eine Vertretung gibt es nicht. Sie seufzte. »Hier, ich brauch nur Ihre Unterschrift.« Sie gab ihm einen Kugelschreiber und setzte sich ebenfalls. »Wenn das so weitergeht, weiß ich nicht, was ich machen soll. Das kann doch niemand allein schaffen.« Trotz ihrer Klage schien sie es nicht eilig zu haben. Als Wagenfeld ihr den unterschriebenen Bogen zurückgab, sagte sie: »Anna-Lena ist ja doch schneller wieder gesund geworden, als wir gedacht hatten. Ich hoffe, Sie behalten uns in guter Erinnerung. Sie haben wahrscheinlich ein ganz falsches Bild von dem Betrieb hier bekommen.«

Wagenfeld machte eine abwehrende Handbewegung. Er hatte vergessen, dass sie eine gute Freundin von Anna-Lena war. Er wollte sich nicht vorstellen, was Anna-Lena ihr alles erzählt hatte und beschloss, selbst ein paar Fragen zu stellen.

»Zumindest werde ich die kurze Zeit hier in Erinnerung behalten. Es waren keine besonders glücklichen Umstände, wie ich zugeben muss. Vielleicht hat Anna-Lena ja auch erwähnt, dass ich mich auf ihre Bitte hin als Amateurdetektiv versuche«, er wartete einen Moment ab, aber sie sah ihn nur neugierig an, »deshalb wollte ich Sie fragen, ob ihnen noch irgend etwas einfällt, was im Zusammenhang mit der ermordeten Studentin steht? Manchmal sieht man die Dinge ja mit anderen Augen, wenn ein wenig Zeit vergangen ist.«

Frau Schwitters kaute nachdenklich auf dem Kugelschreiber herum. »Leider nein. Ich habe mir schon den Kopf zerbrochen. Aber nein, niente, da ist nichts.« Sie seufzte wieder. Offenbar fasste sie es als ihr persönliches Versagen auf, dass sie ihm nicht weiterhelfen konnte. »Wollen Sie eine Tasse Tee? Ich habe gerade welchen gemacht.« Wagenfeld nickte und dachte an Frau Gabriel. Diesmal bekam er keinen Tee aus Beuteln, sondern eine »energetische Mischung«, die »wundervoll entspannend« sein sollte, wie ihm Frau Schwitters begeistert berichtete. Bei ihr schien sie allerdings nicht zu helfen, denn sie wirkte genauso nervös wie immer. Aber vielleicht lag das nur daran, dass sie so dünn war. Als hätte sie seine Gedanken gelesen, klopfte sie sich auf ihren nicht vorhandenen Bauch.

»Ich kann essen, was ich will. Ich werde nicht dicker. Schrecklich. Ich verstehe nicht, warum diese jungen Dinger alle abnehmen wollen. Ich hätte gerne etwas mehr auf den Rippen. Männer mögen so was, nicht wahr?«

Sie sah ihn mit so erwartungsvollen Augen an, dass er zu der üblichen Floskel griff: »Nicht alle Männer. Ich glaube Männer mögen am meisten Frauen, die mit sich zufrieden sind.« Zu spät fiel ihm auf, dass dies keine gute Antwort war, aber sie schien sich nicht daran zu stoßen.

»Würde ich ja gerne sein. Ehrlich. Vielleicht liegt das ja in unseren Genen. Immer wollen wir das, was wir nicht haben. Wenn wir Locken haben, wollen wir glatte Haare, wenn wir klein sind, wollen wir groß sein, wenn wir dick sind, wollen wir dünn sein.« Sie brach ab. »Männer sind eher zufrieden mit allem, nicht wahr? Beneidenswert.«

Wagenfeld wusste, dass es keinen Sinn machte, darauf hinzuweisen, dass diese Betrachtungsweise etwas zu einfach war. In einem Punkt hatte sie sogar recht: Er machte sein Lebensglück nicht von einem Blick in den Spiegel abhängig. Blond, schlank und die Nase von seinem großen Vorbild Freud: Er war ganz zufrieden mit dem, was er sah.

Als hätte sie zum zweiten Mal seine Gedanken gelesen, musterte sie ihn ebenfalls: »Sie sehen ja auch ganz gut aus. Vielleicht hätte ich auch Psychologie studieren sollen. Es muss schön sein, wenn man sich selbst helfen kann, wenn man Probleme hat.« Wagenfeld wollte ihr diese Illusion nicht nehmen und sagte nichts. Sie füllte sich die dritte Tasse Tee ein und trank sie aus. Beruhigend schien sie nicht zu wirken, ihr Blick war noch ein wenig wilder als sie ihn ansah. »Ich hätte studieren können, ich war die Beste in meiner Klasse. Aber ich hatte drei Brüder. Raten Sie mal, wer heute Akademiker ist. Die Mädchen heutzutage wissen gar nicht, wie viel Glück sie haben. Das hab ich auch zu Judith gesagt.«

Wagenfeld wurde hellhörig. »Wann haben Sie das zu Judith gesagt?«

»Na, als sie hier im Büro war. Sie wollte doch wechseln, wissen Sie das nicht?« Sie sah ihn an, als wäre er völlig begriffsstutzig. »Sie wollte das Fach wechseln und Psychologie studieren. Wegen ihrer Ängste.« Wagenfeld spürte, dass er dabei war, mit offenem Mund dazusitzen und schloss ihn energisch.

»Wegen welcher Ängste?«

Frau Schwitters wurde ungeduldig. »Deshalb war sie doch auch bei Frau Doktor Gödeler in Behandlung. Wegen der Panikattacken. Das hat sie mir jedenfalls erzählt. Aber genützt hat es wohl nichts.« Sie sah ihn vorwurfsvoll an. Wagenfeld fühlte sich schuldig, auch wenn er nicht wusste, warum.

Diesmal standen keine Fahrräder vor der Tür. Er hoffte, dass Olaf zu Hause war. Vielleicht hätte er vorher anrufen sollen? Die Türklingel schrillte, aber nichts rührte sich. Er wollte sich gerade abwenden, als doch noch ein Summen ertönte. Das Treppenhaus war dunkel. Erst als er oben war, sah er Olaf, der sich, ohne ein Wort zu sagen, umdrehte und in die Küche ging. Heute gab es keinen Latte macchiato wie aus dem Eiscafé, stellte Wagenfeld bedauernd fest. Er setzte sich an den Küchentisch.

»Wusstest du, dass Judith bei Frau Doktor Gödeler in Behandlung war?«

Das Erstaunen des Jungen schien echt zu sein. »In Behandlung, nein, warum denn?«

»Hat sie nie darüber gesprochen?« Wenn Judith ihm nichts darüber gesagt hatte, würde er es auch nicht tun.

»Nein, hab ich doch schon gesagt.« Olaf wurde zornig. Das war immerhin eine Verbesserung. Wagenfeld war klar, dass er ihm nicht wirklich helfen konnte. Trauer über den Verlust eines Menschen ließ sich nicht behandeln. Aber manchmal war es möglich, sich für eine kurze Zeit abzulenken. »Sie wollte angeblich auch das Studienfach wechseln und Psychologie studieren. Das hat sie dir auch nicht erzählt?«

Diesmal reagierte Olaf nicht.

»Hatte Judith ein Verhältnis mit ihrem Tutor?«

Olaf sprang auf. »Wer hat Ihnen den so einen Mist erzählt, verdammt noch mal, nein.« Wagenfeld registrierte befriedigt, dass etwas Farbe in sein Gesicht zurückgekehrt war.

»Setz dich wieder. Ich habe mit ein paar Menschen gesprochen, da ist eine Andeutung in dieser Richtung gefallen. Es muss ja nicht stimmen.« Erst jetzt fiel ihm Anna-Lenas Bitte ein, Olaf nichts von der angeblichen Affäre Judiths zu erzählen. Er wechselte das Thema. »Anstatt dir selber leidzutun, solltest du lieber überlegen, ob dir nicht noch irgendetwas einfällt, das uns weiterhelfen kann?«

Olaf stand immer noch vor dem Tisch, die Hände in den Taschen seiner Jeans vergraben. Er wirkte sehr jung. »Mein Gott, glauben Sie, ich hätte mir nicht schon den Kopf zerbrochen? Was denken Sie denn, was ich den ganzen Tag mache? Ich kann nicht mehr schlafen, ich kann nicht mehr arbeiten, immer muss ich an Judith denken. Ich hab sogar kalte Hände.« Das Letzte sagte er mit einer so anklagenden Stimme, dass sich Wagenfeld auf die Lippe beißen musste, um ernst zu bleiben. Er mochte den Jungen.

»Worüber habt ihr denn gesprochen, wenn ihr euch gesehen habt? Über irgendetwas müsst ihr doch geredet haben?«

Die Starre wich aus Olafs Körper und er ließ sich in den Stuhl fallen. »Über alles und nichts. Mein Gott, worüber haben Sie sich unterhalten, als Sie jung waren?« Wagenfeld zuckte bei dieser Bemerkung nur kurz zusammen. »Wir haben über Musik gesprochen. Sie mochte Xavier Naido und so ein Zeug. Die ganzen schmalzigen Sachen, Sie wissen schon. Ich hab sie damit aufgezogen.« Wagenfeld wusste nicht, wollte ihn aber nicht unterbrechen. »Ich glaube, sie ging manchmal sogar in die Kirche.« Olaf machte diese Feststellung, als hätte sie einer exotischen Sekte angehört.

»Ihr habt doch sicher auch über die Uni gesprochen, über euer Studium. Hatte sie mit irgendjemandem Streit? Oder hat sie etwas anderes erwähnt, das wichtig sein könnte?«

Olaf runzelte die Stirn, so intensiv dachte er nach. »Nein, in letzter Zeit nicht. Wir haben uns natürlich über die Arbeiten unterhalten. Manchmal hat sie mir geholfen.« Er blickte trotzig hoch. »Sie war ganz prima in Mathe.« Als Wagenfeld nichts erwiderte, stand er auf. »Wollen Sie was trinken?« Er ging zum Kühlschrank und holte eine Flasche Mineralwasser und zwei Gläser. Auch wenn er wusste, wie albern es war, fühlte sich Wagenfeld enttäuscht, als sein Gastgeber an der Kaffeemaschine vorbeiging. Nachdem er einen Schluck getrunken hatte, fuhr sich Olaf mit der Hand durch das dicke blonde Haar. Seine Stimme wurde wieder leiser. »In letzter Zeit hat sie mehr über ihren Job geredet. Das Altenheim, wo sie gearbeitet hat.« Er sah auf. »Vielleicht wollte sie deshalb Psychologie studieren? Es hat ihr richtig Spaß gemacht.« Er drehte das leere Glas in der Hand und betrachtete es. »Ich weiß nicht, ich hab Zivildienst im Altenheim gemacht, ich war froh, als das vorbei war. Es war eklig. Aber Judith hat das nichts ausgemacht. Sie hat sich mit einigen der alten Leute richtig angefreundet.«

»Hat sie dir Einzelheiten erzählt?«

Olaf schüttelte den Kopf.

Wagenfeld hatte so konzentriert zugehört, dass ihn das Brummen des Kühlschrankes zusammenzucken ließ. Plötzlich beugte sich der Junge vor, als wolle er eine Komplizenschaft zwischen ihnen besiegeln. »Sie kriegen raus, was passiert ist, nicht wahr? Die Bullen haben keine Ahnung.« Wagenfeld fühlte sich geschmeichelt.

11. Kapitel

Die fahle Wintersonne ließ einen Fleck auf dem beigen Teppich-boden hervortreten. G.Gabriel bemühte sich, nicht dorthin zu sehen, aber es gelang ihm nicht. »Kann man das nicht wegmachen?« Er erschrak selbst, als er den harschen Ton hörte, den seine Stimme angenommen hatte. Seine Frau blickte ihn erschrocken und ver-ständnislos an. Er riss sich zusammen. »Nicht so wichtig, vergiss was ich gesagt habe. Ich bin im Moment ...«, er zögerte und suchte nach dem richtigen Wort, aber es fiel ihm nicht ein. Sie lächelte ihn an.

»Ich weiß. Das macht doch nichts.« Dann legte sie beruhigend ihre Hand auf seine Hand. Nur ein kleines Zucken verriet, dass er sie am liebsten weggezogen hätte. Sie bemerkte nichts oder tat zu-mindest so als würde sie nichts bemerken, wofür er ihr dankbar war.

»Hat dich der Mann in der Universität angetroffen? Ich habe seinen Namen vergessen«, sie runzelte die Stirn, »Wagenbach hieß er, glaube ich oder so ähnlich. Er hat nicht gesagt, worum es ging, aber es schien nicht so eilig zu sein. Jedenfalls konnte er nicht mehr auf dich warten.« Als er nichts sagte, fuhr sie unsicher fort: »Es ist doch schön, wenn auch einmal deine Kollegen zu uns kommen. Und du hast ihm doch deine Hilfe angeboten. Ich weiß ja, dass du dich lieber in deine Arbeit vertiefen möchtest, aber manchmal muss man doch auch Kontakt halten, das ist wichtig. Frau Doktor Gödeler hat damals auch gesagt ...« Sie kam nicht dazu, den Satz zu beenden. Er hatte das Zimmer verlassen. Diesmal ließ sie ihn nicht in Ruhe. Sie folgte ihm in sein kleines Arbeitszimmer. Er saß hinter seinem Schreibtisch, der wie eine Mauer zwischen ihnen stand. Er markierte eine Grenze, einen Bereich, der für sie tabu war. In den langen Jahren ihrer Ehe hatte sie sich immer daran gehalten. Zum ersten Mal gab sie nicht nach und blieb vor ihm stehen.

»Was ist los mit dir? Gottlieb, wir müssen reden.«

Er antwortete nicht und wollte nach dem Ordner greifen, der vor ihm lag, aber bevor er ihn erreichen konnte, fegte sie ihn mit einer heftigen Armbewegung vom Tisch. Fassungslos starrte er auf die Papiere, die auf dem Fußboden lagen.

»Bist du verrückt geworden?«

»Was ist denn mit dir? Vielleicht bist du ja viel verrückter.« Sie zitterte plötzlich am ganzen Körper und ihre Stimme klang kreischend in ihren Ohren. Sie erschrak, als sie es hörte. »Glaubst du, ich lass mir das noch länger gefallen? Dieses Ausweichen, dieses Schweigen? Glaubst du wirklich, ich weiß nicht, was los ist?«

Er bückte sich wortlos und begann die Papiere aufzusammeln. Sie starrte auf die kleine kahle Stelle an seinem Hinterkopf. Plötzlich begann sie zu schreien: »Hör sofort auf damit, hör auf, habe ich gesagt, hör sofort auf damit.« Ihre Stimmbänder taten weh von der ungewohnten Anstrengung. Sie wäre so gerne noch lauter geworden, so laut, dass die Fensterscheiben klirrend zerbrachen, so laut, dass seine Trommelfelle platzten. Für eine Sekunde stellte sie sich vor, wie das Blut in Strömen aus seinen Ohren lief. Er hatte sich aufgerichtet und starrte sie fassungslos an. Ein Nerv unter seinem Auge begann zu zucken, wie immer wenn er nervös wurde. Früher hatte sie das gerührt, diese kleine bebende Stelle unter der Haut, sie erinnerte sich an das Gefühl, wenn sie mit den Fingerspitzen zart darüber gestrichen war. Dann hatte sie ihn beruhigt, ihn getröstet und aufgerichtet, sie wusste nicht mehr, wie oft. Jetzt fand sie es nur noch lächerlich.

»Glaubst du wirklich, ich habe nichts gemerkt von deiner kleinen Liaison?« Sie spuckte das Wort in seine Richtung und ein kleiner Speicheltropfen blieb an seiner Wange hängen. Er wischte ihn nicht ab. »Glaubst du, ich habe nicht gespürt, wenn du mit ihr zusammen warst? Für wie dumm hältst du mich eigentlich?«

Er griff nach dem Schreibtischstuhl und ließ sich fallen, als hätten seine Beine plötzlich versagt. Er sah sie nicht an, als er sprach. »Warum hast du denn nichts gesagt?»Meinst du nicht, das wäre deine Aufgabe gewesen?«

»Ich wollte dir nicht wehtun.«

Sie starrte ihn fassungslos an. »Du wolltest mir nicht wehtun? Du hast mir bei lebendigem Leib die Haut abgezogen.« Plötzlich fing sie an zu weinen. Er stand auf und ging um den Schreibtisch. Hilflos versuchte er seinen Arm um sie zu legen, aber sie schüttelte ihn ab. »Weißt du eigentlich, dass sie bei mir war, deine feine Freundin?« Sie suchte nach einem Taschentuch und schnaubte geräuschvoll. »Du warst an der Uni. Ich dachte erst, sie wolle nur ein paar Unterlagen abgeben.« Sie fing an zu lachen, endete aber mit einem kurzen Schluchzer. »Ich wollte mit Ihnen sprechen, hat sie gesagt,es geht um ihren Mann.« Sie wischte sich mit dem nassen Taschentuch über das Gesicht. »Dann hat sie es mir erzählt. Damit ich Bescheid weiß, hat sie gesagt. Die Affäre wäre beendet, aber sie hätte es für ihre Pflicht gehalten, mich zu informieren.« Diesmal gelang es ihr zu lachen. »Dafür war ich ihr wirklich dankbar.«

Es herrschte eine nasse Kälte, die durch den Mantel und durch seine Haut drang. Passanten liefen mit gesenkten Köpfen durch die Straßen, eilig ihre Besorgungen machend. In der Innenstadt strahlte die Weihnachtsbeleuchtung, aber Wagenfelds Stimmung war alles andere als festlich. Er hatte sich eigentlich nur einen neuen Taschenkalender bei Zimmermann am Wall holen wollen und wurde nun zunehmend irritiert durch die Menschen, die so gehetzt aussahen. An der Domsheide ging er, einem plötzlichen Impuls folgend, weiter zum Dom. Nachdem er die schwere Tür geöffnet hatte, umfing ihn Stille, was merkwürdig war, weil auch hier Menschen waren. Aber gleichzeitig war es so dämmerig, kühl und ruhig wie seit Jahrhunderten. Augenblicklich spürte er, wie sein Atem langsamer ging. Er setzte sich auf eine der Holzbänke, seinen Einkauf neben sich. Eine kleine Gruppe Touristen ging an ihm vorbei. Ehrfürchtig die Stimmen senkend, blickten sie sich in dem gewaltigen Kirchenschiff um. Unzählige Generationen von Menschen hatten hier ihre Sorgen und Kümmernisse einem unbekannten Gott anvertraut. Heute gingen sie in die Praxen von Psychologen. Während er in das Kirchenschiff blickte, überkamen ihn Zweifel, ob er ihnen in gleicher Weise helfen konnte. Er schloss die Augen und ertappte sich dabei, dass er die Hände faltete, wie er es als Kind getan hatte. Leise Stimmen neben ihm erklangen, Papier raschelte. Als er aufblickte, saß ein junges Paar neben ihm, das einen Stadtplan ausgebreitet hatte. Die junge Frau erinnerte ihn an Judith. Warum hatte Frau Doktor Gödeler mit keinem Wort erwähnt, dass Judith bei ihr in Behandlung war? Er sah auf seine Uhr. Er hatte noch etwas Zeit. Einem plötzlichen Impuls folgend stand er auf. Das junge Paar sagte etwas auf italienisch und er begriff, dass sie sich entschuldigten, weil sie annahmen, sie hätten ihn im Gebet gestört. Er lächelte ihnen zu und machte sich auf den Weg in die Obernstraße.

»Wie heißt das Buch?«

»Nimm dein Leben in die Hand, von einer Frau Gödeler.«

Das junge Mädchen, das freundlich, aber etwas gestresst wirkte, schickte ihn in eine andere Abteilung. Die Buchhandlung war voll von Menschen und die Schlangen an der Kasse wanden sich quer durch den Raum. Wagenfeld, der bereits begann, seine Idee zu bereuen, sah sich hilflos um.

»Können Sie mir vielleicht helfen?« Seine Bitte wurde von einer mütterlich wirkenden Dame erhört, die ihn ohne Umschweife zum Psychologieregal führte, wo sie in die Abteilung Lebenshilfe griff.

»Ein sehr gutes Buch, ich habe es auch gelesen, sehr verständlich.« Dann sprach sie von ihrer Scheidung und dass man manchmal einfach loslassen müsse, das wisse sie jetzt.

Wagenfeld, der hoffte, dass sich nicht gerade ein Kollege zum Besuch dieser Buchhandlung entschlossen hatte und nun hinter ihm stand, murmelte etwas von einem Geschenk und floh.

Am Abend machte er es sich auf seinem Bett bequem, nahm seine Lesehaltung ein, stopfte sich die Kissen in die Rücken und griff nach Frau Doktor Gödelers Buch. Das Foto auf der Rückseite zeigte sie mit Lesebrille und strengem Blick. Der Klappentext pries das Buch als eine universelle Lebenshilfe, mit der man seine Probleme in kurzer Zeit effektiv lösen konnte. Wagenfeld, der gegen das Wort effektiv allergisch war, fing trotzdem an zu lesen. Sie hatte dem Buch ein kenntnisreiches und amüsantes Vorwort vorangestellt, das mit den Worten schloss: »Ich widme dieses Buch meinem Vater, dem ich alles verdanke«. Das fand er für eine Psychologin eher ungewöhnlich. Was folgte, war zu seinem Erstaunen nicht so schlecht, wie er befürchtet hatte. Der Schreibstil war unterhaltsam, ohne flach zu werden, die Beispiele aus der Praxis geschickt ausgesucht. Er ertappte sich ein oder zweimal dabei, dass er zu schmunzeln begann. Natürlich würde man durch dieses Buch keine ernsthaften Probleme lösen, aber vielleicht konnte es Menschen helfen, die Barriere zu überwinden, die für viele noch vor dem Besuch eines Psychologen lagen. Wagenfeld konnte nicht verstehen, dass es in Fachkreisen so eine Kontroverse ausgelöst hatte, abgesehen von der Tatsache, dass hierzulande jemand, der ernst genommen werden wollte, es sich offenbar immer noch nicht leisten durfte, zu beliebt zu sein. Er nahm sich vor, noch einmal mit Frau Doktor Gödeler zu sprechen. Dann löschte er das Licht und schlief augenblicklich ein.

»Kommst du noch mit in den Schlachthof? Die Band ist echt der Hammer.« Als er keine Antwort bekam, zuckte Julius mit den Achseln. »Dann geh ich eben allein, aber du verpasst was, Alter.« Erst als er das Zuschlagen der Tür hörte und die schnellen Schritte im Treppenhaus, hob Olaf den Kopf. Er erinnerte sich dunkel, dass er Julius versprochen hatte, mit ihm auf ein Konzert zu gehen. War das heute? Er stand auf und nahm sich die Tüte Milch aus dem Kühlschrank. Wenn er nicht so eine Abscheu vor Drogen gehabt hätte, wären ihm jetzt auch ein paar Bier recht gewesen. Aber es gehörte nun einmal zu seiner unumstößlichen Lebensphilosophie seinen Geist nicht zu vernebeln. Bisher war er damit sehr gut zurechtgekommen. Erst seit Judiths Tod konnte er verstehen, dass manche Menschen es vorzogen, allen Schmerz und alle Probleme für ein paar Stunden zu vergessen. Aber ihm war klar, dass der Schmerz und die Probleme nach ein paar Stunden umso heftiger zurückkehren würden. Er trank einen Schluck, stellte die Milch wieder in den Kühlschrank und ging ans Fenster. Ein alter Mann überquerte die Lahnstraße, ohne auf den Verkehr zu achten, und wäre beinahe von einem Auto angefahren worden. Dem Fahrer gelang es im letzten Moment zu bremsen. Als er weiterfuhr, gestikulierte der alte Mann wild hinter ihm her. Olaf verlor das Interesse und beschloss, sich ein Brot zu machen. Er suchte in der

Küchenschublade nach einem Messer, fand aber keines. Julius war mit Abwaschen dran und hatte es wie üblich vergessen. Olaf hasste Unordnung. Normalerweise endeten solche Situationen damit, dass er die Hausarbeit erledigte, weil er das Chaos in der Küche nicht mehr länger aushielt. Er fischte sich aus dem Berg Geschirr auf der Spüle ein Messer, an dem angetrocknete Tomatensoße klebte und verzog angeekelt das Gesicht. Er reinigte es notdürftig unter einem Strahl heißen Wassers. Vielleicht sollte er ausziehen. Alleine wohnen. Irgendwo. Aus Bremen weggehen. Unvermittelt durchzuckte ihn ein heftiger Schmerz. Das Messer klirrte, als es auf den Fliesenboden aufschlug. Olaf starrte auf seinen blutenden Daumen. Plötzlich überfiel ihn so heftige Wut, dass er kaum noch atmen konnte. Er konnte nur noch an eines denken: G.Gabriel hatte es mit Judith getrieben. Auf einmal wusste er, was er zu tun hatte.

Diesmal regnete es nicht, als Wagenfeld aus der Bahn stieg. Ein leichter Nebel lag in der Luft und verhüllte die Umrisse der neuen Gebäude des Technologieparks mit einem gnädigen Schleier. Weil eine Patientin abgesagt hatte, war er überraschend früh aus der Praxis gekommen. Ohne weiter nachzudenken, hatte er sich in die Straßenbahn gesetzt. Während er schon wieder die langen Flure der Universität hinunter ging, hatte er ein schlechtes Gewissen, als er an die Arbeit dachte, die auf seinem Schreibtisch auf ihn wartete. Gleichzeitig musste er sich eingestehen, dass sie um vieles langweiliger war als das, was er jetzt tat. Nachdem er zweimal nach dem Weg gefragt hatte, stand er endlich vor Doktor Gödelers Büro. Er klopfte an die graue Tür und sofort rief eine kräftige Stimme »Herein«. Der Raum war kleiner als er gedacht hatte und mit den üblichen Universitätsmöbeln ausgestattet. Die Psychologin saß hinter ihrem Schreibtisch und blickte ihn über eine Lesebrille fragend an.

»Entschuldigen Sie, dass ich Sie so überfalle«, Wagenfeld zog sich einen der Stühle heran, die um einen runden Tisch neben der Tür standen, und setzte sich. »Es dauert auch nicht lange.« Sie hielt ein Blatt Papier in der Hand, das sie offenbar gerade gelesen hatte. Vor ihr stand eine kleine Bronze, die eine kauernde Frau darstellte.

100

Dem Künstler war es gelungen, in der Haltung zugleich Demut und Unbeugsamkeit auszudrücken, was Wagenfeld bemerkenswert fand. Noch mehr interessierte ihn ein Aquarell, das an der linken Wand hing. Es zeigte ein Pferd in vollem Galopp. Perfekt gemalt hatte es ein schwärmerisch-romantisierendes Element, das er in diesem Büro nicht erwartet hätte. Sein Gegenüber hatte seinen Blick bemerkt.

»Das ist Rubin.«

»Sie reiten?«

»Ja, ich habe erst ziemlich spät angefangen, aber mittlerweile bin ich ganz passabel geworden.« Sie ließ das Blatt Papier nicht sinken.

»Haben Sie Tiere?«

Wagenfeld, dessen einziges Haustier ein Hamster gewesen war, den er gegen den Willen seiner Mutter vom Vater geschenkt bekommen hatte, verneinte. Damals war er sieben Jahre alt gewesen. Er konnte heute noch die nadelspitzen Zähnchen in seinem Finger spüren. »Ich kann mir aber gut vorstellen, dass Tiere eine wichtige Bezugsperson sein können.« Er hatte mit Absicht das Wort »Person« verwendet.

»Wichtiger als manche Menschen, denen man begegnet.« Es sah einen Moment so aus, als wolle sie noch mehr sagen, aber dann wechselte sie das Thema. »Aber Sie wollten mich bestimmt nicht sprechen, um mit mir über meine privaten Passionen zu reden. Was kann ich für Sie tun?«

Wagenfeld hätte nichts dagegen gehabt, weiter über dieses Thema zu sprechen, denn er wusste, dass die Frage, die er eigentlich stellen wollte, heikel war. »Ich habe übrigens gestern ihr Buch gelesen. Es hat mir sehr gut gefallen. Ist ihr Vater auch Psychologe? Ich habe die Widmung gesehen.«

»Nein, er ist Jurist. Er hätte gerne gesehen, dass ich auch Jura studiere, aber das war mir zu trocken.« Ihr Blick fiel auf einen kleinen silbernen Bilderrahmen, der auf ihrem Schreibtisch stand. Dann sah sie Wagenfeld an.

»Ich habe gleich Vorlesung. Ich muss noch arbeiten, wenn Sie mich also entschuldigen wollen.«

Wagenfeld suchte nach einem eleganten Übergang, aber es fiel ihm keiner ein.

»Warum haben Sie mir nicht gesagt, dass Judith Martens Patientin bei Ihnen war?«

Sie zuckte nicht mit der Wimper. »Warum hätte ich das tun sollen, werter Kollege? Sie wissen doch ebenso gut wie ich, dass wir schlechte Ärzte wären, wenn wir überall über unsere Patienten plaudern würden.«

»In Anbetracht der Umstände wäre es sicher zu entschuldigen gewesen. Mir ist natürlich klar, dass Sie mir keine Rechenschaft schuldig sind, werte Kollegin. Es ist so, ich habe das Mädchen zwar nur einmal gesehen, aber ich hatte den Eindruck, dass sie mit mir sprechen wollte. Ich hatte an dem Tag leider keine Zeit und nun quält mich der Gedanke, dass ich ihr in irgendeiner Weise hätte helfen können. Darum dachte ich ...«, er ließ den Satz unvollendet. Wenn er sie richtig einschätzte, würde sie auf seine eher unterwürfige Anfrage reagieren. Sie sah ihn lange an, ehe sie antwortete.

»Sie hätten ihr nicht helfen können. Wahrscheinlich hatte es nichts mit ihren Problemen zu tun, warum sie ein Gespräch mit Ihnen suchte. Sie litt unter einer Angststörung, deren Ursachen wir gerade auf der Spur waren. Eine davon war sicherlich, dass sie sich selbst unter einen ungeheuren Leistungsdruck setzte. Aber wie gesagt ...", sie blickte wieder auf das Blatt, »wir waren erst am Anfang der Therapie. Der Polizei habe ich diesen Umstand selbstverständlich mitgeteilt. Wenn Sie mich jetzt bitte entschuldigen wollen. Ich habe noch zu tun.«

Wagenfeld kam sich vor, als wäre er wieder elf Jahre alt und gerade aus dem Zimmer des Schuldirektors gewiesen worden.

»Ja, dann will ich Sie nicht weiter aufhalten« Sie blickte nicht auf, als er das Zimmer verließ. Einen Moment lang stand er vor der Tür, unschlüssig, was er als Nächstes tun sollte. Vielleicht konnte er die Gelegenheit nutzen, um mit G.Gabriel zu sprechen. Er machte sich auf den Rückweg durch die langen Flure. Als er um eine der zahllosen Ecken bog, hörte er schon von Weitem erregte Stimmen, die ihm bekannt vorkamen.

»Sie geiler alter Bock. Was haben Sie mit Judith gemacht«, Olaf stieß den Mann mit aller Kraft gegen die Wand. Es war, als ob das wabernde Etwas, das ihn seit Judiths Tod begleitet hatte, mit einem Mal zerriss. Er sah alles überdeutlich und scharf wie unter einem Vergrößerungsglas. Die weißblonden Härchen auf seinen Händen, die sich um G.Gabriels Hals legten. Winzige Schweißperlen, die sich auf der Stirn seines Opfers sammelten, um dann langsam an der Nase entlang zu laufen, Lippen, so fest aufeinandergepresst, dass sie blasser waren als die graue Wand. Kein Laut war zu hören, nur sein eigenes Keuchen dröhnte in Olafs Ohren.

»Es ist gut, hör auf damit, Junge.« Zwei Hände legten sich auf seine Schultern und zogen ihn weg. G.Gabriel rieb seinen Hals, auf dem sich rote Flecken abzeichneten. Er sagte kein Wort. Zwei Studentinnen, die gerade den Flur entlang gingen, sahen sie neugierig an. Wagenfeld ließ Olaf los.

»Es ist vielleicht besser, wenn wir in Ihr Büro gehen und uns dort unterhalten.« G.Gabriel sagte immer noch nichts, aber aus der Tatsache, dass er voran ging, schloss Wagenfeld, dass er einverstanden war.

Der Raum war noch kleiner als das Zimmer von Frau Doktor Gödeler und offenbar nicht auf Besucher eingerichtet, denn es gab außer dem Bürostuhl keine weiteren Sitzmöglichkeiten. Die drei Männer blieben vor dem Schreibtisch stehen. Wagenfeld sah die kleinen Schweißperlen auf G.Gabriels Stirn und sein kreidebleiches Gesicht, als die Starre seinem Körper wich. Mit einem kleinen Seufzer lehnte er sich an seinen Schreibtisch. Plötzlich entschlüpfte ihm ein Laut, der wie ein Kichern klang. Wagenfeld, der sah, dass der Mann kurz vor einem Zusammenbruch stand, wurde energisch.

»Olaf, du besorgst bitte einen Kaffe, aber schnell.« Dann wandte er sich an den Mathematiker. »Und Sie setzen sich jetzt auf der Stelle hin.« Wortlos gehorchte G.Gabriel.

»Es scheint sich um ein Missverständnis zu handeln, offenbar ist der junge Mann der Ansicht ich und Frau Martens, also dass wir ...«, er hob das Gesicht und blickte Wagenfeld an. »Ich weiß wirklich nicht, wie dieser Eindruck entstehen konnte.«

»Es stimmt also nicht, dass Sie und Judith Martens eine Beziehung hatten?«

G.Gabriel saß jetzt sehr aufrecht. Wagenfeld, der einen Hocker neben dem Aktenschrank entdeckt hatte, zog ihn an den Schreibtisch und setzte sich. Der Hocker war so niedrig, dass er zu seinem Gegenüber aufsehen musste.

»Das bleibt natürlich unter uns. Wir verstehen, dass Sie Angst haben. Aber vielleicht hilft es Ihnen, wenn Sie uns alles erzählen. Manchmal tut es gut, sich jemandem anzuvertrauen.« Olaf hatte es geschafft eine Tasse heißen Kaffees zu organisieren und betrat gerade den Raum. Auf seinen Wangen glühten zwei kreisrote runde Flecken, als er sie auf den Schreibtisch stellte. Wagenfeld spürte die wütende Energie Olafs neben sich und hoffte, dass er sich zurückhalten würde. G.Gabriel sah sich einen Moment lang im Zimmer um, als suche er nach etwas, das ihm die Entscheidung erleichtern würde. Dann lehnte er sich zurück und sprach. Er hatte sich wieder unter Kontrolle, nur seine Stimme verriet die Anspannung.

»Ich weiß nicht, mit welcher Berechtigung Sie mir diese Frage stellen. Aber wenn Sie es wissen wollen: Ja, Judith und ich hatten eine Beziehung. Es begann im letzten Semester. Sie hat mir beim Tutorium geholfen. Eines Tages kam sie zu mir, um einige Unterlagen abzuholen. Meine Frau war nicht da.« Er presste seine Hände so fest zusammen, dass die Fingerkuppen weiß wurden. »Ich weiß nicht, wie es passiert ist. Sie war einsam und ich in gewissem Sinne auch.«

Olaf konnte sich nicht länger zurückhalten. »Du alter Bock, du Schwein, du hast sie ausgenutzt.« Er wollte sich wieder auf ihn stürzen. Wagenfeld zog, so fest er konnte, an seinem Hosenbein. G.Gabriel wich diesmal nicht zurück.

»Sie können mir glauben, ich habe sie zu nichts überredet. Sie wollte es genauso wie ich.« Er sah ihn an. »Wir haben uns drei Monate lang getroffen. Ich habe sie geliebt. Aber ich konnte doch meine Frau nicht verlassen. Das hat sie nicht verstanden. Sie hat von einem Tag auf den anderen Schluss gemacht.«

Mit einem Aufschrei stürzte sich Olaf über den Schreibtisch und Wagenfeld sprang auf. Er musste seine ganze Kraft aufbieten, um ihn zurückzuhalten. G.Gabriel reagierte nicht. Plötzlich fing er an zu weinen. »Als es vorbei war, ist sie zu meiner Frau gegangen und hat ihr alles erzählt.« Er hob den Kopf und blickte sie an. »Warum hat sie das getan? Warum?«

Wagenfeld, dem nicht klar war, wem die Trauer des Mannes galt, gelang es schließlich, den wütenden Studenten aus dem Zimmer zu bugsieren. Als sie auf dem Flur standen, leistete Olaf keinen Widerstand mehr. Wagenfeld, der sich für seinen Zustand verantwortlich fühlte, warf einen kurzen Blick auf die Uhr. Dann sagte er: »Komm, lass uns was trinken gehen. Ich glaube, du brauchst jetzt etwas Hochprozentiges.«

Mit dem völlig apathischen Jungen neben sich wollte Wagenfeld keine lange Expedition mit der Bahn unternehmen, deshalb bestellte er eine Taxe. Als er dem Fahrer das Fahrtziel nennen wollte, hatte er eine Idee. Es war gleich eins und mit ein wenig Glück erwischten sie Lübbers noch im Laden. Während der Fahrt sprachen beide kein Wort. Nur der Taxifahrer, der sich Schweigen in seinem Wagen offenbar als persönliches Versagen anrechnete, redete ununterbrochen.

»Na, kommen Sie gerade von der Uni? Hat ja heute gar keinen Zweck mehr zu studieren. Mein Neffe hat Betriebswirtschaft studiert und was ist er jetzt? Aushilfe an einer Tankstelle. Wenn Sie mich fragen, können sie die ganzen Universitäten schließen, was die da lernen, braucht doch sowieso keiner.« Dass ihn keiner gefragt hatte, störte ihn offenbar nicht. Ungerührt fuhr er fort. »Und die Schulen gleich mit. Die lernen heutzutage doch nicht mal mehr richtig lesen und schreiben, das ist doch unglaublich. Sollen die doch den Eltern das Geld geben, was diese verdammten Lehrer kriegen und dann unterrichten die Eltern die Kinder zu Hause. Da haben alle was davon, glauben Sie mir.«

Als sie hielten, war Lübbers dabei, die Ladentür abzuschließen. Wagenfeld, der seinen Freund seit der überraschenden Begegnung mit Anna-Lena nicht mehr gesehen hatte, fühlte so etwas ähnliches wie Enttäuschung.

»Ich, ich meine wir …«, stotterte er, »ich dachte …«

»Scheint ja dringend zu sein«, unterbrach ihn Lübbers, drehte sich wieder um und schloss auf.

Olaf folgte ihnen stumm durch den Laden in die kleine Wohnung. Er sagte nichts, als sie die Küche betraten, und setzte sich ohne sich umzuschauen, auf einen der klapprigen Holzstühle. Erst als Lübbers ihm etwas zu rauchen anbot, verzog er angeekelt das Gesicht.

»Nein danke, ich nehme keine Drogen. Haben Sie vielleicht einen Kaffee?« Dann fiel sein Blick auf die Spüle, in der sich das dreckige Geschirr stapelte. Er runzelte die Augenbrauen. »Wenn ich es mir recht überlege, möchte ich eigentlich gar nichts, danke sehr.«

Wagenfeld und Lübbers sahen sich an.

»Das ist Olaf, ein Bekannter der jungen Frau, die ermordet wurde.« Zu spät fiel Wagenfeld auf, dass dies vielleicht nicht der beste Satz war, um ihn vorzustellen, aber ihm fiel kein anderer ein. Natürlich hätte er auch sagen können: »Dies ist der junge Mann, an dem Anna-Lena so interessiert ist«, aber das erschien ihm auch nicht besser. Olafs skeptischen Blick ignorierend nahm Lübbers den verbeulten Kessel und ging zum Herd.

»Ich setz mal Wasser auf. Vielleicht überlegst du es dir ja noch. Ich habe gerade ganz guten Hochlandkaffee reinbekommen.«

Er schüttete dunkle Bohnen aus einer Blechdose in eine alte Kaffeemühle und setzte sich. Die Mühle zwischen den Beinen drehte er gleichmäßig und ruhig, bis der Duft des frisch gemahlenen Kaffees in ihre Nasen stieg. Wagenfeld, der wusste, dass sein Freund morgens auch schon mal einen Pulverkaffee trank, bewunderte dessen psychologisches Geschick. Er hatte das einzig Richtige getan, wie der angeregte Dialog bewies, der sich schon nach kurzer Zeit zwischen den beiden entspann. Sie sprachen über Kaffeesorten, den Unfug von amerikanisiertem Kaffee, der mit künstlichen Aromen versetzt war und den beiden Experten nur den Kommentar »grässlich« entlockte und Lübbers erzählte ein wenig über seine Zeit in Nicaragua. Wagenfeld, der beobachtete, wie sich Olaf zunehmend entspannte, fragte sich nicht zum ersten Mal, wie Lübbers das machte. Erst als sie in Ruhe ihren Kaffee getrunken hatten, brachte Olaf das Gespräch wieder auf den Vorfall an der Universität.

»Sie brauchen gar nicht zu sagen, dass ich das nicht hätte machen sollen.« Sein Blick war so schuldbewusst, dass Wagenfeld überlegte, ob mit dem Jungen grundsätzlich etwas nicht in Ordnung war. Sein Schuldgefühl und seine Reaktion auf Judiths Tod erschienen ihm bei allem Verständnis zu heftig. Vielleicht wäre später eine Therapie ganz hilfreich, um einige Sachen aufzuarbeiten. Aber im Moment hatten sie andere Probleme.

»Immerhin hast du jetzt Gewissheit.« Er sagte das absichtlich so provozierend. Manchmal tat ein wenig Realität ganz gut. »Hast du es ihr nicht zugetraut oder wolltest du es nur nicht wahrhaben?«

»Ich wusste, dass sie sich nicht für mich interessiert hat. Jedenfalls nicht so.« Seine Stimme war trotzig. »Aber dass sie mit so einem alten Sack ins Bett steigt: Nein, das hätte ich ihr nicht zugetraut.«

Lübbers, der gerade dabei war, Kaffee nachzuschenken, setzte sich wieder. »Sie hatte also ein Verhältnis mit einem Dozenten, wenn ich euch richtig verstanden habe. Und, was schließen wir daraus? Hat er sie abgemurkst?«

Der Blick, den Olaf ihm zuwarf, zeigte, dass er gerade dabei war, ein paar Sympathiepunkte zu verlieren.

Lübbers hatte keine Lust mehr auf Kaffee und holte sich ein Bier aus dem Kühlschrank. »Und dann hat sie die Affäre beendet und ist zu der Ehefrau und hat ihr alles erzählt? Klingt auch nicht so nett. Was ist denn mit der Ehefrau? Wäre doch ein klassisches Motiv?«

Wagenfeld sah sich wieder unter dem Lichtkegel in ihrem Wohnzimmer sitzen. »Darüber habe ich auch schon nachgedacht.«

Zuhause angekommen ging er gleich in seine Wohnung. Er legte eine Cd ein und hörte Shirley Horn zu, die von Liebe und Verlust, den uralten Themen des Jazz, sang. Die Melancholie hüllte ihn ein wie eine Decke als er mit geschlossenen Augen auf seinem Sofa lag. Er dachte an Judith und die Pläne, die sie für ihr Leben gehabt hatte und an die Frau von G.Gabriel in ihrer einsamen Ehe. Er dachte über den Tod nach, der zu früh und manchmal auch zu spät kam. Dann öffnete er die Augen und ging zum Cd-Player. Er hatte genug gehört.

12. Kapitel

»Und, was macht dein Fall?«

Es war das erste Mal, dass ihn seine Mutter darauf ansprach. Wagenfeld seufzte. Als er nach Hause gekommen war, hatte er Hunger gehabt. Jetzt sah er sehnsüchtig auf den Kartoffelauflauf, der auf dem Tisch im Wintergarten stand.

»Ich weiß nicht, was du meinst. Es gab einen Todesfall, aber das hat nichts mit mir zu tun.«

Sie schwieg einen Moment lang, dann füllte sie eine Portion heißen Auflauf auf seinen Teller. Die Adern auf ihren Händen waren dick und bläulich, die Gelenke der Finger knochig. Sie wird alt, dachte er, und plötzlich überfiel ihn eine Bestürzung, die er nicht erwartet hätte.

»Ist was, Wilhelm? Du siehst aus, als hättest du ein Kalb verschluckt.«

Prompt verbrannte er sich den Mund und trank hastig einen Schluck Mineralwasser. Sie beobachtete ihn mit halb erhobener Gabel, sagte aber nichts weiter. Irgendwann würde der Tag kommen, an dem sie kein eigenständiges Leben mehr führen konnte. Er wusste nicht, wie er sich dann fühlen würde. Es wäre sicherlich am besten, wenn sie so lange es ging, in ihrer alten Umgebung blieb. Die Vorstellung, sie unter alten hinfälligen Menschen zu sehen, erschreckte ihn. Er dachte an Judith. Wieso hatte sie sich gerade eine Stelle in einem Altersheim gesucht? Wenn man glauben durfte, was sie Olaf erzählt hatte, hatte sie die alten Menschen gerne gepflegt. Er dachte daran, wie sie vor ihm gestanden hatte, groß, stark, mit dieser grässlichen Armeejacke und dem Schottenrock. Unangepasst, hatte er gedacht. Er musste an ihr Verhältnis mit G.Gabriel denken. Wie kam es, dass ausgerechnet sie ein Verhältnis mit diesem Mann einging? Was hatte sie in ihm gesehen? Und was hatte sie dazu gebracht, seine Frau über eine Affäre zu informieren, die schon beendet war? Etwas passte nicht, das spürte er. Er musste noch mehr über sie erfahren.

»Träumst du, Wilhelm?«

»Nein, ich habe nur nachgedacht.« Er lächelte sie an. »Wirklich köstlich, der Auflauf.«

»Das freut mich, besonders weil er dir sonst nie geschmeckt hat.« Sie zog eine Augenbraue hoch. Ihr Blick war so wach und kritisch wie immer. Plötzlich fasste er einen Entschluss. Er würde im Altenheim anrufen und unter einem Vorwand einen Termin vereinbaren. Die Arbeit im Altenheim hatte sie so stark beschäftigt, dass sie mit Olaf darüber gesprochen hatte. Vielleicht würde er dort mehr über sie erfahren. Zufrieden widmete er sich wieder dem Essen.

»Gibt es noch Nachtisch?«

In den nächsten Tagen kam er nicht dazu, seinen Plan in die Tat umzusetzen. Die Therapiestunden erschöpften ihn mehr als sonst. In der Praxis klingelte ununterbrochen das Telefon, neue Patienten baten um Termine. Olaf rief an, mit der Mitteilung, dass er wieder verhört worden war und der Frage, ob Wagenfeld schon etwas Neues herausgefunden hatte. Ein Anruf von Anna-Lena kam, mit der gleichen Frage. Außerdem erkundigte sie sich, warum er neulich so »komisch« gewesen wäre und warum er sie nicht mehr besuchen würde? Er hatte etwas Unverbindliches gemurmelt und schnell wieder aufgelegt. Die Arbeit, die er vernachlässigt hatte, häufte sich auf dem Schreibtisch so, dass er an zwei Tagen länger als sonst in der Praxis blieb. Wenn er nach Hause kam, hatte er nicht einmal mehr Lust Musik zu hören oder zu lesen. Erst am Ende der Woche fiel ihm sein Entschluss wieder ein. Er rief Olaf an.

»Kannst du dich noch an den Namen erinnern, ich meine, von dem Heim, wo Judith gearbeitet hat?«

Das Telefon blieb stumm.

»Hallo,« rief er versuchsweise und dann noch einmal, etwas lauter: »Hallo«

»Sie brauchen nicht so zu schreien, ich überlege. Es war ein Frauenname, ziemlich oldschool, Martha oder so ähnlich.«

»Bist du sicher?« Diesmal flüsterte Wagenfeld fast.

»Nee. Nicht wirklich. Warten Sie mal.« Es gab eine längere Pause, dann hörte er wieder Olafs Stimme. Er war etwas außer Atem. »Julius wusste es noch. Hat'n Supergedächtnis der Alte.«

Das überraschte Wagenfeld. »Und?«

»Ach so, Margot, Haus Margot, irgendwo in Schwachhausen.«

»Danke.« Er legte auf. Gut, dass er noch eines dieser etwas aus der Mode gekommenen Telefonbücher besaß. Nach kurzem Blättern entdeckte er die Adresse und fünf Sekunden später versicherte ihm eine freundliche Frauenstimme, dass »Haus Margot« genau das Richtige für seine Mutter wäre. Sie ließ sich seine Adresse geben und vereinbarte einen Termin.

Am Sonntag traf er sich mit Anna-Lena im Bürgerpark. Die Luft roch frisch. Vor dem Caféhaus am Emmasee schwamm eine einsame Ente. Seine Begleiterin hatte eine Mütze mit Ohrenklappen auf, die in Sibirien noch zu warm gewesen wäre.

»Trägt man das jetzt?«»Mann vielleicht nicht, Frau schon. Wir können ja nicht alle so hanseatisch unauffällig rumlaufen wie du.« Als sie sich bei ihm einhakte, stieg ihm ihr Geruch in die Nase und er fragte sich verwundert, warum er dieses Gefühl von Eifersucht spürte und wem es galt. Er räusperte sich.

»Ich war mit Olaf bei Lübbers. Der Junge war ziemlich verwirrt, nach seiner Attacke auf G.Gabriel. Hast du mit ihm gesprochen?«

»Mit wem, mit Olaf, mit Lübbers oder mit G.Gabriel?«

Wem immer es gegolten hatte, das Gefühl von Eifersucht war verschwunden. »Ich meine natürlich mit Olaf.«

Anna-Lena blieb stehen.

»In Wirklichkeit meinst du Lübbers. Lübbers und mich. Du willst wissen, ob was zwischen uns ist, richtig Wagenfeld?«

Obwohl sich Wagenfeld besser in der Rolle des undurchdringlichen Beobachters gefiel musste er zugeben, dass sie recht hatte.

»Wenn du es wissen willst, musst du schon fragen.«

Sie gingen weiter. »Außerdem gibt es Wichtigeres. Ich mache mir ernsthaft Sorgen um Olaf. Wenn es irgendetwas gibt, das du tun kannst Wagenfeld, dann tue es. Ich bitte dich.«

So ernsthaft hatte er sie noch nie gesehen. Den Rest des Spazier-
ganges verbrachten sie schweigend. Anna-Lena blieb nur noch
einmal stehen um eine verschrumpelte Kastanie aufzuheben, die am
Wegrand lag. Sie warf sie mit Schwung ins Wasser und die Ente
kam hungrig angepaddelt. Als sie ihren Irrtum bemerkte, blickte sie
die beiden Menschen böse an.

Als er am Montag aus der Praxis kam, erwartete ihn seine Mutter
im Flur. In der Hand hielt sie einen Prospekt und ihr Blick verhieß
nichts Gutes. Während er seinen Mantel auszog, versuchte er zu
erraten, worum es ging, aber es gelang ihm nicht.

»Hättest du ein paar Minuten Zeit?«

Er folgte ihr neugierig in ihr Wohnzimmer und nahm auf einem
der Biedermeierstühle Platz. Anders als in seiner Etage gab es hier
keine Designklassiker, sondern nur Möbel aus einer Zeit, als es
diesen Begriff noch nicht gegeben hatte. Sie setzte sich auf das Sofa
und legte wortlos den Prospekt auf den Tisch. Es handelte sich um
eine Broschüre, in der auf hochglänzenden Seiten die Vorzüge des
Alten- und Pflegeheimes »Haus Margot« angepriesen wurden. Ihm
wurde übel.

»Woher hast du das?«

»Die Frage ist weniger, woher ich es habe als die, warum es an
unsere Adresse geschickt wurde.« Obwohl seine Mutter sich bemühte, ihn ihre Aufregung nicht spüren zu lassen, zitterte ihre
Stimme. »Ich hätte erwartet, Wilhelm, dass du zuerst mit mir
darüber sprichst. Schließlich geht es mich ja wohl auch etwas an.«

»Es ist nicht so wie du denkst.«

»Ach.«

»Nein, wirklich, ich meine, ach verdammt, das hat man davon,
wenn man versucht jemandem zu helfen.« Es gelang ihm, sich un-
gerecht behandelt zu fühlen, bis er zu seinem Entsetzen sah, dass
ihre Augen feucht wurden. Er konnte sich nicht erinnern, seine
Mutter jemals weinen gesehen zu haben und er hatte nicht vor mit
über vierzig damit anzufangen. »Ich meine nicht dich, wenn ich
jemals auf die Idee käme, dich in ein Heim, ich meine, das ist doch
völlig absurd. Und wenn, würde ich es dir sagen.« Selbst in seinen

Ohren klang das nicht überzeugend. Er seufzte. »Also gut, ich erzähle dir alles.«

»Ich warte.«

Als er fertig war, sah sie ihn ungläubig an.

»Ich habe dich richtig verstanden? Du versuchst einen jungen Mann zu entlasten, den du eigentlich gar nicht kennst und du willst in das Altenheim gehen, weil die junge Frau, die ermordet wurde und die du nebenbei auch nicht kennst, dort gearbeitet hat und deshalb willst du dich dort umschauen?« Sie blickte auf den bunten Prospekt, der vor ihr lag. »Ich weiß nicht, was ich davon halten soll.«

Ehe er sich darüber im Klaren war, wohin das führen konnte, hörte er sich sagen: »Wenn du mir nicht glaubst, komm doch mit.«

Sie sah ihn an. »Du meinst, ich soll bei deiner Scharade mitmachen? Als dein Doktor Watson?«

So hatte er das eigentlich nicht gemeint. Ob es nun der Gedanke war, in seinem Plan eine Rolle zu spielen oder ob sie ihm weiterhin misstraute: Was den Ausschlag gab, konnte er nicht sagen. Auf jeden Fall sah sie ihn mit hochgezogener Augenbraue an. »Falls du damit gerechnet hast, dass ich ablehne, hast du dich geschnitten, Wilhelm. Ich komme mit. Wann findet diese »Untersuchung« statt?«

»Morgen Nachmittag«, war alles, was er noch sagen konnte.

Einen Tag später bestellte er ein Taxi. Als seine Mutter die Treppe herunter kam, sah er zu seinem Erstaunen, dass sie ganz in Schwarz gekleidet war.

»Warum trägst du schwarz?«

Sie musterte ihn mit hochgezogener Augenbraue. »Ich finde es überzeugender, wenn ich eine Frau spiele, die gerade Witwe geworden ist. Weil ich dir nicht zur Last fallen will, erkundige ich mich nach einem Platz in dieser Einrichtung. Wenn ich dir helfen soll, musst du es schon mir überlassen, in welcher Weise.« Wagenfeld verdrehte die Augen.

Die kurze Fahrt verbrachten sie schweigend. Sie hielten vor einer imposanten Villa, an der nur das dezente Messingschild darauf hinwies, dass es sich um ein privates Pflegeheim handelte. Als sie über den Kiesweg schritten, vorbei an den sauber gestutzten Buchsbaumeinfassungen der Beete, war ein großer dünner Mann in einem blauen Overall gerade dabei, den Weg zu harken. Seine Mutter grüßte ihn durch ein kurzes Neigen ihres Kopfes. Er unterbrach seine Arbeit und schaute missbilligend auf die Unordnung, die ihre Schritte im Kies hinterlassen hatten. Wagenfeld hoffte für ihn, dass die Villa nicht allzu viele Besucher hatte. Sie setzten ihren Weg fort und traten durch die große schwarze Eingangstür in eine marmorgetäfelte Halle. Auch hier wies nur ein kleines unauffälliges Schild an der weißen Tür links den Weg. »Büro« stand darauf, kurz und bündig. Er klopfte und sie traten ein. Das Zimmer war klein, aber durch zwei große Rundbogenfenster, die fast die ganze Wand einnahmen, erstaunlich hell. Vermutlich war es von einem größeren Raum abgetrennt worden. An den Wänden standen Regale voller Aktenordner, nur ein abstrakter Druck in sanften Rot- und Orangetönen brachte etwas Farbe in das Zimmer. Eine rundliche Frau in kam hinter dem schwarzen Schreibtisch hervor und begrüßte sie mit professioneller Freundlichkeit. Unter ihrem blauen Kostüm trug sie einen weißen Rollkragenpullover, der auf unschöne Weise ihren kurzen Hals betonte. Sie reichte Wagenfeld eine weiche feuchte Hand.

»Herr Wagenfeld, wie schön. Das ist sicher Ihre Frau Mutter, guten Tag erst einmal, wenn Sie nichts dagegen haben, gehen wir ins Besuchszimmer, da haben wir etwas mehr Platz und Ihre Frau Mutter kann sich gleich einen Eindruck machen.« Sie führte sie aus dem Zimmer in die Halle. Wagenfeld konnte sehen, dass die subtile Entmündigung seiner Mutter nicht verborgen geblieben war. Bei aller Professionalität hatte die Frau offenbar keinerlei psychologisches Gespür. Sie wurden in ein anderes Zimmer geführt, das durch kleine Gruppen von Tischen und Stühlen den Charakter eines Cafés hatte. Die Wände waren in sanftem Gelb gestrichen und die hellen Rohrstühle und die Pflanzen, die im Raum verteilt waren, verliehen dem Raum eine warme Note. Trotzdem blieb ein Gefühl von Sterilität, das sich durch alle Farbpsychologie und gekonnte Innendekoration nicht verbergen ließ. Sie nahmen an einem der

Tische Platz. Bevor sich die Dame wieder an Wagenfeld wenden konnte, sagte seine Mutter mit aller Herablassung, zu der sie fähig war: »Das ist ja ganz nett hier.«

Die Frau verlor keine Sekunde ihr professionelles Lächeln. »Es freut mich, dass es Ihnen gefällt, die meisten unserer Damen fühlen sich sehr wohl hier.« Wagenfeld zuckte bei den Worten »unsere Damen« kurz zusammen. Seine Mutter richtete ihre blauen Augen auf ihr Gegenüber. »Es ist natürlich immer die Frage, was man gewohnt ist. Ich denke, bei den Preisen, die Sie verlangen, sollte ein gewisser Standard schon gewährleistet sein.«

Bevor es zu einem offenen Scharmützel kommen konnte, schaltete sich Wagenfeld ein. »Wir wollen uns doch erst einmal einen Eindruck verschaffen. Vielleicht könnten Sie uns etwas über die Zimmer erzählen. Es ist nicht einfach für meine Mutter, wie Sie sich ja denken können.« Etwas boshaft setzte er hinzu: »Vor allem nach dem Verlust, den sie erlitten hat.« Seine Mutter sah ihn einen Moment verständnislos an. Offenbar hatte sie ihren Entschluss vergessen, erst seit Kurzem verwitwet zu sein. Ihre Gastgeberin war sofort voller Mitgefühl.

»Natürlich, wir wissen, dass dies oft eine heikle Situation ist. Aber seien Sie versichert, dass wir alles tun werden, damit Sie sich hier zuhause fühlen. Auch wenn natürlich ein eigenes Heim nicht wirklich ersetzt werden kann. Aber wir tun unser Bestes.« Sie stand auf. »Vielleicht machen wir erst einmal einen kleinen Rundgang. Wenn man etwas mit eigenen Augen sieht, ist es doch immer am einfachsten.«

Sie gingen durch die Halle in einen langen Flur, an dessen Ende eine geschwungene Treppe mit schmiedeeisernem Geländer in den zweiten Stock führte.

»Hier unten sind die Zimmer unserer nicht mehr so beweglichen Patienten.« Mit diesen Worten klopfte die Geschäftsführerin einmal kurz an eine Tür und trat ein. »Guten Tag Frau Riebe, wir wollen Sie nicht stören, aber wir würden gerne kurz einen Blick in Ihr Zimmer werfen.«

Die alte Frau am Fenster saß in einem Rollstuhl und beäugte sie misstrauisch. Das Zimmer war mit eigenen Möbeln durchaus wohnlich eingerichtet, die Wände schmückten norddeutsche Landschaftsbilder und nur das moderne Bett stand einsam und funktionell zwischen den ganzen Antiquitäten. Plötzlich ertönte die brüchige Stimme der alten Frau: »Gibt es endlich Mittag?« Ihre Führerin antwortete ebenso laut wie freundlich-bestimmt: »Aber Frau Riebe, gleich gibt es doch schon Abendbrot. Wir lassen Sie auch schon wieder in Ruhe.« Mit diesen Worten schloss sie die Tür. »Sie sehen also, es gibt die Möglichkeit das Zimmer so persönlich einzurichten, wie Sie möchten. Jedes Zimmer verfügt natürlich über ein angeschlossenes Bad. Ich zeige Ihnen jetzt noch die Zimmer im ersten Stock, dort leben unsere Damen, die noch etwas mobiler sind, wenn ich das mal so sagen darf.« Sie stiegen die Treppe hoch. Als Wagenfeld einen Blick zurückwarf, sah er, dass der Mann im Overall im Flur stand. Offenbar hatte er den Kies fertig geharkt. Er beobachtete sie misstrauisch, als warte er darauf, dass sie anfingen, Zigarettenkippen auf die saubere Treppe zu werfen. Der Flur im ersten Stock war ebenso wie der untere weiß gestrichen. Die Messingbeschläge an den Türen waren blitzblank geputzt und Wagenfeld dachte, dass selbst seine Mutter in puncto Reinlichkeit hier nichts auszusetzen haben dürfte. Die Geschäftsführerin klopfte wieder an eine Tür und sie betraten ein ebenfalls sehr persönlich eingerichtetes Zimmer. Diesmal wurden sie von der Bewohnerin begrüßt, einer hageren Dame, deren Adlernase noch ausgeprägter war als Wagenfelds eigene. Sie trug eine beigefarbene Strickjacke über einem langen bunten Rock, ihre Füße steckten in Gesundheitssandalen.

»Schauen Sie sich nur um in meinem kleinen Reich, es ist nicht mehr viel, was am Ende übrig geblieben ist, aber für mich reicht es.«

Die Geschäftsführerin lachte, als hätte sie gerade einen besonders guten Witz gehört. »Frau Meiser hat so einen wunderbaren Humor.« Wagenfeld konnte sehen, wie die so gerühmte und seine Mutter einen Blick tauschten. Für die Eigenart, von Kranken, Behinderten oder alten Menschen in ihrem Beisein in der dritten Person zu sprechen, hatte er noch keine wirklich einleuchtende Erklärung gefunden.

»Hier haben wir sogar zwei Räume, Sie sehen, es ist wie eine kleine Wohnung eingerichtet.« Frau Meiser trat beiseite. Sie wurden in einen angrenzenden kleinen Raum geführt, den die Besitzerin offenbar als Arbeitszimmer nutzte.

»Sie schreiben?« Die Stimme seiner Mutter klang ehrlich interessiert.

»Ich versuche es zumindest. Ich habe als junges Mädchen einige Jahre im Ausland gelebt und bringe nun meine ganz persönlichen Erinnerungen zu Papier.«

»Schade, dass Sie keinen Kriminalroman schreiben, ich habe gehört, es hat hier einen Mord gegeben?« Wagenfeld stockte der Atem, als er seine Mutter hörte. Es schien aber niemand etwas Verdächtiges an ihren Worten zu finden.

Die Dame von der Geschäftsführung hatte den richtigen Ton an Betroffenheit in ihrer Stimme: »Das war ganz furchtbar, eine junge Frau, die hier aushilfsweise gearbeitet hat, ist ums Leben gekommen. So tragisch dieser Vorfall auch war, hat er doch mit unserem Haus glücklicherweise nichts zu tun.«

Frau Meiser wandte sich ausschließlich an Wagenfeld und seine Mutter. »Die junge Frau war sehr beliebt. Sie hat hier seit einem halben Jahr gearbeitet. ‚Aushilfsweise‘ würde ich das nicht nennen.«

»Hat man schon einen Verdacht?« Seine Mutter ließ sich die Gesprächsführung nicht mehr aus der Hand nehmen.

»Soweit ich weiß, wird in alle Richtungen ermittelt, so heißt das ja wohl. Jemand von der Polizei war hier und hat alle befragt. Ein unangenehmer Mensch.

Das glockenhelle Lachen der Geschäftsführerin ertönte. »Aber Frau Meiser, so kann man das nicht sagen. Ich denke, es wird kompetent gearbeitet und wir wissen ja auch nicht, wie weit die Ergebnisse schon gediehen sind.« Beinahe triumphierend wandte sie sich an ihre Zuhörer: »Wie ich erfahren habe, wurde ein junger Mann festgenommen, der wohl mit ihr befreundet war.«

Eines war Wagenfeld klar: Wenn der Mord nicht aufgeklärt wurde, blieb der Verdacht ewig an Olaf haften. Bevor er etwas erwidern konnte, ertönte die Stimme seiner Mutter. »Wenn die junge

Frau so beliebt war, hat der Mord ja vielleicht doch etwas mit dem Heim zu tun, möglicherweise ging es um eine Erbschaft?«

»Das halte ich für sehr unwahrscheinlich, liebe Frau Wagenfeld, vielleicht zeige ich Ihnen jetzt einfach mal das weitere Haus.« Das Lächeln der Geschäftsführerin gefror einen winzigen Moment lang, dann ging sie, ohne ihre Antwort abzuwarten, aus der Tür und ihnen blieb nichts anderes übrig, als ihr zu folgen. Als sie das Zimmer verlassen wollten, sagte Frau Meiser so leise, dass es außer ihm und seiner Mutter niemand hören konnte. »Ich mochte die junge Frau sehr gerne. Sie hat sich rührend um Frau Oltjen gekümmert, eine ältere Dame, die bettlägerig war. Leider ist sie zwei Tage nachdem der Mord geschah gestorben.« Sie wandte sich an seine Mutter: »Aber ich will Sie mit diesen Geschichten nicht vergraulen, meine Liebe. Schaun Sie sich erstmal alles an.« Mit einem freundlichen Nicken schloss sie die Tür. Während Wagenfeld den enthusiastischen Schilderungen der Geschäftsführerin lauschte, die durch die harschen Kommentare seiner Mutter unterbrochen wurden, zerbrach er sich den Kopf, warum er das Gefühl hatte, eben etwas gesehen zu haben, an das er sich besser erinnern sollte. Sie bogen gerade um die Flurecke, als es ihm einfiel. »Wenn Sie mich ganz kurz entschuldigen wollen, ich komme gleich wieder.« Ohne weitere Erklärung lief er zurück und klopfte noch einmal an die Tür. Frau Meiser sah ihn erstaunt an. Er war etwas außer Atem.

»Sie werden sich vielleicht wundern, aber mir ist eben aufgefallen, es ist nur, weil ich es auch gerade gelesen habe und dachte: so ein Zufall.« Während er sprach, war er zu ihrem kleinen Arbeitszimmer gegangen. Er hatte sich nicht geirrt, das Buch lag auf dem Schreibtisch. »Schöner Titel: Nimm dein Leben in die Hand, ja genau, das habe ich auch gerade gelesen. Hat es Ihnen gefallen?«

Wenn ihr seine Frage merkwürdig erschien, ließ sie es ihn nicht spüren. »Eigentlich war es sogar der Ausschlag, dass ich angefangen habe, meine Memoiren zu schreiben. Es hat mich sehr motiviert.«

Wagenfeld, der in dem Buch geblättert hatte, stieß auf eine kurze Widmung. »Haben Sie die Autorin kennengelernt?«

Frau Meisers hageres Gesicht errötete vor Stolz. »Sie ist eine fantastische Frau. Kennen Sie Frau Doktor Gödeler auch?«

Wagenfeld nickte.

»Und was glaubst du, wen sie dort besucht hat?« Wagenfeld lehnte sich triumphierend zurück. »Sie hat Frau Oeltjen besucht, die alte Dame, die Judith gepflegt hat.« Gleich nachdem er seine Mutter zu Hause abgeliefert hatte, war er zu Lübbers geeilt, um ihm das Neueste zu erzählen.

»Und du bist da tatsächlich mit deiner Mutter hin?«

Ein Stuhlbein fing an zu wackeln und er verlagerte vorsichtig sein Gewicht. »Das ließ sich nicht vermeiden. Hörst du mir eigentlich zu? Darum geht es doch gar nicht!«

Lübbers saß an seinem Küchentisch und betrachtete Fotos von einem alten Ford, den er kaufen wollte. Wagenfeld hatte den Verdacht, dass er nicht ganz bei der Sache war.

»Trotzdem, hätte ich gerne gesehen, wie deine Mutter den Prospekt entdeckt hat.«

Er war nahe daran, Lübbers die Fotos aus den Händen zu reißen.

»Überleg doch mal, wie wahrscheinlich ist es, dass Frau Gödeler eine alte Frau in einem Altenheim besucht, in dem die Ermordete seit Kurzem gearbeitet hat?«

Lübbers überlegte. »In Bremen? Ziemlich wahrscheinlich. Hier kennt doch jeder jemanden, der den kennt, den man gerade kennengelernt hat.« Er stutzte. »Du weißt, was ich meine?«

Wagenfeld winkte ab. »Ja, ich weiß was du meinst, aber trotzdem, ich finde es merkwürdig.«

»Ich dachte, wir finden die Frau von diesem Statistikdozenten verdächtig? Wie hieß er noch?«

»G.Gabriel.«

»Ihr Motiv ist nicht von schlechten Eltern. Hast du darüber schon mal nachgedacht? Welches Motiv soll den die Gödeler gehabt haben, hast du eine Ahnung?«

Wagenfeld schwieg. Natürlich hatte er keine Ahnung.

»Willst du ein Bier?« Den Rest des Abends guckte sich Wagenfeld Fotos von alten Autos an.

13. Kapitel

Als er am nächsten Tag noch darüber nachdachte, wie er weiter vorgehen sollte und ob er einen zweiten Besuch in Frau Doktor Gödelers Büro riskieren konnte, brachte ihm der Briefträgers eine Einladung ins Haus. »Wie besprochen, möchte ich Sie im Namen der Universität herzlich einladen an unserem nächsten Treffen der Mitarbeiter teilzunehmen. Gastgeber ist diesmal Herr Professor Schobel.« Das Datum und die Uhrzeit standen klein gedruckt am unteren Rand des Briefes, unterschrieben war er mit »herzlichst Ihre M.Gödeler.« Das Treffen war schon morgen. Als Wagenfeld auf den Umschlag sah, fiel ihm auf, dass die Hausnummer falsch war, der Brief war noch einmal an die Post zurückgegangen, denn die falsche Nummer war handschriftlich durch die richtige ersetzt worden. Er schlug in seinem Terminkalender nach: Wenn er pünktlich aus der Praxis kam, konnte er es schaffen. Offenbar handelte es sich hierbei um einen Wink des Schicksals und er hatte nicht vor, die Gelegenheit ungenutzt verstreichen zu lassen.

Es war nicht weit, was den Vorteil hatte, dass er zu Fuß gehen konnte. Obwohl es empfindlich kalt war, genoss Wagenfeld den Spaziergang. Der Feierabendverkehr hatte schon nachgelassen, als er die Schwachhauser Heerstraße entlang ging. Am Joseph Stift bog er ab und blieb schließlich vor einem riesigen Eckhaus stehen. Die zweite Etage war hell erleuchtet. Als er klingelte, wurde augenblicklich die Tür geöffnet.

»Immer herein, auch wenn's ein Professor ist.« Dieser Satz wurde von einem Kichern begleitet und Wagenfeld war erstaunt, als er sich einem älteren Herrn gegenübersah, dessen schlohweißes Haar ähnlich widerspenstig um seinen Kopf stand wie ehemals das von Albert Einstein. »Ich darf mal vorgehen.« Mit diesen Worten verschwand er im Treppenhaus. Wagenfeld folgte ihm. Durch die offene Wohnungstür hörte man angeregtes Geplauder und sein Führer drehte sich noch einmal um. »Ich hoffe, Sie haben gute Laune mitgebracht, Wissenschaftler sind oft so miesepetrig. Aber Sie sehen sehr nett aus.« Mit diesen aufmunternden Worten führte er seinen verdutzen Gast ins Wohnzimmer. Obwohl der Raum eine beneidenswerte Größe hatte, wirkte er völlig überfüllt. Das lag nicht nur an den vielen Menschen, sondern auch daran, dass in ihm Möbel und Nippes für ein ganzes Antiquitätengeschäft standen. Offenbar hatte hier jemand seiner Sammelleidenschaft freien Lauf gelassen. Neben einigen wirklich schönen Stücken standen Dinge, die offenbar von den verschiedensten Winkeln der Welt mitgebracht worden waren. Eine afrikanische Holzmaske zeigte ihr grimmiges Antlitz einer balinesischen Tempeltänzerin, ein wundervoller liegender Buddha teilte sich den Platz auf einer Biedermeierkommode mit einem Porzellanreh. Der Gesamteindruck war verblüffend.

»Ich sehe, Sie bewundern meine Schätze. Darf ich Ihnen etwas zu trinken anbieten? Aber vielleicht sollte ich mich erst einmal vorstellen. Professor Schobel, meines Zeichens Anthropologe und Kulturwissenschaftler.« Der zierliche alte Herr hatte einen erstaunlich festen Händedruck. Ein deutlich jüngerer Mann trat zu Ihnen und gab Wagenfeld ebenfalls die Hand. »Hat Paul Sie schon in Beschlag genommen? Lassen Sie sich bloß nicht in seine Reiseerzählungen verwickeln, dann sitzen Sie den ganzen Abend fest.«

»Und lassen Sie sich von ihm nicht beeinflussen, er ist bloß neidisch, dass ich Sie zuerst gesehen habe.« Der Professor schob seinen Arm unter Wagenfelds und führte ihn zu den anderen Gästen.

»Hu, hu, Herr Wagenfeld, hier bin ich.« Vom anderen Ende des Raumes winkte ihm Frau Schwitters, die Institutssekretärin zu. Sie unterhielt sich gerade mit Frau Doktor Gödeler, die in etwas gewickelt war, das auf den ersten Blick eher einem Bettlaken als einem Kleid ähnelte. Ein paar Schritte weiter stand die Ehefrau von G.Gabriel in einem eng anliegendem rotem Kostüm, das seine Wirkung aber völlig verfehlte, weil sie sich so offensichtlich unwohl darin fühlte. Hatte wirklich eine von ihnen Judith umgebracht? Er betrachtete die immer noch schlanke Figur von Frau Gabriel, die aussah, als wäre sie in einem Sportstudio hart erarbeitet. Eine gewisse Zähigkeit ging von ihr aus, wie sie oft Marathonläufer ausstrahlen, etwas Verbissenes, das signalisierte: Ich erreiche mein Ziel, auch wenn ich mir dafür Schmerzen zufügen muss. Im Gegensatz dazu verkörperte Frau Doktor Gödeler eher den Genuss, aber auch bei ihr hatte er den Eindruck einer gewissen Härte und war sich sicher, dass sie Probleme, die sich ihr in den Weg stellten, ausräumen würde. Vom körperlichen Aspekt traute er den Mord beiden Frauen zu, obwohl Judith ebenfalls groß und kräftig gewesen war, hatte der Angreifer das Überraschungsmoment auf seiner Seite gehabt.

»Gefällt Ihnen unser kleines Klassentreffen?« G.Gabriel stand neben einer mannshohen Palme, die in einem riesigen Kübel steckte. In seinem grauen Anzug und dem schwarzen Rollkragenpullover schaffte er es, selbst in diesem überfüllten Zimmer, eine Aura von Einsamkeit um sich zu verbreiten. »So ein wenig gesellschaftlicher Austausch tut doch immer wieder gut.« Der Mann hob sein Glas und prostete ihm zu. Offenbar war er leicht betrunken, was man an seiner nicht mehr ganz sauberen Aussprache hören konnte. Wagenfeld ging zu ihm.

»Das Zimmer gefällt mir.«

»Wenn man eine Putzfrau hat, die gut abstauben kann. Ich denke, so eine Einrichtung hat man nur, wenn man selber keine Hausarbeit macht.«

Erstaunlich, wie dieser Mann sofort zum negativen Kern der Dinge kam. Wagenfeld versuchte sich vorzustellen, was eine junge Frau wie Judith in ihm gesehen hatte. Vielleicht hatte sie seinen Zynismus mit Intelligenz verwechselt. Oder hatte sie das Gefühl gehabt, ihn retten zu müssen?

»Was halten Sie denn von der Ehe? Ist es nicht wunderbar, wie der Mensch seine körperlichen Bedürfnisse unter dem Deckmantel der Romantik verbergen kann? Das wird der junge Mann auch noch lernen. Wie geht es ihm? Ist ganz schön kräftig, ich dachte schon, mein letztes Stündlein hätte geschlagen. Bin Ihnen wahrscheinlich was schuldig, weil Sie mich gerettet haben.«

Wagenfeld murmelte etwas Nichtssagendes und überlegte, wie er unauffällig Frau Doktor Gödeler aushorchen konnte. Sie war der Mittelpunkt eines kleinen Kreises und unterhielt sich anscheinend großartig. Da packte ihn der Mathematiker so heftig am Arm, dass er etwas von dem Wein über Wagenfelds Ärmel verschüttete. Er war offenbar betrunkener als es den Anschein gehabt hatte. Mit einer Handbewegung wies er auf seine Frau, die am anderen Ende des Zimmers stand.

»Ich habe meine Frau nie betrogen. Nur dieses eine Mal. Ein Mal ist kein Mal, sagt man doch oder?« Er sah Wagenfeld an. »Haben Sie Ihre Frau schon mal betrogen? Ach, ist ja auch egal. Aber eines verstehe ich nicht«, er unterbrach sich verwirrt und sah Wagenfeld an, »warum hat sie das getan? Warum hat Judith das getan? Wir sind nicht im Bösen auseinandergegangen, ich meine, sie hat die Beziehung beendet.« Er sah sich um, als erwarte er Zuspruch. »Sie hat gesagt, es ist so besser für uns alle. Will nicht meine Ehe zerstören«, er lachte gequält auf. »Und dann geht sie hin und erzählt alles meiner Frau. Verstehen Sie das?«

»Na, diskutiert ihr über natürliche Zahlen?« Der stämmige Herr, der mit einem Glas Rotwein in der Hand zu ihnen getreten war, das offenbar nicht sein erstes war, grinste G. Gabriel an. »Kennt ihr schon den neusten Statistikerwitz?« Bevor jemand etwas sagen konnte, beantwortete er seine Frage selbst: »Wahrscheinlich.« Er schüttete sich aus vor Lachen. G.Gabriel lächelte gequält.

»Ich hol uns mal was zu trinken«, Wagenfeld nutzte die Unterbrechung und flüchtete. Er sah sich um, konnte aber Frau Doktor Gödeler nirgends entdecken. Der junge Mann, der ihn vor den Reiseerzählungen Professor Schobels gewarnt hatte, trat zu ihm.

»Haben Sie Hunger? In der Küche vernichten wir gerade herrliche Lammspießchen.«

Wagenfeld folgte ihm. Während im Wohnzimmer überbordende Fülle geherrscht hatte, war dieser Raum so klar gegliedert, wirkte so klinisch rein, dass er eher an ein Labor denken ließ. Trotzdem herrschte auch hier eine ausgelassene Stimmung. Um die riesige Kochinsel in der Mitte standen ein paar Gäste und ließen es sich schmecken. Zwischen ihnen stand Frau Doktor Gödeler, die gerade ein paar Fotos herumreichte.

»Dies ist mein Reich, da hat Paul nichts zu suchen.« Der junge Mann gab ihm einen Teller mit Lammfleisch. Es roch wirklich köstlich, wie Wagenfeld zugeben musste.

»Nichts zu sagen und nichts zu suchen, ich bin nur ein Gast in diesen heiligen Hallen und geradezu dankbar, dass du mich bewirtest.« Professor Schobels Blick war zärtlich.

»Dafür gehören dir die anderen Räume, das ist doch mehr als fair. Da kannst du dich austoben.« Er wandte sich an Wagenfeld. »Und, wie schmecken Ihnen die Lammspieße?«

Wagenfeld, dem das Öl über das Kinn tropfte, rieb sich mit einem Taschentuch sauber. »Köstlich. Ganz im Ernst, so ein zartes Fleisch habe ich noch nie gegessen. Verraten Sie mir Ihr Geheimnis?«

Der junge Mann lachte stolz. Das Lob schien ihn zu freuen. »Das kann ich nicht, nur soviel: Das Einfachste ist immer das Beste. Und es hat mit hervorragenden Zutaten zu tun.«

Wagenfeld nickte mit vollem Mund. Plötzlich fühlte er einen spitzen Ellenbogen in seiner Seite.

»Schauen Sie doch mal, Herr Wagenfeld. Frau Doktor Gödeler zeigt Urlaubsfotos.« Frau Schwitters rammte ihm ihren Ellenbogen noch einmal in die Seite und hielt ihm ein Foto unter die Nase. Auf dem Bild stand die Psychologin vor der römischen Treppe. Trotz seines fortgeschrittenen Alters sah ihr Begleiter auf eine altmodische Weise gut aus. Er trug einen dunkelblauen Blazer und fuhr sich gerade mit der Hand durch das weiße Haar, während er in die Kamera lächelte. Frau Doktor Gödeler sah zu ihm auf und lachte. Plötzlich griff eine Hand nach dem Foto.

»Mein oberstes Gebot ist niemanden zu langweilen. Sie Armer, geben Sie ruhig wieder her.« Mit diesen Worten steckte Frau Professor Doktor Gödeler das Foto ein. Ihr rundliches Gesicht war rot und erhitzt, ihr Atem roch nach Rotwein. Bevor Wagenfeld etwas sagen konnte, ging sie an ihm vorbei und verließ die Küche.

»Was hat sie denn?« Die Institutssekretärin kam ganz nah. Obwohl sie sich auf Zehenspitzen stellte, war ihr Kopf etwa in Höhe seiner Brust. Wagenfeld musste sich nach vorne beugen um sie zu verstehen. »Das ist ihr Vater gewesen. Die beiden fahren einmal im Jahr für eine Woche nach Italien. Sie hat sonst auch niemanden, obwohl sie so einen schönen Busen hat. Haben Sie ihr Dekolleté gesehen?« Er nickte. Etwas Öl tropfte auf Frau Schwitters Kopf, aber das schien sie nicht zu stören. »Kein Mann weit und breit. Ich glaube, sie hatte mal einen Freund, aber das ist schon lange her. Immer nur Arbeit.« Sie trank den restlichen Rotwein in ihrem Glas in einem Zug aus und kicherte. »Als junges Mädchen hätte ich auch so gerne in Italien Urlaub gemacht, aber meine Brüder wollten immer nach Österreich, um Ski zu fahren. Ich hasse Skifahren.«

»Ich hoffe, Sie haben das nachgeholt, Verehrteste. Italien, die herrliche Toskana, la dolce vita.« Professor Schobel wandte sich an seinen Freund: »Kannst du dich noch an die kleine Trattoria in Florenz erinnern?«

Frau Schwitters seufzte. »Bis heute war ich nicht im Süden. Ich fahre immer noch nach Österreich. Ist das nicht merkwürdig?« Sie leerte ihr Glas.

Professor Schobel hatte seinen Lammspieß aufgegessen. Er schüttelte den Kopf.

»Sie sind halt immer noch eine brave Schwester, mein Kind.«

Frau Schwitters stellte ihr leeres Glas ab. Dabei schwankte sie ganz leicht. »Ich weiß. Vielleicht würde mir Italien ja gar nicht gefallen.« Sie legte ihren Kopf an Wagenfelds Brust. Er nahm ein Taschentuch und versuchte vorsichtig das Öl aus ihrem Haar zu wischen. Als er wieder ins Wohnzimmer ging, konnte er Frau Doktor Gödeler nirgends entdecken. Der stämmige Mann erzählte immer noch jedem seine Mathematikerwitze und nach drei Gläsern Wein ertappte sich Wagenfeld dabei, dass er anfing über sie zu kichern. Als er eine Stunde später aus dem Haus trat, war es ungemütlich kalt. Nur ein paar Autos fuhren an ihm vorbei, als er nach Hause ging. Eine ältere Frau, die ihm entgegenkam, machte einen kleinen Bogen, als sie ihn sah. Erst jetzt fiel Wagenfeld auf, dass er die ganze Zeit ,o sole mio' sang. Irgendwie fand er das ganz passend. In der Nacht träumte er von einer Frau im roten Kleid. Als er aufwachte, war sein erster Gedanke, dass auch G.Gabriel ein starkes Motiv für den Mord hatte. Danach nahm er zwei Kopfschmerztabletten und ging nach unten.

Seine Mutter war erstaunlich gut aufgelegt. Wenn sie ihn ansah, lag eine merkwürdige Mischung aus Triumph und Nervosität in ihrem Blick. Schließlich konnte er es nicht länger aushalten.

»Nun sag schon, was ist los?«

»Was ist los? Gar nichts ist »los«, wie du es zu nennen pflegst.« Offenbar wollte sie ihn noch länger auf die Folter spannen.

»Erzähl es oder lass es bleiben.«

»Du musst nicht gleich unfreundlich werden. Während du dich gestern amüsiert hast, bin ich noch einmal ins Altenheim gegangen.«

»Mutter.« Wagenfelds erschrak selbst, als er seine Stimme hörte.

»Ich weiß nicht, was du willst. Nichts ist unverdächtiger als eine alte Frau, die sich in einem Altenheim umsieht.« Sie machte eine Pause, aber er tat ihr nicht den Gefallen zu widersprechen. Schließlich fuhr sie fort. »Ich hatte ein sehr nettes Gespräch mit Frau Meiser. Die Dame, die ihre Biografie schreibt, du erinnerst dich?«

Wagenfeld nickte, bereute es sofort und beschloss, seinen Alkoholkonsum in den nächsten Tagen auf ein Minimum zu reduzieren.

»Das ist übrigens eine sehr nette Dame. Sie hat sich über meinen Besuch gefreut. Diesmal konnten wir uns ungestört unterhalten. Sie hat keine Kinder, die sich um sie kümmern,« sie machte eine kurze Pause, »aber zu ihrem Glück verfügt sie über genügend Mittel um sich dort einen Platz leisten zu können. Ihr Mann hat ihr eine anständige Pension hinterlassen.« Sie runzelte die Stirn. »Ich habe wieder vergessen, was er gemacht hat, irgendetwas mit Baumaschinen.« Ein leichter Ekel huschte über ihr Gesicht. »Aber das tut nichts zur Sache«, sie nahm sein erleichtertes Grunzen nicht zur Kenntnis, »auf jeden Fall hat sie genug Geld, denn dieses Heim ist wirklich unverschämt teuer.«

Wagenfeld, der wusste, dass jeder Versuch, seine Mutter zu drängen, fehlschlagen musste, fasste sich in Geduld. Befriedigt darüber, seine ungeteilte Aufmerksamkeit zu besitzen, kam sie dann doch schneller zum Wesentlichen, als er befürchtet hatte.

»Ich habe sie natürlich auch noch einmal nach dieser Judith Martens gefragt. Sie scheint sie sehr gern gehabt zu haben«, der Blick ihrer blauen Augen ruhte einen Moment lang nachdenklich auf ihm, »ich glaube, sie ist aber auch eher der sentimentale Typ. Na ja, jedenfalls hat sich diese Judith wohl mit dieser Frau Oltjen angefreundet.«

»Ich weiß Alma, ich war bei unserem ersten Besuch dabei, du erinnerst dich?«

Sie warf ihm einen Blick zu.

»Natürlich erinnere ich mich. Ich bin schließlich nicht senil, wie du sehr wohl weißt. Frau Oltjen ist kurz nach dem Mord gestorben, das hatte sie erzählt«, jetzt war der Triumph in ihrer Stimme nicht mehr zu überhören, »was du aber noch nicht weißt ist, dass diese Frau Oltjen eine Nichte hatte, die jetzt in ihrem Haus lebt. Ich habe Frau Meiser gebeten, mir die Adresse aufzuschreiben. Wie wäre es, wenn wir dieser Nichte mal einen Besuch abstatten würden?«

Einen Moment lang war er sprachlos. Dann sagte er so bestimmt wie möglich: »Wenn ihr jemand einen Besuch abstattet, dann werde ich das sein, Mutter. Ich ganz alleine.«

Verzweifelt versuchte Wagenfeld sich zu orientieren. Zwischen den Scheibenwischern, denen es nicht gelang, den pausenlos prasselnden Regen zu vertreiben, konnte er das Schild nicht entziffern. Es hatte keinen Sinn. Er hielt am Straßenrand und griff nach der Karte. Wie er sich auf der kurzen Strecke zwischen Bremen und Wildeshausen verfahren konnte, war ihm ein Rätsel und genauso ärgerlich wie das Fehlen eines Navigationsgerätes in diesem teuren Auto. »Ich brauche so etwas nicht. Ich bin bis jetzt immer dahin gekommen, wo ich hin wollte« hatte seine Mutter mit fester Stimme verkündet, als sie den Wagen vor zwei Jahren gekauft hatte und weder ihr Sohn noch der Autoverkäufer hatten gewagt, ihr zu widersprechen. Obwohl der Himmel nichts Unheilvolles verkündet hatte, als er losgefahren war, goss es mittlerweile, als wäre das jüngste Gericht losgegangen. Er bereute bereits, dass er seinen freien Tag für dieses Vorhaben geopfert hatte und die hämmernden Kopfschmerzen, die ihn immer noch quälten, verbesserten seine

Laune nicht. Vor ihm bog ein Fahrradfahrer in die Straße ein. Er trug einen gelben Ostfriesennerz, der ihn nur notdürftig vor dem Regen schützte. Trotzdem war seinem Tempo nicht anzumerken, dass er es besonders eilig hatte. Wagenfeld fühlte sich nicht ganz so gelassen. Hier im Nirgendwo, alleine im Auto, auf das Sturzbäche niedergingen, zweifelte er an dem Sinn seines Vorhabens. Nur der Gedanke an Olafs tapferen Versuch Haltung zu bewahren und ein diffuses Gefühl, das mit Anna-Lena zu tun hatte, ließen ihn aushalten. Plötzlich klopfte es an sein Seitenfenster. Als er es herunterkurbelte, beugte sich das triefnasse Gesicht des Fahrradfahrers zu ihm hinunter.

»Ham Sie sich verfahren?«

Wagenfeld konnte es kaum glauben. Schnell holte er den Zettel mit der Adresse vom Armaturenbrett und reichte ihm dem Mann. Der hielt ihn einen Moment in der Hand und gab ihn dann zurück. Woraufhin eine kurze aber aufschlussreiche Wegbeschreibung folgte. Wagenfeld bedankte sich überschwänglich.

»Stört es Sie gar nicht, wenn Sie so nass werden?«

Die Antwort war lapidar und beruhigend norddeutsch. »Bin ja nich aus Zucker.« Mit diesen Worten fuhr sein Retter gemächlich weiter. Wagenfeld blickte ihm bewundernd hinterher, dann ließ er den Motor an. An einer großen Kreuzung musste er halten. Ein Lastwagen donnerte an ihm vorbei und die Wasserfontänen, die er hinter sich ließ, nahmen Wagenfeld kurz die Sicht. Nachdem er rechts abgebogen war, fuhr er auf einen Feldweg, der fast zu schmal für seinen Wagen war. Wenn er alles richtig verstanden hatte, musste am Ende ein zweiter Weg abgehen, an dem die Auffahrt zu dem Gehöft lag. Er hoffte, dass es sich bei dem Mann nicht um einen Scherzbold handelte, der ihn absichtlich in die Irre geführt hatte. Als er um die Ecke fuhr, konnte er jedoch zu seiner Beruhigung ein Haus erkennen. Kaum hatte er geparkt, als der Regen schlagartig aufhörte. Ein zorniges Gebell setzte ein. Der Hund ersetzte offenbar die Klingel, denn die Tür öffnete sich und eine junge Frau erschien.

»Ruhig Barnabas, ganz ruhig.« Obwohl sich der schwarze Rotweiler hinter ihr etwas beruhigt hatte, blieb Wagenfeld vorsichtshalber im Wagen. Er ließ das Fenster herunter.

»Guten Tag. Ich hoffe, ich störe nicht. Sind Sie die Nichte von Frau Oltjen?«

Im Gegensatz zu ihrem Hund wirkte sie sehr freundlich. »Ja, das bin ich. Sind Sie ein Bekannter von Tante Helga?«

Wagenfeld, der sich eine komplizierte Geschichte zurechtgelegt hatte, entschloss sich spontan, ihr die Wahrheit zu sagen. Als er vorsichtig ausstieg, knurrte der Hund, was die Frau nicht zu beunruhigen schien.

»Persönlich kannte ich ihre Tante nicht. Aber in dem Altenheim, in dem sie …«, er stockte, »wohnte, hat eine junge Frau gearbeitet. Und diese junge Frau hatte sich offenbar sehr mit ihrer Tante angefreundet. Nun ist leider etwas Furchtbares passiert. Die junge Frau ist umgebracht worden und ich hoffe, einen Hinweis zu finden, der etwas Licht in das Dunkel bringt.« Er war jetzt bis auf einen Meter herangekommen. Der Hund hatte sich nicht gerührt. Sein Kopf war so groß wie der einer Kuh und er musterte Wagenfeld unablässig. Seine Besitzerin wischte sich die Hände an der Schürze ab, die sie trug.

»Na, dann kommen Sie mal rein. Das ist ja entsetzlich, ein Mord? Sind Sie von der Polizei?«

»Nein, ich bin eine Art privater Ermittler.« Es war ihm nicht klar, wen er damit beeindrucken wollte: die Frau oder den Hund. Sie warf einen neugierigen Blick auf sein Auto.

»Mein Neffe hat das auch mal versucht, aber es lief nicht so richtig, heutzutage braucht niemand mehr einen Privatdetektiv, ich meine mit diesem ganzen Handykram, obwohl ich finde ja immer, in einer Beziehung muss man sich vertrauen. Aber bei Ihnen scheint es ja gut zu laufen. Schade, ich hab meine Tante kaum gekannt.« Sie schien enttäuscht, dass sie ihm nicht mehr bieten konnte. »Aber ohne eine Tasse Kaffee lass ich sie nicht wieder weg. Ich hab gerade Kuchen gebacken.«

Wagenfeld folgte ihr in ein dunkles Wohnzimmer, in dem alte Möbel den muffigen Charme der fünfziger Jahre verbreiteten. Sie bat ihn Platz zu nehmen und verschwand in der angrenzenden Küche. Er setzte sich auf das durchgesessene Sofa, aus dem sich eine Sprungfeder vorwitzig den Weg durch die Polsterung gebohrt hatte. Erst jetzt konnte er erkennen, dass die Dunkelheit im Raum durch drei große Tannen verursacht wurde, die jemand genau vor das einzige Fenster gepflanzt hatte. Der Rottweiler ließ sich neben dem Sofa nieder und ließ ihn nicht aus den Augen.

Seine Gastgeberin kam mit einem beladenen Tablett wieder. Während sie Geschirr, eine Platte mit Butterkuchen, eine riesige geblümte Kaffeekanne und ein Kännchen Sahne vor ihn stellte, erklärte sie: »Die Tannen hat Onkel Herbert gepflanzt und glauben Sie nur nicht, dass er nicht wusste, wie groß sie werden. Herbert war der Mann von meiner Tante, aber das wissen Sie ja bestimmt.« Dann setzte sie sich und musterte ihn interessiert.

»Also, was wollen Sie wissen?«

»Ich versuche einem jungen Mann zu helfen, der zu Unrecht beschuldigt wird. Ich suche nach etwas, das ihn entlastet.«

Ihre Augen wurden groß. »Sie meinen, wie im Fernsehen? Das finde ich großartig. Ich weiß wie das ist, wenn man nichts getan hat, ich meine, diese Ungerechtigkeit, so was regt mich auf, was denken die Leute denn, als damals die Geschichte mit Onkel Herbert war, gab es auch jede Menge Gerüchte.«

Wagenfeld räusperte sich. Soviel Anteilnahme hatte er nicht erwartet.

»Sagt Ihnen der Name Gödeler zufällig etwas, Frau Doktor Gödeler, sie ist Professorin an der Universität in Bremen? Sie hat ihre Tante ein paar Mal im Altenheim besucht. Vielleicht hat ihre Tante den Namen erwähnt?«

Die junge Frau runzelte die Stirn. »Gödeler? Nein, tut mir leid, ich kann mich nicht erinnern. Aber wie gesagt, ich kannte sie ja kaum und nach dem Tod meines Onkels hab ich sie sowieso nicht mehr gesehen.« Sie legte ihm unaufgefordert ein Stück Kuchen auf den Teller und Wagenfeld griff dankbar zu. »Das Haus hat drei Jahre leer gestanden. Wir wären ja schon eher rein, aber das wollte sie nicht. Ich glaube, Tante Helga hat ihn manchmal zur Weißglut getrieben. Die konnte ützig sein, das glauben Sie nicht. Ab und zu ist er ganz schön ausgerastet. Aber dann haben sie sich wieder vertragen. Das ist doch meistens so, da passt der Pott zum Deckel, so seh ich das. Nach seinem Tod war sie ganz allein, richtige Freunde hatte sie ihr ganzes Leben nicht. Ist das nicht furchtbar, keine Freunde zu haben?« Sie sah ihn so bekümmert an, dass er eilig zustimmte. Der Rottweiler, der zu der Ansicht gekommen war, dass von dem Besucher keine Gefahr drohte, legte seinen riesigen Kopf auf Wagenfeld Schoß, der ihn ganz in Gedanken mit Butterkuchen fütterte. Seine Gastgeberin beobachtete ihn wohlwollend.

»Das mag er besonders gerne. Er tut nur immer so böse, aber eigentlich ist er ein richtiges Schmusekätzchen.«

Wagenfeld musterte das kräftige Gebiss in dem riesigen geöffneten Maul.

»Ein reizendes Tier.« Hoffentlich hörte das »Schmusekätzchen« nicht die Angst in seiner Stimme. Aber der Hund und sein Frauchen mochten ihn offenbar. Erst jetzt bemerkte er die riesige Narbe, die fast über den gesamten Rücken des Hundes lief. »Was haben sie denn mit dir gemacht?«

»Das war mein Onkel.« Und als würde das alles erklären, fügte sie hinzu: »Barnabas war sein Wachhund.« Sie legte ihm ein zweites Stück Kuchen auf den Teller und schenkte ihm Kaffee nach. »Als Tante Helga im Altenheim kam, haben wir ihn geholt. Wollte sich ja keiner drum kümmern.«

Wagenfeld schwieg. Das war die beste Methode, um Menschen zum Reden zu bringen. Sanft streichelte er den schwarzen Schädel des Tieres.

»Das kam nur, wenn er getrunken hatte, dann wurde er immer so jähzornig. Der Hund hing sehr an ihm. Die ersten Tage nach seinem Tod hat er kaum gefressen.«

Wagenfeld nickte. Das kam vor. Auch Menschen hingen oft an ihren Peinigern.

»Wie gesagt, es passierte nicht oft. Eigentlich war er ein guter Mensch.« Sie sah sich in dem dunklen Raum um. »Wir wollen eine Pension aufmachen. Wissen Sie, Ferien auf dem Bauernhof, so in dieser Art. Das ist doch jetzt modern. Hat lange gedauert, bis wir den Kredit gekriegt haben.« Stolz schwang in ihrer Stimme, als sie sagte: »Mein Mann macht das alles. Nach Feierabend. Die Ställe baut er um, das hat er sich alles allein ausgedacht. Glauben Sie nicht auch, dass das eine gute Idee ist?«

Wagenfeld nickte mit vollem Mund. Sie wirkte erleichtert. »Wo alle doch kein Geld mehr haben, dachten wir, gerade für Familien wäre das doch eine schöne Sache.«

Sie legte ihm das nächste Stück auf den Teller. Wenn sie ihre Feriengäste auch so reichlich bewirtete, sah er schwarz für ihre Kalkulation. »Sie hing so an den Tieren. Aber nach dem schrecklichen Unglück hat sie das nicht mehr geschafft. Damals hatten sie ja noch die Tiere. Das ist dann alles aufgelöst worden. Es war wohl ganz schrecklich.«

Wagenfeld war einen Augenblick lang irritiert.

»Ihre Tante hatte einen Unfall?«

Sie sah ihn erstaunt an. »Nicht meine Tante. Mein Onkel. Aber es war kein Unfall. Die Polizei hat gesagt es war Raubmord. Tante Helga hat ihn gefunden. Er lag auf dem Hof, mit eingeschlagenem Schädel. Sein Schädel war halb kaputt. Die haben die ganze Wohnung durchwühlt. Ich mein die Täter. Aber es gab ja nix zu holen. Er hat sie wohl erwischt, glaubt die Polizei. Haben Sie darüber nichts gelesen? Es stand sogar in der Zeitung.«

Wagenfeld schüttelte den Kopf. Berichterstattung über Mordfälle überblätterte er gewöhnlich. Plötzlich hob Barnabas den Kopf und lief zur Tür. Sie stand ebenfalls auf. »Um diese Zeit bringen wir meinem Mann immer eine Thermoskanne Kaffee. Kommen Sie, ich zeige Ihnen unseren Umbau.« Sie gingen über eine modrige Diele zum Hinterausgang. Der Hof war vor kurzem gepflastert worden, Steine lagen überall herum. Ein Betonmischer verriet, dass hier gearbeitet wurde. Als sie näher kamen, trat ein Mann in einem schmutzigen Overall aus dem Gebäude.

Er begrüßte Wagenfeld mit einem knappen Kopfnicken und griff nach der Thermoskanne.

»Das ist ein Detektiv. Wegen Tante Helga.« Die karge Auskunft schien ihm zu reichen, vielleicht war er auch einfach nur zu müde, um eine Frage zu stellen.

»Das machen Sie alles selbst?« Wagenfeld warf einen Blick in den Stall. Der Mann hatte damit begonnen, einzelne Mauern hochzuziehen, die den Stall in verschiedene Räume unterteilten. Nur ganz am Ende des Gebäudes, wo eine halbhohe Mauer eine Box abtrennte, war der ursprüngliche Zweck noch zu erkennen.

»Das war auch seine Idee.« Die Frau war hinter ihn getreten. »Das wird die Küche.«

»Das war mal ein Pferdestall oder?«

»Der Hof hat nicht viel abgeworfen, bei den Preisen heutzutage. Da hat er Unterstellpferde aufgenommen, na ja, halt so ne Art Pferdepension. Reich kann man damit nicht werden.«

Wagenfeld sah seinem gefrierenden Atem nach. Die alten Steinmauern waren so kalt, dass er sich fragte, wie man bei so einer Temperatur arbeiten konnte. Der Mann, der die ganze Zeit kein Wort gesagt hatte, war dabei, eine Holzkonstruktion für eine Zwischenwand zu errichten. Er schien nicht gewillt, sich in seiner Arbeit aufhalten zu lassen, weder durch die Kälte noch durch einen ungebetenen Besucher. Die stille Verzweiflung in seinem Blick schien seiner Frau verborgen zu bleiben.

»Er ist so fleißig. Am liebsten würde er auch noch nachts arbeiten.«

Sie brachte Wagenfeld zu seinem Wagen und gab ihm zum Abschied die Hand. »Der arme junge Mann. Hoffentlich können Sie ihm noch helfen.« Sie sah so traurig aus, dass Wagenfeld ihr seine Karte gab.

»Vielleicht fällt Ihnen ja doch noch etwas ein, dann rufen Sie mich einfach an.«

Sie drehte sie einen Moment lang in der Hand. »Steht gar nicht Ermittler drauf.«

»Das ist meine Privatnummer.«

»Ach so.«

Sie nickte. Im Rückspiegel sah er, wie ihre Gestalt immer kleiner wurde.

Als Wagenfeld abends im Bett lag, griff er nach dem Buch, das immer noch auf seinem Nachtisch lag und betrachtete lange das

Foto auf der Rückseite. Frau Doktor Gödeler sah ernst in die Kamera, ihr Blick über die Lesebrille wirkte intelligent und selbstsicher. Er musste an das andere Foto denken, auf dem sie so glücklich und entspannt neben ihrem Vater stand. Wagenfeld blätterte zurück und las noch einmal ihr Vorwort. »Für meinen Vater, dem ich alles verdanke«. Er spürte, dass er gerne mehr über diese Vater – Tochter – Beziehung erfahren würde.

»Hast du wirklich keinen Hunger mehr?« Der besorgte Blick seiner Mutter ließ Olaf unmerklich zusammenzucken.

»Nein danke, wirklich nicht. Ich bin satt.« Was nach der Portion, die er gegessen hatte, auch für jeden verständlich gewesen wäre. Nur seine Mutter war immer noch der Meinung, jedes Unglück ließe sich durch stetes Essen vertreiben.

»Das ist Schmorbraten, den hast du doch früher so gerne gegessen.«

Langsam war sich Olaf nicht mehr sicher, ob es eine gute Idee gewesen war, die Weihnachtsferien bei seinen Eltern zu verbringen. Die Wohnung in Bremen war leer. Julius hatte sich kurzfristig entschlossen über die Feiertage nach Mauritius zu fliegen und sich mit den Worten »ich brauch diesen Weihnachtsscheiß nicht« verabschiedet. Am nächsten Morgen hatte Olaf seine Sachen gepackt und war nach Nordenham gefahren. Bis jetzt hatte er ihnen nichts über den Mord erzählt. Einmal hatte er mit Judith dort übernachtet, als sie auf ein Open Air Festival in der Nähe gefahren waren. Es hatte eine ganze Zeit gedauert, bis seine Mutter begriffen hatte, dass Judith nicht ihre zukünftige Schwiegertochter werden würde, obwohl ihr Sohn in sie verliebt war.

»Aber Junge, ich merk doch, dass da was ist. Und ihr passt bestimmt gut zusammen. Wo sie sich doch auch für Mathematik interessiert.« Als er daraufhin erwidert hatte, dass sie nur befreundet wären, hatte sie noch hinzu gefügt. »Wart man ab. Da wird oft Liebe aus.« Erst als sie seinen Gesichtsausdruck gesehen hatte, hatte seine Mutter geschwiegen. Jetzt machten sie sich Sorgen um ihn, was sein Vater dadurch ausdrückte, dass er ihm ab und zu die Hand auf die Schulter legte und mit sorgenvollem Gesicht bemerkte: »Watt'n Schietwetter«, während seine Mutter kaum noch aus der Küche kam, weil sie ständig die nächste Mahlzeit zubereitete. Den ersten Tag war er lange durch die Stadt gelaufen, die ihm jetzt noch kleiner vorkam als früher. Er hatte sich trotz der Kälte an die Weser gesetzt, die in Nordenham schon ein breiter Strom war, der unaufhaltsam ins Meer floss. Als Kind hatte er hier gespielt, Steine ins Wasser geworfen und sich vorgestellt, dass er einmal ein Kapitän sein würde, der auf einsamen Ozeanen riesige Schiffe führen würde. Er hatte lange nicht mehr an diesen Kindertraum gedacht.

»Onko war neulich hier, er hat nach dir gefragt, ich hab gesagt, dass du über Weihnachten da bist, vielleicht könnt ihr ja mal was zusammen machen, ihr ward doch früher so gute Freunde.« Seine Mutter legte ihm noch ein Stück Fleisch auf den Teller.

»Wir waren nie gute Freunde, nur du glaubst, dass wir befreundet waren.« Und Onko, fiel ihm ein, der auch. Dabei waren sie nur in einem Fußallverein gewesen.

»Wie kannst du das sagen, er war so oft hier, natürlich ward ihr befreundet.« Seine Mutter sah ihn ganz unglücklich an. Dann brach es aus ihr heraus. »Ach Junge, nun sach doch, was los ist.«

»Gar nichts ist los.« Olaf schmiss die Gabel auf den Teller und rannte aus dem Wohnzimmer. Der ohrenbetäubende Knall der Tür hallte noch lange nach.

»Lass ihn doch mal in Ruhe.« Sein Vater nahm das Stück Fleisch von Olafs Teller und aß weiter.

»Und, hast du etwas herausgefunden?«

Wagenfeld, der gerade den ersten Schluck Kaffee getrunken hatte, brummte nur. Er musste zwar zugeben, dass seine Mutter ein gewisses Recht hatte, diese Frage zu stellen, trotzdem verspürte er keinen Drang ihr zu antworten. Außerdem hatte es eilig, in einer halben Stunde musste er in der Praxis sein.

»Die Frau war sehr nett, aber sie hat ihre Tante kaum gekannt.« Als er an das dunkle kalte Zimmer auf dem Hof dachte, war er sehr dankbar für die Behaglichkeit seines Zuhauses, für die hohen hellen Räume und die Gemütlichkeit des Wintergartens, der trotz der

hereinziehenden Kühle angenehm warm war. Er spürte die Enttäuschung seiner Mutter und fügte hinzu: »Wer weiß, vielleicht
ergibt sich ja noch etwas.« Während er nach seinem Kaffee griff,
dachte er an etwas, das die Nichte gesagt hatte. Vielleicht war das
Ganze doch nicht so vergebens gewesen, erkannte er plötzlich,
hütete sich aber, etwas davon seiner Mutter zu erzählen.

Die Stunden mit den Patienten waren heute angenehm. Auch das
gab es, dachte er, Tage, an denen alles heiterer und leichter schien
als sonst und sich plötzlich Erfolge einstellten, die er nicht erwartet
hatte. Während er seine Post durch sah, summte er vor sich hin. Als
er fertig war, griff er ohne lange zu überlegen nach dem Telefonhörer. Ein krächzendes »Ja« erklang.

»Hallo? Bist du das Anna-Lena?«

Ein trompetendes Schnauben ertönte, dann hörte er ihre Stimme:
»Anzunehmen, ist ja schließlich meine Nummer.«

Diesmal würde er sich von ihr nicht die gute Laune verderben
lassen.

»Ich wollte dich fragen, ob du die Nummer von Frau Schwitters
hast, wir haben uns auf dem Mitarbeitertreffen so gut unterhalten,
da dachte ich, ich statte ihr mal einen Besuch ab.« Er hatte nicht
vor, ihr zu verraten, dass er hoffte auf diese Weise etwas über die
Beziehung Frau Doktor Gödelers zu ihrem Vater zu erfahren.
Spöttische Bemerkungen über Psychoanalytiker und ihre Denk-
weisen konnte er jetzt nicht gebrauchen, zumal er selbst nicht genau
wusste, woher sein Interesse kam. »Warum warst du eigentlich
nicht da?«

Ein verächtliches Schnaufen ertönte. »Zu so was geh ich schon
lange nicht mehr.«

Offenbar war sie nicht eingeladen worden, schloss er. »Wie auch
immer, ihr seid doch befreundet, hast du ihre Nummer?«

»Ja, hab ich. Geh du ruhig Kaffee trinken, Wagenfeld. Alles
andere kann dir ja egal sein. Olaf ist bei seinen Eltern, ich sitze hier
ganz alleine und …«, den Rest hörte er nicht mehr, denn er hatte
aufgelegt.

Das kleine Haus in Hastedt unterschied sich von seinen Nachbarn durch einen, wie Wagenfeld fand, etwas gewagten lilafarbenen Anstrich. Auf dem handgetöpferten Klingelschild wälzte sich eine dicke Katze. »Hier wohnen Purzel und sein Frauchen Barbara Schwitters« stand darunter in wurstförmigen gelben Buchstaben. Er drückte auf den Klingelknopf, Schritte erklangen, die plötzlich stolperten, ein unterdrücktes »Aua, musst du dich immer in den Weg legen« und ein empörtes Maunzen. Dann wurde die Tür geöffnet und Frau Schwitters stand freudestrahlend vor ihm. Hinter ihr erhob sich in Zeitlupe ein übergewichtiger getigerter Kater, der in seinen Ausmaßen eher an ein Fass als an eine grazile Katze erinnerte.

»Sie müssen keine Angst haben, mein Dicker ist ganz friedlich.« Mit diesen beschwichtigenden Worten führte ihn Frau Schwitters in ein kleines Wohnzimmer. Wagenfeld, der ausnahmsweise nicht auf die Idee gekommen war, vor diesem Tier Angst zu haben, folgte ihr. Das Zimmer war wie das Haus in einem helleren Lila gestrichen und vollgestopft mit Möbeln. Die meisten trugen deutliche Spuren von Katzenkrallen. An der Wand hingen gerahmte Fotos, die Katzen unter einer griechischen Sonne zeigten. Auf einer abgebeizten Kommode standen selbst getöpferte Vasen. Frau Schwitters, die ihn beobachtet hatte, setzte sich in einen der beiden Sessel.

»Ich weiß, das erste Mal ist man überrascht, aber dann gewöhnt man sich daran. Lila gefällt nicht jedem. Haben Sie auch Tiere? Wahrscheinlich nicht, bei Ihnen sieht es bestimmt ganz ordentlich aus. Hier ist immer alles durcheinander, ich weiß auch nicht warum, wahrscheinlich, weil ich als Kind immer aufräumen musste.« Sie beugte sich vor. »Glauben Sie, das ist der Grund? Oder gibt es vielleicht irgendein Trauma, an das ich mich nicht mehr erinnern kann?« Sie lehnte sich wieder zurück, zog ihre Schuhe aus und hockte sich gemütlich in den Sessel. »Vielleicht haben mich meine Brüder ja mal in den Keller gesperrt und ich habe das verdrängt, halten Sie das für möglich?« Bevor Wagenfeld antworten konnte, hatte der Kater das Zimmer erreicht und steuerte auf seinen Sessel zu. Er setzte sich zu Wagenfelds Füßen und fixierte ihn mit unbeweglichem Blick. Wagenfeld begann sich unwohl zu fühlen. Es wurde Zeit zur Sache zu kommen. Das war nicht ganz einfach, denn inzwischen hatte Frau Schwitters das Zimmer verlassen. Irgendwo klapperte Geschirr. Also blieb er sitzen und erwiderte den Blick der Katze. Wagenfeld verlor das Duell, denn als Frau Schwitters mit einem Tablett auftauchte, wandte er den Kopf, während sich der Kater nicht rührte. Es gab Tee aus einer handgetöpferten Kanne, die seine Gastgeberin auf das kleine Bambustischchen stellte, das ihr als Couchtisch diente. Offenbar hatte sie nicht vor, nach dem Grund seines Besuches zu fragen.

»Die Kanne ist hässlich, ich weiß, aber mein Arzt hat gesagt, töpfern ist gut gegen meine Nervosität und schwuppdiwupp hat man auf einmal ganz viele Sachen, ich meine, was macht man damit, man kann ja nicht alles verschenken.« Sie folgte Wagenfelds Blick, der in ihrem linken Strumpf ein Loch entdeckt hatte und schnitt eine Grimasse. Der Kater, der sich jetzt eindeutig als Sieger im Anstarren fühlen konnte, trottete zu seinem Frauchen. Frau Schwitters streichelte ihn gedankenverloren. Wagenfeld nutzte seine Chance.

»Ich wollte Sie noch etwas fragen, vielleicht kommt Ihnen das etwas ungewöhnlich vor, aber ich habe nach unserer kleinen Party noch lange über das Foto nachgedacht, dass Frau Gödeler ihnen gezeigt hat. Wissen Sie zufällig, ob ihre Mutter noch lebt?«

Wenn seine Frage sie erstaunte, zeigte sie es jedenfalls nicht.

»Nein, keine Ahnung, die Eltern haben sich scheiden lassen, als sie drei Jahre alt war, da ist sie bei ihrem Vater geblieben, das hat sie mir mal erzählt. Eigentlich komisch, aber es ist wohl, weil er ja Rechtsanwalt ist, und da hatte die Mutter wohl keine Chance, so stell ich mir das vor. Frau Doktor Gödeler meint, sie wäre gar nicht daran interessiert gewesen, aber das glaube ich nicht.« Sie schaute auf den Tisch. »Sie haben ihren Tee nicht getrunken, ich habe auch noch Holundersaft, wenn Sie etwas anderes mögen.« Wagenfeld griff nach seiner Teetasse. »Sie wundern sich bestimmt, dass ich das alles weiß, aber erstens erzählen mir die Leute immer alles Mögliche und zweitens gehen wir manchmal nach den Chorproben noch in eine Kneipe.« Sie kicherte. »Frau Doktor Gödeler verträgt eine ganze Menge.«

Der Kater, der des Streichelns überdrüssig wurde, drehte sich wieder um und begann erneut Wagenfeld zu fixieren. Frau Schwitters beobachtete ihn. »Ich glaube, er ist eifersüchtig, fremde Männer mag er gar nicht.« In ihrer Stimme schwang ein wenig Stolz mit. »Nicht, dass er viele Männer zu sehen bekommen würde. Vielleicht mal einen Handwerker und ab und zu kommt der Hauswirt vorbei.« Sie seufzte. »Und ich hab nicht mal einen Vater, mit dem ich in Urlaub fahren kann.«

Wagenfeld bewegte vorsichtig seine Beine. Das Tier rührte sich nicht. »Das ist aber ein Prachtkerl, den Sie da haben.«

Frau Schwitters schenkte sich noch Tee ein. Dann musterte sie den Kater kritisch. »Er ist zu fett. Das weiß ich. Und besonders intelligent ist er auch nicht.« Dann fügte sie mit entwaffnender Aufrichtigkeit hinzu: »Aber er mag mich, das ist das Einzige, worauf es ankommt.« Sie zeichnete mit ihrem nackten großen Zeh Kreise in den Teppichboden. »Ich hab Purzel und Frau Gödeler hat Rubin. Da haben wir uns auch schon oft drüber unterhalten. Wie wichtig das ist, für uns beide.«

Der Kater hatte sich wieder umgedreht und betrachtete nachdenklich Frau Schwitters Fuß.

»Mit dem Pferd ist sie komisch. Sie hat ja sonst auch niemanden. Keinen Mann, meine ich. Immer nur Arbeit. Wie bei mir. Ich glaube, das Pferd ist für sie wie ein Kind. Oder wie ein Mann? Egal. Wahrscheinlich wie ein Kind und ein Mann. Komisch. Als junges Mädchen hatte ich auch Pferdeposter an der Wand. Meine Brüder hängten immer Fotos von Fußballern auf. Ich hasse Fußball. Und der Witz ist: Sie kann das Pferd gar nicht reiten. Es gab da mal einen Unfall. Eigentlich hätte das Tier eingeschläfert werden sollen. Es hatte sich wohl ein Bein gebrochen oder so etwas Ähnliches. So richtig spricht sie da nicht drüber, sie hat es mal auf einer Feier erwähnt. Da war sie schon ganz schön betrunken.«

Diesen Moment wählte Purzel, um in ihren nackten Zeh zu hacken.

In der Nacht träumte Wagenfeld, dass Frau Doktor Gödeler vor ihm stand, mit einem Teddybären in der Hand. Dem Bär fehlte ein Arm und über dem rechten Auge hatte er eine Augenklappe. Plötzlich tauchte Frau Schwitters auf. Sie war immer noch klein und zierlich, hatte jetzt aber eine monströse Brust. Sie goss sich eine Flasche Öl über den Kopf und Wagenfeld sprang vor, um ihr die Flasche wegzunehmen. Dabei stolperte er über eine Hürde, wie sie bei Pferderennen aufgestellt wurden. Er stürzte, fiel in einen Graben und ging unter. Wasser drang in seinen Mund, er hatte das Gefühl zu ersticken.

Als er aufwachte, war er schweißgebadet. In seinem Mund steckte ein Zipfel des Kopfkissens. Sein Herz klopfte immer noch und sein Atem ging schnell. Auf dem kleinen Wecker auf seinem Schreibtisch standen die Zeiger auf vier Uhr. Es war mitten in der Nacht. Noch ganz benommen stand er auf, um sich ein Glas Wasser zu holen. Auf dem Weg ins Badezimmer verwandelte sich der Traum in einen Gedanken. Plötzlich war er hellwach.

Gleich nach dem Frühstück rief er Frau Schwitters an. Nachdem er versprochen hatte, sie in der nächsten Woche noch einmal zu besuchen, gab sie bereitwillig Auskunft. Ein elektrisierendes Gefühl, das er selten hatte und das sich wahrscheinlich am besten mit Jagdfieber beschreiben ließ, erfasste ihn. Während der Fahrt überdachte er noch einmal alles. Trotz aller Fragen, die offen blieben, war er sich sicher, auf der richtigen Spur zu sein. Ungeduldig trat er aufs Gaspedal.

»Ein schönes Tier.«

»Das ist Bronco, ein ganz Braver.«

Das Pferd verdrehte seine Augen und schnaubte, als es Wagenfeld sah.

»Sie wollen also reiten lernen. Das finde ich großartig. Wir haben immer zu wenig Männer. Es sind fast nur Frauen, die unsere Kurse besuchen, die freuen sich über jeden männlichen Neuzugang.« Die Besitzerin des Reitstalles streichelte den Hals des riesigen Pferdes. »Nicht wahr Bronco, du freust dich doch auch schon.«

Wagenfeld, der nicht vorhatte, jemals einen Reitkurs zu besuchen, heuchelte Interesse. Die Adresse des Hofes hatte er von Frau Schwitters erfahren. Er räusperte sich. »Eine Freundin hat Sie empfohlen, Frau Doktor Gödeler.« Er konnte nur hoffen, dass die Besitzerin Frau Doktor Gödeler nicht das nächste Mal über seinen Besuch unterrichtete.

»Ach, Frau Gödeler, ja, die hat ihren Rubin hier stehen.« Sie holte ein Stück Brot aus der Hosentasche und reichte es Wagenfeld. »Hier, legen Sie es auf die offene Handfläche.« Wagenfeld gehorchte. Die Berührung des Maules war erstaunlich sanft. »Sehen Sie, er mag Sie.« Sie trat einen Schritt zurück. »Das ist eine dumme Sache. Arme Frau. Sie tut wirklich alles für ihn.«

»Ich weiß gar nicht genau, was passiert ist. Ist er schwer verletzt?«

Die Besitzerin beantwortete die Frage ohne Misstrauen. »Das kann ich verstehen, dass sie nicht gerne darüber spricht. Sie hängt sehr an dem Tier. Ganz genau weiß ich auch nicht was passiert ist. Als sie das Tier brachte, hätte man es eigentlich einschläfern müssen. Sein rechtes Vorderbein war gebrochen. Es war regelrecht zertrümmert.«

»Wissen Sie, wie es zu dieser Verletzung gekommen ist?«

Sie schüttelte den Kopf. »Sie hat damals erzählt, es wäre beim Sprung über ein Hindernis passiert. Aber wenn Sie mich fragen ...«, sie senkte ihre Stimme, so als ob die Pferde im Stall nicht hören sollten, was sie sagte. »Es sah aus, als hätte jemand mit einem schweren Gegenstand zugeschlagen. Immer wieder.«

Wagenfeld musste schlucken.

Sie führte ihn zu einer Box am Ende des Stalles. »Das ist Rubin.«

Auf den Fotos war die wirkliche Schönheit des Tieres nicht zu erkennen gewesen. Die sanften braunen Augen blickten ihn an, als würden sie direkt in seine Seele sehen. Die Nüstern bliesen einen warmen Luftstrom über sein Gesicht als das Tier leise schnaufte.

»Was haben Sie mit dir gemacht?« Selbst Wagenfeld musste zugeben, dass von diesem Tier eine starke Ausstrahlung ausging.

»Es geht ihm so weit ganz gut. Er hat keine Schmerzen. Frau Gödeler hat ihn von den besten Ärzten behandeln lassen.«

»Wie lange ist er schon hier?«

Sie überlegte. »Das muss so vor drei Jahren gewesen sein.«

Rubin stupste Wagenfeld sanft an der Schulter, der gedankenverloren das glänzende Fell streichelte und eine Ahnung davon bekam, was dieses Tier für eine einsame Frau bedeuten konnte. Er wandte sich an seine Begleiterin.

»Ich danke Ihnen für die Führung. Ich werde mich dann noch einmal bei Ihnen melden.«

Die Frau gab ihm die Hand. »Wir freuen uns auf Sie.«

»Du willst sagen, sie hatte ihr Pferd auf dem Hof der alten Frau stehen und dort ist es misshandelt worden?« Lübbers Stimme klang nicht überzeugt.

Wagenfeld, der auf dem wackeligen Küchenstuhl saß und seine langen Beine auf den Tisch gelegt hatte, versuchte die Balance zu halten.

»Es ist nur einen Theorie, aber ich bin mir fast sicher, dass es so war.« Er musste niesen und stand auf, um seinen Mantel zu holen. Während er in den Taschen nach einem Taschentuch suchte, fuhr er fort: »Warum hätte sie die alte Frau sonst besuchen sollen? Wenn du gehört hättest, was mir Frau Schwitters erzählt hat. Diese enge Bindung zu dem Tier.« Er fuhr sich mit der Hand durch das blonde Haar, bis es wirr um seinen Kopf stand. »Hast du ein Bier da?« Das war in Lübbers Fall eine rhetorische Frage, darum beantwortete dieser sie gar nicht erst. Wagenfeld stand auf und ging zum Kühlschrank. Er hielt sich nicht damit auf, nach einem sauberen Glas zu suchen und trank aus der Flasche. »Es gibt ja auch noch den zeitlichen Zusammenhang. Sie hat das Pferd vor drei Jahren im neuen Stall untergebracht. Seit dieser Zeit war auch die alte Frau im Heim. Und da ist noch etwas, das mich stört. Die alte Frau stand nach dem Tod ihres Lebensgefährten plötzlich vor dem Nichts. Ich glaube nicht, dass sie große Ersparnisse hatte. Du hättest den Hof sehen sollen, das war alles ziemlich runtergekommen. Und dann dieses Heim. Selbst meine Mutter war beeindruckt, auch wenn sie das niemals zugeben würde. Es ist nicht gerade preiswert, dort seinen Lebensabend zu verbringen. Woher hatte sie soviel Geld?« Wagenfeld trank das Bier aus und seufzte. »Wenn ich nur einen Beweis hätte, dass Frau Gödeler in irgendeiner Form damit zu tun hatte. Dann wüsste ich wenigstens, dass ich auf der richtigen Spur bin.«

»Ich will ja kein Miesmacher sein«, Lübbers leckte sorgfältig das Zigarettenpapier an, »aber selbst wenn du Recht hast, was hat das mit dem Mord an Judith zu tun?«

14. Kapitel

Als er vor das Haus trat, lag eine hauchdünne Schneeschicht auf dem Bürgersteig. Die Luft war klar und frostig und er atmete tief ein. Kalte Temperaturen machten ihm nichts aus. Als er aufwachte, hatte er das Gefühl gehabt, zu ersticken. Vorsichtig, um seine schlafende Frau nicht zu wecken, hatte er sich angezogen und beschlossen, eine Runde mit dem Fahrrad zu fahren. Fast automatisch nahm er die Strecke zum Bürgerpark. Selbst jetzt, im Winter, wenn die Bäume kahl waren und das saftige Grün einem verdorrten Braun gewichen war, fühlte er sich für einen Moment freier. Wenn er einen Führerschein gehabt hätte, wären sie sicher schon aus der Stadt rausgezogen und hätten ein kleines Häuschen irgendwo im Bremer Umland gemietet. Er sah es jedes Mal deutlich vor sich, wenn er daran dachte, sein Arbeitszimmer, von dessen Fenster aus er über grüne Wiesen schauen konnte und der große Garten, den seine Frau liebevoll bearbeiten würde. Vielleicht konnten sie auch einen kleinen Gemüsegarten anlegen und selbst gezogenes Gemüse ernten. Das war immer ihr gemeinsamer Traum gewesen. Der Gedanke an seine Frau holte ihn jäh in die Wirklichkeit zurück. Sie hatten seit der Feier bei Professor Schobel kaum ein Wort miteinander gesprochen. Ihre ungeschickten Flirtversuche mit anderen Männern hatten ihn bloßgestellt, er war verletzt, auch wenn ihm dunkel bewusst war, dass sein Zorn auf sie leichter zu ertragen war, als die Gefühle, die sein eigenes Verhalten in ihm auslösten. Früher war sie nach solchen Feiern immer aufgeblüht, hielt ihn die halbe Nacht wach, indem sie genau wiederholte, wer was und in welchem Ton zu ihr gesagt hatte. Diesmal hatte sie sich schweigend ausgezogen, das rote Kleid sorgfältig auf einem Bügel ins Badezimmer zum Lüften gehängt und sich ins Bett gelegt. Er war erleichtert gewesen, dass sie nichts von ihm gewollt hatte, wie in der Zeit davor, Zärtlichkeiten, die er ihr im Moment nicht geben konnte. Trotzdem fühlte er sich elender denn je. Er hatte an Judith gedacht, an ihre Augen und an ihren jungen Körper. Es hatte vor seiner Frau keine andere gegeben, er war unerfahren in die Ehe gegangen und war dankbar dafür gewesen, dass sie schon die eine oder andere

Erfahrung gemacht hatte. Darum hatte er sich anfangs nur geschmeichelt gefühlt, als sich diese junge Studentin für ihn interessierte. Später kam Neugierde hinzu und das Gefühl, vielleicht etwas versäumt zu haben. Sie trafen sich ein paar Mal. Irgendwann konnte er die Gefühle, die er bis dahin nicht gekannt hatte, kaum kontrollieren. Für ihn hatte das den Reiz ihrer Beziehung ausgemacht, diese Gefühle und dass er sie vor seiner Frau verbergen musste, gaben seinem Leben einen Kitzel, den er nie gekannt hatte. Als Judith spürte, dass er keine Sekunde daran dachte, seine Beziehung zu beenden, hatte sie ihn von einem Tag auf den anderen verlassen. Er konnte sich noch gut daran erinnern, wie sie an einem Nachmittag in seinem kleinen Büro vor ihm gestanden hatte. Er hatte länger arbeiten müssen und für einen Moment hatte er sich gefreut, sie zu sehen. Dann begriff er, was sie ihm sagen wollte. Es traf ihn wie ein Schlag in den Magen. Ihr Blick und ihre Stimme war kühl gewesen, so als teile sie ihm mit, dass sie in Zukunft keine Seminare mehr bei ihm belegen würde. Für einen kurzen Moment hatte er das Gefühl gehabt, jemand presse sein Herz in einen Schraubstock. Er musste sich an seinem Schreibtisch festhalten. Dann hatte er sie angefleht, es sich noch einmal zu überlegen. Als er die Verachtung in ihrem Blick sah, war er auf sie losgegangen und hatte sie geschüttelt. Sie hatte sich nicht gewehrt, ihn nur weiter mit ihren Mondsteinaugen angestarrt. Schließlich war er wieder zur Besinnung gekommen. Er hatte die ganze Zeit Angst gehabt, dass jemand den Streit gehört hatte, aber offenbar war zu dieser Zeit gerade niemand in der Nähe gewesen. Danach musste sie zu seiner Frau gegangen sein. Warum hatte sie das gemacht? Ohne dass er es bewusst wahrgenommen hatte, war er bis zum Stern gefahren. Erst hier riss ihn der Lärm des Verkehrs aus seinen Gedanken. Er hatte einen Entschluss gefasst. Seine Gedanken waren nicht so klar gewesen, wie er es gewohnt war, aber es lief darauf hinaus, dass er seiner Frau verzeihen würde. Er hatte aufgegeben, darüber nachzudenken, was genau er ihr verzeihen würde. Er hatte einfach beschlossen großmütig zu sein. Er würde ihr sogar so weit entgegen kommen, dass er eigene Fehler eingestehen würde. Er konnte sich das Gespräch plötzlich bildlich vorstellen. Wahrscheinlich würde sie schon am Fenster stehen, weil sie sich Sorgen um ihn gemacht hatte. Schließlich hatte er die Wohnung verlassen, als sie noch schlief und keine Nachricht hinterlassen. Aber das war sicher ganz gut, wenn sie besorgt war, war sie zugänglicher. Er würde sich nicht entschuldigen, er würde einfach zugeben, dass die Affäre ein Fehler gewesen war und noch einmal darauf hinweisen, dass er sie ja praktisch beendet hatte, weil er seine Ehe nicht aufs Spiel setzen wollte. Schließlich hatte Judith ihn deshalb verlassen, da kam es eigentlich nicht darauf an, wer den Schritt dann letztlich getan hatte. Eigentlich war das doch sehr schmeichelhaft für seine Frau. Er hatte die Affäre mit einer jungen Studentin beendet, weil er sie so sehr liebte. Sie würden einen Schlussstrich unter die ganze Geschichte ziehen und noch einmal von vorne anfangen. Das machten andere Ehepaare doch auch. Schließlich, was war denn schon passiert? Wenn man es genau nahm: gar nichts. Nichts, was ihre Beziehung nicht verarbeiten konnte. Es würde alles werden wie früher. Vielleicht könnten sie sich ja nach einem bescheidenen Ferienhaus umsehen, irgendwo in der Nähe, warum nicht? Zur Not konnte er ja einen Kredit aufnehmen, sie hatten noch nie Schulden gemacht, weil sie beide das hassten. Aber in diesem Fall konnte man es vielleicht vertreten. Es wäre eine Art Symbol, ein Neuanfang und seine Frau würde endlich den kleinen Garten bekommen, den sie sich immer gewünscht hatte. Er sah ihr glückliches Gesicht vor sich, als er das Quietschen von Bremsen hörte und ihn plötzlich ein heftiger Schlag traf. Dann wurde alles dunkel.

Am nächsten Tag schloss Wagenfeld, wie in jedem Jahr, seine Praxis. Es waren nur noch wenige Tage bis Weihnachten und mit etwas Glück würde er bis Neujahr nicht mehr an die Probleme seiner Patienten denken. Am liebsten hätte er über gar nichts mehr nachgedacht. Seit dem Besuch im Reitstall hatte er eine Vorstellung, warum Frau Doktor Gödeler die alte Frau im Altenheim besucht hatte. Allerdings hatte er nicht den geringsten Beweis für diese Theorie und die Idee, die ihn so beflügelt hatte, als er sie Lübbers erzählt hatte, erschien ihm bei näherer Betrachtung doch ziemlich weit hergeholt. Sooft er sich auch den Kopf zerbrach, er wusste nicht, was er als Nächstes tun sollte. Manchmal war es am besten, sich abzulenken. Eine bessere Ablenkung als kurz vor Weihnachten in der Innenstadt nach einem Geschenk für seine Mutter zu suchen, fiel ihm nicht ein. Bevor er das Haus verließ, klingelte das Telefon. Obwohl er schon seinen Mantel angezogen hatte, nahm er entgegen seiner Gewohnheit den Telefonhörer ab. Eine atemlose Frauenstimme meldete sich, die er nicht sofort erkannte.

»Wegen den Sachen, was Sie mich neulich gefragt haben, also, ich meine, wir haben die Speisekammer ausgeräumt. Die war voll mit altem Plunder, eingekochte Marmelade mit Schimmel oben drauf, ganz eklig, aber was ich eigentlich sagen wollte, da hab ich es gefunden und gleich an Sie gedacht und den armen Jungen.« Es gab eine kurze Pause, als sie Atem holte. »Es ist nur ein Haushaltsbuch, aber ich dachte, vielleicht hilft es Ihnen ja.«

Als er die Stimme der Nichte von Frau Oeltjen erkannte, hatte er für einen Moment die verrückte Hoffnung, sie hätte wirklich etwas gefunden, das ihn weiterbringen würde, eine wichtige Spur. Stattdessen bekam er ein Haushaltsbuch. Weil er sie nicht enttäuschen wollte, bedankte er sich höflich.

»Sie brauchen auch nicht zu uns raus kommen, wir wollen heute Weihnachtseinkäufe machen und fahren sowieso nach Bremen.«

Sie vereinbarten ein Treffen um vierzehn Uhr am Roland. Dann legte Wagenfeld enttäuscht auf.

Als die Bahn am Schüsselkorb hielt, wurde ihm schlagartig der Wahnsinn seines Unterfangens klar. An der Haltestelle standen Trauben von Menschen, beladen mit Tüten und Taschen, von denen offenbar jeder fest entschlossen war, als Erster die Bahn zu besteigen. Da es schon aus physikalischen Gründen schlecht möglich war, eine Bahn zu betreten, die voll war, befand sich Wagenfeld, der direkt an der Tür stand, in der denkbar ungünstigsten Position. Hinter ihm wurde geschubst und gestoßen, während die Menschen, die vor ihm standen, sich beharrlich weigerten, Platz zu machen. Erst die Stimme des Straßenbahnfahrers, der entnervt befahl, doch zuerst aussteigen zu lassen, ließ eine winzige Lücke vor ihm frei werden und er schoss wie der Korken aus der Flasche auf die Straße. In der Sögestraße wurde das Gewühl nicht besser und nur die Massen hinter ihm verhinderten, dass er umkehrte. Nachdem er bei Knigge den obligatorischen Baumkuchen gekauft hatte, zerbrach er sich den Kopf, was er seiner Mutter, trotz des Übereinkommens zwischen ihnen, sich zu Weihnachten nichts zu schenken, kaufen sollte. Nachdem Wagenfeld dieses Abkommen im ersten Jahr wörtlich genommen hatte, was zu eher frostigen Festtagen geführt hatte, hatte es sich eingebürgert, dass er eine »Kleinigkeit« besorgte. Nun war auch der Vorrat an schenkenswerten Kleinigkeiten nicht unerschöpflich. Dieses Jahr fiel ihm überhaupt nichts ein. Er ließ sich treiben und stellte verblüfft fest, dass sich trotz der Hektik um ihn herum nach einiger Zeit bei ihm ein fast meditativer Zustand einstellte. Weihnachtslieder dröhnten in seinen Ohren und der Duft von Glühwein und Lebkuchen vermischte sich mit dem Geruch von verbranntem Öl und Bratwürsten. So überquerte er den Weihnachtsmarkt, bog ohne Absicht in die Böttcherstraße ein und fand sich schließlich vor einem Kunstgewerbeladen wieder, in dessen Schaufenster eine moderne Krippe aufgebaut war. Die Holzfiguren waren grob geschnitzt, der Stall nur angedeutet und der Esel sah aus, wie ein verunglücktes Pferd. Wagenfeld stand still und betrachtete das Ensemble. Hinter ihm schoben sich Gruppen von Touristen durch die enge Gasse, aber er bemerkte es nicht. Er sah sich den Esel an und Maria, die neben dem Esel stand. Es war eine gut genährte Maria und sie wirkte ganz fröhlich. Sie erinnerte ihn an jemanden. Erst kam er nicht darauf, an wen, aber dann betrachtete er sie aufmerksamer. Mit ihrem wallenden Gewand sah sie aus wie eine kleine Frau Professor Doktor Gödeler. Nur die Frisur war anders. Erstaunlich. Ohne weiter nachzudenken, betrat er den Laden. Eine gut gekleidete Verkäuferin kam sofort auf ihn zu. Obwohl sie ausnehmend freundlich war, ließ ihn das Gefühl nicht los, dass sie Angst hatte, er würde, wenn er unbeaufsichtigt bliebe, seine Taschen mit Diebesgut füllen. Höflich erkundigte er sich nach dem Preis der Krippe. Sie wurde noch eine Spur freundlicher. Das war bei diesem Preis auch nötig. Kurz entschlossen bat er sie, die Krippe einzupacken. Das war zwar viel mehr als eine Kleinigkeit, aber er hatte das Gefühl, seine Mutter würde sich freuen. Nachdem er seinen Kauf bezahlt hatte, verließ er den Laden. Ein Mann aus Süddeutschland rempelte ihn an und entschuldigte sich im gemütlichen schwäbischen Dialekt. Wagenfeld war wieder in der Wirklichkeit angekommen. Er sah auf seine Armbanduhr. Es war kurz vor zwei.

Er konnte die Nichte von Frau Oltjen in dem Gewimmel kaum entdecken. Aber dann sah er sie vor einem Crêpestand, der zu Füßen des Rolands aufgebaut war. Sie hatte ihn schon eher entdeckt und winkte aufgeregt. Ihr Mann, diesmal nicht in Arbeitskleidung, sondern in einer dicken Daunenjacke, aß ungerührt weiter. An den Fingern seiner rechten Hand klebte noch ein wenig Mörtel.

»Hier, da ist es. Hoffentlich hilft es Ihnen.« Sie zog ein leicht vergilbtes Schreibheft aus der Tasche und sah ihn so hoffnungsvoll an, dass er mit mehr Zuversicht als er empfand, entgegnete: »Vielen Dank. Das wird es bestimmt. Haben Sie schon reingesehen?«

Sie sah ihn entschuldigend an. »Es ist in so einer altmodischen Schrift geschrieben, ich kann es nicht entziffern, aber ich dachte, dass Sie vielleicht ...«

Zuhause angekommen verstaute er die Einkäufe in seinem Schlafzimmer. Von unten drangen die Stimmen seiner Mutter und Frau Bruns, die sich zum traditionellen vorweihnachtlichen Putzen verabredet hatten. Glücklicherweise hatte ihn Frau Bruns nicht reinkommen sehen, sonst hätte sie bestimmt eine Bemerkung über die prall gefüllte Einkaufstüte mit dem Emblem der Böttcherstraße gemacht. Eigentlich hätte er jetzt Lust auf einen Kaffee gehabt, aber er wollte keiner der beiden Frauen in die Arme laufen. Also zog er seine Schuhe aus und legte sich auf das Bett. Plötzlich fiel ihm das Heft wieder an, das ihm die Nichte von Frau Oltjen so hoffnungsvoll überreicht hatte. Er hätte es beinahe vergessen. Seufzend stand er auf und holte es aus seiner Manteltasche. Eher aus Pflichtgefühl, als aus Neugierde begann er darin zu blättern. Es schien sich tatsächlich um ein Haushaltsbuch zu handeln. In einer spitzen, altmodisch wirkenden Handschrift waren dort die wöchentlichen Ausgaben vermerkt. Als er die Summen sah, war er beeindruckt. Die Frau hatte sparsam gewirtschaftet. So weit er sehen konnte, gab es kaum Einträge für persönliche Dinge wie Kleidung oder Kosmetika. Er wollte das Heft schon wieder weglegen, als er entdeckte, dass sich auf den letzten Seiten eine Liste befand. Auf der linken Seite standen Namen, auf der rechten zwei Spalten für Futtermittel und die Kosten. Erst verstand er nicht, dann fiel es ihm wie Schuppen von den Augen. Das waren die Namen der Pferdebesitzer, die auf dem Hof ihr Tier untergestellt hatten. Er konnte kaum glauben, was er las. An fünfter Stelle stand dort der Name Margarete Gödeler. Vor Aufregung sprang er so schnell aus dem Bett, dass er mit dem Fuß gegen den Bettpfosten stieß. Er humpelte ins Wohnzimmer und wollte schon nach dem Telefonhörer greifen, um Anna-Lena die frohe Botschaft zu verkünden, dass er den Fall gelöst hatte, als sich sein Triumphgefühl wieder legte. Er setzte sich vorsichtig auf das Sofa, rieb seinen schmerzenden Fuß und überlegte. Lübbers hatte recht. Was genau bewies dieser Eintrag denn? Eigentlich doch nur, dass Frau Doktor Gödeler ihr Pferd auf einem Hof untergestellt hatte, dessen Besitzerin später im Altenheim von Judith vor ihrem Tod gepflegt worden war. In diesem Moment klopfte es an die Tür. Frau Bruns steckte ihren Kopf ins Zimmer.

»Wie isses Herr Doktor, soll ich hier auch mal'n büschen putzen?«

Er flüchtete nach unten.

»Wilhelm, kannst du mir mal die Kartons mit dem Weihnachtsschmuck vom Boden holen?« Den Rest des Tages kam er nicht mehr dazu, sich Gedanken über den Mordfall zu machen.

»Was machen wir jetzt?« Anna-Lenas Frage durchbrach die Stille. Sie saßen zu dritt in ihrem Wohnzimmer. Wagenfeld hatte von seinem überraschenden Fund berichtet und seine Theorie entwickelt, dass Frau Doktor Gödelers Pferd auf dem Bauernhof der alten Frau misshandelt worden war. Der Fund des Haushaltsbuches und das Auftauchen von Frau Gödelers Namen machte aus der vagen Theorie etwas beängstigend Handfestes. Eine Zeit lang hatten alle geschwiegen, dann war Anna-Lena in der Küche verschwunden und einige Zeit später mit einem heißen Topf wieder aufgetaucht, den sie auf eine der zahllosen Zeitungen stellte, welche die immer volle Tischplatte bedeckten.

»Aber was hat das mit dem Mord an der Studentin zu tun? Und warum hat sie die alte Frau im Heim besucht und offenbar ihren Aufenthalt bezahlt, wenn du recht hast? Wenn sie so an dem Tier hängt, wieso unterstützt sie dann die Frau des Mannes, der es gequält hat?« Sie angelte sich ein Würstchen aus dem Topf und biss hinein.

Wagenfeld hielt die Diddltasse umklammert, in der sich heißer Tee befand, und wärmte seine klammen Finger. Er fror, obwohl Anna-Lenas Zimmer gemütlich warm war. Er stellte die Tasse ab und ging zum Heizkörper unter dem Fenster. Als er sich dagegen lehnte, spürte er, wie die Wärme durch seine Kleidung drang.

»Ich weiß es nicht.« Dann fügte er energischer hinzu, als er sich fühlte: »Noch nicht.«

15. Kapitel

Am Montagmorgen zog sich Wagenfeld ganz früh an und verließ das Haus. Nach dem Treffen in Anna-Lenas Wohnung hatte ihm etwas keine Ruhe gelassen, darum hatte er noch in der Nacht beschlossen, in seine Praxis zu fahren. Die Luft roch schon ein wenig muffig. Auf seinem Schreibtisch lagen ein paar Akten, die er nach seinen Weihnachtsferien bearbeiten musste. Es war kalt und obwohl er die Heizkörper aufdrehte, blieben sie lauwarm. Er behielt seinen Mantel an und schaltete den Computer ein. An ihm schrieb er seine Berichte und hielt übers Internet Kontakt zu Kollegen in anderen Städten, aber bisher war er noch nicht auf die Idee gekommen, ihn für andere Dinge einzusetzen. Er hätte natürlich auch Lübbers um Hilfe bitten können, aber diesmal hatte er das deutliche Gefühl, dass er seine Nachforschungen selber machen musste. Eine halbe Stunde später betrachtete er nicht ohne Stolz das Ergebnis seiner Recherche. Nach etlichen Anläufen war es ihm gelungen, im Online Archiv des Weser-Kuriers einen Artikel über den gewaltsamen Tod eines Bauern in der Umgebung Bremens zu finden. Obwohl die Namen abgekürzt waren, musste es sich um den Lebensgefährten Frau Oltjens handeln. Auf einem abgebildeten Foto erkannte er den Hof, auf dem jetzt die Nichte lebte. Der Artikel war kurz gehalten, erwähnte die alte Frau, die nun allein zurückblieb und dass die Polizei von einem Raubmord ausging. Ein Foto zeigte den Platz vor dem Stall, wo der Tote gelegen hatte. Es war nicht sehr groß, aber man konnte deutlich die Blutlache erkennen. Wagenfeld schaltete den Monitor aus. Er hatte genug gesehen.

Olaf hatte eine unruhige Nacht verbracht. Zweimal war er aufgewacht, weil er mit dem Knie gegen eine Wand gestoßen war, die eigentlich nicht da sein durfte und es hatte jedes Mal einiger Zeit bedurft, bis er sich daran erinnerte, dass er nicht zu Hause war, sondern in seinem ehemaligen Zimmer, in dem seine Eltern alles so gelassen hatten, wie es war. Die Zeit lag noch nicht lange genug zurück, dass er nostalgische Gefühle beim Anblick von alten Postern und Filmplakaten bekommen konnte. Ihm blieb nur das fatale Gefühl, dass sich eigentlich nichts geändert hatte. Die Geräusche aus der Küche hatten ihn geweckt. Es war kurz vor sieben und sein Vater hatte schon das Haus verlassen. Er besaß ein kleines Elektrogeschäft, das mehr schlecht als recht lief. Glücklicherweise war er realistisch genug, nicht zu erwarten, dass Olaf es einmal übernehmen würde. Sie hatten nie wirklich darüber gesprochen, aber auch wenn er nicht verstand, warum sein Sohn nach Bremen gegangen war und warum er es sich in den Kopf gesetzt hatte, zu studieren, hatte es keinen Streit gegeben. »Du musst wissen, was du tust« war sein einziger Kommentar gewesen. Dafür war ihm Olaf dankbar. Jetzt zog er die Vorhänge zurück und starrte einen Moment lang in die Dunkelheit. Dann stieg er die Treppe runter ins Badezimmer.

»Morgen Junge, hast du Hunger? Das Frühstück ist fertig«, ertönte die Stimme seiner Mutter aus der Küche. Olaf seufzte und stieg unter die Dusche. Das Haarshampoo roch nach Kindheit. Für einen Moment fühlte er sich fast glücklich. Als er in die Küche trat, roch es nach Kaffee und Brötchen und er setzte sich hungrig an den Tisch. Das frühe Aufstehen fiel ihm hier viel leichter als in Bremen. Seine Mutter war morgens immer ziemlich schweigsam, darum war nur das Ticken der Küchenuhr zu hören. Schließlich hielt Olaf es nicht länger aus und stand auf, um das kleine Radio anzustellen. Seine Mutter sagte nichts, als er nach einem Musiksender suchte. Als sie fertig waren, half er ihr den Tisch abzuräumen.

»Da ist übrigens noch Post für dich. Die Telefonrechnung haben wir bezahlt, aber du musst dich jetzt wirklich mal ummelden.« Ihr Ton war ungewohnt schroff. Olaf griff nach der Rechnung. Das hatte er ganz vergessen. Glücklicherweise war die Summe nicht besonders hoch, denn er telefonierte nicht viel. Deshalb blieb sein Blick sofort an einem der aufgeführten Gespräche hängen. Es hatte offenbar nicht lange gedauert, aber er kannte die Nummer nicht. Nachdenklich nahm er die Rechnung mit in sein Zimmer. Als er auf dem Bett lag und die alten Poster an der Wand betrachtete, fiel es ihm plötzlich wieder ein. Kurz vor ihrem Tod hatte er mit Judith zusammen für eine Klausur geübt. Sie war ungewohnt schweigsam gewesen und hatte ihn plötzlich gefragt, ob sie sein Telefon benutzen durfte. Sie war so schnell wiedergekommen, dass er das Ganze sofort vergessen hatte. Er nahm noch einmal die Telefonrechnung in die Hand. Drei Tage nach dem Gespräch war sie ermordet worden.

Als er die Praxis verließ, war es noch dunkel draußen und empfindlich kalt. Wagenfeld hatte schlechte Laune und kickte mit dem Fuß nach einer Bierdose, die auf dem Bürgersteig lag. Er entschloss sich, einen kleinen Spaziergang zu machen. In Gedanken versunken bog er an der ehemaligen Musikbibliothek ab, wanderte durch den Tunnel und lief so lange, bis ihm auffiel, dass er gleich an der Bürgerweide angekommen war. Dann drehte er um. Abgesehen von einer Erkältung, die er sich wahrscheinlich in dem eisigen Ostwind zugezogen hatte, war der Spaziergang nicht besonders erfolgreich gewesen. Seine Gedanken kreisten immer wieder um die gleichen Fragen. Als er die Stufen zu seinem Elternhaus hochstieg, hoffte er inständig, dass ihm niemand begegnen würde. Er hing gerade seinen Mantel im Flur auf, als hinter ihm eine muntere Stimme ertönte.

»Nein so was, der Herr Doktor. War'n Sie spazieren? Bei dem Wetter? Das wär mir ja zu kalt. Obwohl, Männer sind da ja nich so empfindlich, mein Erich wollt ja auch immer nachts die Fenster aufmachen im Schlafzimmer, dem hab ich aber was erzählt.« Wagenfeld, der Frau Bruns freundlich zunickte, machte sich auf den Weg in seine Wohnung. Er war schon fast auf dem obersten Treppenabsatz, als sie ihre Erinnerungen unterbrach und ihm zurief: »Es hat übrigens jemand für Sie angerufen, ein junger Mann, wollte Sie unbedingt sprechen. Sie soll'n zurückrufen. Ich hab die Nummer auf den Block geschrieben.«

Wagenfeld ging wieder nach unten. Er blickte auf die Nummer, die Frau Bruns in ihrer rundlichen Handschrift auf den Notizblock gemalt hatte, der neben dem Telefon seiner Mutter lag. Die Nummer kam ihm nicht bekannt vor und er zögerte einen Moment, sie anzurufen. Der Anrufer hatte gesagt, es wäre dringend. Obwohl es eine feste Vereinbarung mit seinen Patienten gab, dass er im Urlaub nicht zu erreichen war, hielten sich natürlich nicht alle daran. Schließlich wählte er. Während das Freizeichen in der Leitung ertönte, sah er aus dem Fenster. Es wurde langsam hell und er war froh, dass die Dunkelheit wich. Plötzlich meldete sich eine Frauenstimme. »Hier bei Behrens.« Wagenfeld räusperte sich. »Oh, Entschuldigung, ich glaube, ich habe mich verwählt.« Bevor er auflegen konnte, hörte er eine männliche Stimme aus dem Hintergrund, die näher kam und den Telefonhörer übernahm. »Herr Wagenfeld, sind Sie das?« Olaf klang erleichtert. »Ich bin froh, dass Sie angerufen haben. Ich muss Ihnen etwas erzählen.«

Schemenhafte Umrisse beugten sich über sein Bett, Stimmen, die er nicht kannte, sprachen Worte, die er nicht verstand. Es war, als wäre er unter Wasser und versuche verzweifelt wieder an die Oberfläche zu gelangen.

»Herr Gabriel, können Sie mich hören?« Eine der Stimmen war plötzlich ganz nahe an seinem Ohr. Mühsam versuchte er mit dem Kopf zu nicken.

»Das lassen Sie mal lieber, nicht bewegen, Sie haben eine tüchtige Gehirnerschütterung.« Ein grelles Licht leuchtete in seine Augen. »Sie haben großes Glück gehabt, wissen Sie das? Außer der Gehirnerschütterung und einem gebrochenen Bein ist Ihnen nichts passiert. Ihre Frau ist draußen, möchten Sie sie sehen?«

G.Gabriel murmelte etwas. Der Arzt beugte sich über ihn. Dann verstand er. »Ja gut, ich schicke sie gleich rein.«

Als der Arzt wiederkam, klopfte ihr Herz so laut, dass sie im ersten Moment gar nicht verstehen konnte, was er sagte. Sie nahm nur die Bewegung seiner Hand wahr, die auf die Tür deutete.

»Nur herein junge Frau, nicht so zaghaft. Das ist ja schön, dass ich auch noch mal Besuch bekomme.« Der ältere Herr, der sie so überschwänglich begrüßt hatte, saß aufrecht im Bett am Fenster, und erst als sie sich ängstlich umsah, entdeckte sie ihren Mann in einem weiteren Bett auf der anderen Seite. Plötzlich fühlte sie eine unbändige Genugtuung, als sie ihn so hilflos sah. Sie zog sich einen Stuhl heran. Seine Augen waren blutunterlaufen und sahen sie unverwandt an. Er sprach kein Wort und auch sie wusste nicht, was sie sagen sollte.

»Na, was ist denn, ihr beiden Hübschen, nun gebt euch doch mal einen Kuss und vertragt euch wieder. Ihr macht ja ein Gesicht wie drei Tage Regenwetter.« Ihr Bettnachbar winkte ihnen fröhlich zu. Sie war erleichtert, als die Schwester das Zimmer betrat, um ihn zu einer Untersuchung abzuholen. Jetzt waren sie ganz allein. Ein ungewohntes Gefühl von Macht überkam sie. Sie fühlte sich wie berauscht. Es war genauso stark wie in dem Moment, als sie auf das Gaspedal getreten war. Das leise Klappen der Tür hatte sie geweckt. Als sie aus dem Fenster sah, war er gerade mit dem Fahrrad links abgebogen. Fünf Minuten hatte sie gebraucht, um sich anzuziehen und nach den Autoschlüsseln zu greifen. Obwohl er schnell fuhr, hatte sie ihn bald wieder eingeholt. Er war schon immer schnell gefahren, hatte sie sich erinnert, deshalb waren seine Beine auch so muskulös, das hatte sie immer geliebt, seine muskulösen Beine, seinen hageren Körper. Sie hatte ihn geliebt und er hatte sie betrogen, plötzlich war alles weiß geworden und der Wagen hatte ihn gestreift. Sie war immer noch überrascht, dass sie keine Gewissensbisse hatte. Auch jetzt nicht, als sie seinen Blick spürte, der auf ihr ruhte und um ihre Anteilnahme bettelte. Er sah, wie sie lächelte. Trotz seiner Schmerzen begann sich G.Gabriel zu entspannen. Alles würde gut werden. Er hatte es gewusst.

»Sag mir noch mal die Nummer.«

Wagenfeld, der keine Lust gehabt hatte, noch einmal in seine kalte Praxis zu fahren, saß in Lübbers Küche und starrte auf den Monitor des hochmodernen Laptops. An der Ladentür hing ein »Ich komme gleich wieder« Schild, das für Notfälle gedacht war. Um einen Notfall handelte es sich eindeutig.

»Da, jetzt hab ich es. Ich glaube, der Name stimmt.« Beide sahen sich an. Die Nummer, die Judith kurz vor ihrem Tod angerufen hatte, gehörte zu einer Anwaltskanzlei. Einer der Seniorpartner war ein Herr Clemens Gödeler.

»Das muss ihr Vater sein.« Wagenfeld flüsterte.

»Warum flüsterst du?«

Wagenfeld räusperte sich. »Warum hat Judith drei Tage vor ihrem Tod die Kanzlei von Frau Doktor Gödelers Vater angerufen?«

Lübbers klappte den Laptop zu. »Du bist doch die Miss Marple aus Schwachhausen. Finde es raus.«

16. Kapitel

Das goldene Messingschild blinkte. »Kanzlei Gödeler & Meyerdircks« stand dort in zierlichen Buchstaben zu lesen. Kein Wort mehr. Die Kunden der Kanzlei wussten, mit welchen Anliegen sie kommen konnten. Die imposante Villa an der Hollerallee erinnerte mit ihren Türmchen und Erkern an ein Märchenschloss oder besser an ein Märchenschloss wie es sich ein hanseatischer Kaufmann vorstellte. Wagenfeld trat durch die hohe Holztür in den Flur. Dunkle Holzpaneele bedeckten die Wände und sahen vertrauenerweckend solide aus. Als sich die Tür öffnete, kam ein junges Mädchen heraus, das ihn mit großen blauen Augen anstarrte, während sie eine Akte in einem grauen Pappdeckel so fest umklammerte, als fürchte sie, er würde sie ihr jeden Moment entreißen. Dabei schien sie noch unschlüssig zu sein, ob sie die Papiere mit ihrem Leben verteidigen sollte. Wagenfeld setzte sein gewinnendstes Lächeln auf.

»Wie schön, dass ich Sie treffe. Keine Angst, ich habe nur eine Frage. Eine Bekannte von mir wollte mit Ihnen einen Termin machen und ich kann Sie im Moment nicht erreichen. Ich glaube, der Termin ist heute, aber vielleicht habe ich es mir auch falsch aufgeschrieben. Könnten Sie vielleicht einmal nachsehen?« Er trat einen Schritt vor und das junge Mädchen wich einen Schritt zurück.

»Ich bin nur die Praktikantin, im Moment hat Frau Sibelius Frühstückspause, sie kommt aber sofort wieder. Wenn Sie vielleicht warten wollen.« In diesem Moment betrat ein älterer Herr mit erstaunlich elastischem Schritt das Haus. Wagenfeld erkannte ihn sofort. Der Mann wirkte im wirklichen Leben gleichzeitig ein wenig älter und viel charismatischer als auf dem Foto, das er gesehen hatte. Er gab Wagenfeld die Hand.

»Clemens Gödeler. Vielleicht kann ich Ihnen helfen. Worum handelt es sich?« Das junge Mädchen entfernte sich mit einem kleinen Piepslaut und verschwand hinter einer der Türen. Wagenfeld erwiderte den Händedruck und stellte sich ebenfalls vor.

»Wilhelm Wagenfeld, wie ich gerade erklärt habe, hatte eine Bekannte von mir hier einen Termin gemacht, sie wollte gerne, dass ich dabei bin, aber etwas ist da wohl schief gelaufen, ich dachte es wäre heute. Ich kann sie im Moment nicht erreichen, Judith Martens ist der Name.« Etwas Besseres war ihm nicht eingefallen, er konnte nur hoffen, dass es reichen würde. Juristen waren nicht für ihre Redseligkeit in Bezug auf ihre Mandanten bekannt.

Der alte Herr bedeutete ihm mit einer Handbewegung voraus zu gehen.

»Das werden wir gleich haben, kein Problem, kommen Sie.« Beide betraten das nächste Zimmer, in dem eine ältere Frau hinter einem Computer saß. Offenbar handelte es sich um Frau Sibelius, die ihre Frühstückspause beendet hatte. Sie blickte sie über ihre Lesebrille an.

»Frau Sibelius, können Sie einmal nachschauen, ein Termin für eine Frau Martens, ist da heute etwas eingetragen?«

Wagenfeld trat so nahe an den Schreibtisch, dass er mit dem Fuß gegen die Seitenwand stieß. Sie blickte kurz auf und er entschuldigte sich und tat so, als würde er sich im Büro umsehen. Es dauerte keine fünf Sekunden, dann hatte Frau Sibelius etwas gefunden. »Ja, hier steht es. Sie hatte einen Termin bei Ihnen, ist dann aber nicht gekommen. Jetzt erinnere ich mich wieder. Sie sagte, es handele sich um etwas Privates.« Sie blickte Herrn Gödeler an. »Sie wollte ihre Privatnummer und ich musste ihr klar machen, dass ich die unter keinen Umständen herausgeben kann.«

»Und dann ist sie nicht gekommen? Wie sonderbar.« Sein Blick fiel auf das eingetragene Datum. »Das ist aber schon einige Wochen her. Worum handelte es sich denn, wenn ich fragen darf?«

Wagenfeld hatte die rettende Tür erreicht. »Das weiß ich leider auch nicht. Aber vielen Dank für Ihre Mühe.« Mit diesen Worten verschwand er, so schnell er konnte. Als er aus der Einfahrt trat, sah er sich noch einmal um und erwartete fast den alten Herrn Gödeler mit strafendem Blick im Eingang stehen zu sehen. Es war aber niemand da. Als er sich wieder umdrehte, stieß er mit einem Passanten zusammen. Er entschuldigte sich automatisch, als eine Stimme ertönte: »Na wenn das nicht der attraktive junge Mann ist, der auf meiner Feier war. Erinnern Sie sich nicht? Professor Schobel, Sie haben schon mal von meinem Rotwein gekostet«

Wagenfeld erkannte erst jetzt den älteren Herrn mit dem widerspenstigen weißen Haarschopf und begrüßte ihn. Die jungen Augen in dem faltigen Gesicht sahen ihn neugierig an. »Sie sehen aus, als könnten Sie eine Tasse Kaffee vertragen. Keine Widerrede. Ich wohne doch gleich um die Ecke. Dauert keine fünf Minuten.« Ohne eine Antwort abzuwarten, ging er in Richtung St. Joseph Stift und Wagenfeld blieb nichts anderes übrig, als ihm zu folgen.

Diesmal waren sie allein in der großen Küche. Professor Schobel stand einen Moment unglücklich neben der chromblitzenden Espressomaschine, um Wagenfeld dann anzuvertrauen: »Ich traue mich nicht, dieses Teufelsding zu bedienen. Wissen Sie was, ich mache uns einen altmodischen Brühkaffee.« Erleichtert holte er eine Kaffeekanne aus dem Schrank und füllte den Wasserkocher. »Verraten Sie das bloß nicht Oliver, er hat mir schon hundertmal erklärt wie das funktioniert, aber ich vergesse es immer wieder.«

Wagenfeld versprach nichts zu verraten und trank ein paar Minuten später tapfer die braune Brühe, die ihm Professor Schobel strahlend servierte.

»So, nun erzählen Sie doch mal, was los ist und sagen Sie nicht, das geht mich nichts an, ich bin bedeutend älter als Sie und ich weiß, dass man manchmal einfach über die Dinge sprechen muss.« Dabei sah er in ruhig an und Wagenfeld musste sich beherrschen, ihm nicht die ganze Geschichte zu erzählen. Sie waren mit ihren Kaffeebechern ins Wohnzimmer gegangen und saßen jetzt auf zwei alten Korbstühlen, die an der Stelle standen, wo sich Wagenfeld auf der Feier mit G.Gabriel unterhalten hatte. Sein Blick fiel auf ein Tischchen mit Fotos. Eines zeigte einen bedeutend jüngeren Professor Schobel mit dunklem Haarschopf, der ihm genauso widerspenstig um den Kopf stand, vor einem Zelt. Er trug Khakihosen und sah aus, als käme er direkt aus einem Abenteuerfilm der fünfziger Jahre.

Professor Schobel folgte dem Blick seines Besuchers.

»Das war ein Urlaub an der Ostsee. Es sieht aus, als wäre es in der Wüste aufgenommen worden. Ich fand das immer lustig. Manches ist nicht so, wie es aussieht.«

Wagenfeld sah auf den Boden seines Bechers und versuchte im braunen Kaffeesatz, der am Boden eine kleine Schlammpfütze gebildet hatte, zu lesen.

»Sie haben recht. Dieser Gedanke ist mir auch schon gekommen.« Der alte Mann sah ihn neugierig an.

»Welchen Gedanken meinen Sie? Dass es an der Ostsee aussieht wie in der Wüste?«

Wagenfeld schüttelte den Kopf und stellte die Tasse ab. »Das nicht alles das ist, was es zu sein scheint.«

»Sie sind sehr kryptisch, junger Mann, wenn ich das sagen darf.«

»Ich weiß. Das liegt daran, dass alles bis jetzt nur eine vage Idee ist. Darf ich Ihnen trotzdem eine hypothetische Frage stellen?«

Professor Schobel nickte. »Nur zu.«

»Stellen wir uns vor, es gibt in Ihrem Leben eine Person, die Sie abgöttisch lieben. Was würden Sie tun, um zu verhindern, dass diese Person etwas über Sie erfährt, das diese Liebe zerstören würde?«

Der alte Mann sah ihn neugierig an. »Theoretisch gesprochen?«

Wagenfeld nickte.

»Alles.«

»Das glaube ich auch.«

Während des restlichen Tages war Wagenfeld bedrückt und schweigsam. Er lief wie ein gefangener Tiger in seiner Wohnung auf und ab und die ganze Zeit kreisten seine Gedanken nur um eine Frage: Was sollte er tun? Er wusste jetzt, wie alles zusammenhing, aber er hatte nicht die Spur eines Beweises. So sehr er sich auch den Kopf zerbrach, es gab nur eine winzige Chance. Schließlich griff er zum Telefonhörer.

»Verdammter Mist.« Wagenfeld fluchte, selbst wenn er allein war, nur selten. Als es ihm jedoch zum zweiten Mal gelungen war, den Motor abzuwürgen, schlug er sogar mit der Faust auf das Armaturenbrett, etwas, das er sich im BMW seiner Mutter nie getraut hätte. Aber der befand sich seit zwei Tagen in der Werkstatt, ein Umstand, für den seine Mutter ihn verantwortlich machte.

»Du hast ihn zuletzt gefahren. Als du diese Exkursion unternommen hast.« Das Wort »Exkursion« hatte sie betont, als wäre er mit dem BMW auf einsamen Dschungelpfaden durch den Amazonas unterwegs gewesen.

»Ich bin dafür nicht verantwortlich«, hatte er etwas lahm entgegnet und nicht zum ersten Mal überlegt, ob er sich nicht wieder einen eigenen Wagen anschaffe sollte. Heute Morgen hatte er jedoch erst einmal Lübbers um Hilfe gebeten und sich die alte Ente ausgeliehen. Dabei hatte er festgestellt, dass es einen Unterschied machte, ob man mit einem nostalgischen Liebhaberwagen auf der Kreuzung liegen blieb oder eine Panne mit einem teuren Oberklasseauto hatte. Jedenfalls bildete er sich ein, dass das wütende Hupen einige Sekunden später einsetzte. Er startete noch einmal. Diesmal schnurrte der Motor, als wäre nie etwas gewesen, als er auf der Landstraße Richtung Grasberg fuhr. Es war kurz vor Weihnachten und Wagenfeld kam es richtig vor, dass er sich auf dem Weg zu einem Stall befand. Auch wenn er nicht auf einen Esel treffen würde, sondern auf ein Pferd, sagte ihm sein Instinkt, dass er nur hier eine Chance haben würde. Er hatte sich bei der Besitzerin des Pferdehofes unauffällig nach Frau Doktor Gödeler erkundigt und erfahren, dass sie während der Weihnachtsferien jeden Tag im Stall war. Als er auf den Hof bog, spürte er plötzlich, wie sein Herz schneller klopfte. »Es ist wie eine Sitzung, nichts anderes. Stell dir vor, sie ist deine Patientin.« Der Gedanke half ihm ein wenig, und während er versuchte, ruhig zu atmen, betrat er den Stall. Auf den ersten Blick sah es aus, als wäre er leer. Der Geruch von Heu und den Körpern der Tiere drang in seine Nase. Alles, was er hörte, war leises Schnaufen und das Scharren der Hufe. Einen Moment lang stand er unschlüssig im Dämmerlicht, als er flüsternde Laute vernahm. Vorsichtig ging er zu der Box, in der Rubin stand. Frau Doktor Gödeler hielt sich an seiner Mähne fest. Sie drückte ihren Kopf in das Fell des Tieres und murmelte etwas, das er nicht verstehen konnte. Wagenfeld kam sich wie ein Voyeur vor. Er räusperte sich. Die Frau schrak auf und drehte sich um. Sie blinzelte, ihre Augenlider waren geschwollen und man konnte unschwer erkennen, dass sie geweint hatte. Wenn sie überrascht war, ihn zu sehen, ließ sie es sich nicht anmerken.

»Ach, Herr Kollege, interessieren Sie sich doch fürs Reiten?« Ihre Stimme klang rau. Sie trug eine grüne Wachsjacke und das erste Mal seit ihrer Bekanntschaft Hosen.

»Ein schönes Tier.« Er öffnete die Box. Das Tier rührte sich nicht, nur seine Ohren verrieten, dass er den Fremden bemerkt hatte. Frau Doktor Gödeler wandte ihren Kopf.»Ruhig mein Großer. Ich bin ja da.« Das Pferd antwortete mit einem zärtlichen Schnauben. Wagenfeld trat einen Schritt näher. Vorsichtig strich er über das samtige Fell. Rubin ließ ihn gewähren.

»Sie lieben uns bedingungslos. So ein herrliches Tier. Sein Vertrauen in Sie muss grenzenlos sein. Können Sie sich deshalb nicht verzeihen?«

Frau Doktor Gödeler gab einen erstickten Laut von sich. Wagenfelds Blick fiel auf ihre kräftigen Hände und auf die Heugabel, die in einer Ecke stand. Er fühlte, wie sein Mund trocken wurde. Das Pferd schien die Anspannung zu spüren und rollte mit den Augen, bevor es wiehernd gegen die Wand trat. Wagenfeld wurde plötzlich klar, dass er ganz allein mit der Frau und einem Tier war, das einige Zentner wog. Dass er sie verdächtigte, eine Doppelmörderin zu sein, machte seine Situation nicht besser. Vorsichtig tastete er nach dem Riegel an der Holztür. Im Moment kümmerte sich keiner der beiden um ihn. Frau Doktor Gödeler gab beruhigende Laute von sich, während sie das Halfter so fest umklammerte, dass ihre Fingerknöchel weiß wurden. Plötzlich wich die Anspannung aus dem Körper des Tieres. Sie schob ihre Hand unter die Mähne und strich noch einmal behutsam über seine Stirn. Dann drehte sie sich um.

»Lassen Sie uns nach draußen gehen.« Bevor sie den Stall verließ, vergewisserte sie sich, dass der schwere Eisenriegel an seinem Platz und die Box verschlossen war. Was immer sie ihm erzählen würde, sie würde es nicht in der Nähe des Pferdes tun, dachte Wagenfeld. Er tastete in seiner Manteltasche nach seinem Handy und fragte sich erstens, was er der Polizei sagen sollte und zweitens, wie lange es dauern würde, bis sie käme. Dann folgte er ihr zögernd. Leichter

Nebel lag über den Wiesen. Der Himmel war weit, auch im Winter. Er atmete tief ein.

»Komisch, ich wusste von Anfang an, dass Sie nicht lockerlassen würden. Ich würde gerne ein Stück laufen.« Sie drehte sich nicht um. Wagenfeld dachte wehmütig an seine teuren Halbschuhe aus feinstem italienischem Leder. Sie bog in einen kleinen Weg ein, der am Stall vorbei zu einem Waldstück führte.

»Sie haben recht: Ich werde mir niemals verzeihen.«

Die Erleichterung, die er empfand, war grenzenlos. Sie würde reden. Einen Moment lang konnte er echtes Mitgefühl für sie empfinden. Dann fiel ihm das junge Mädchen wieder ein, das man tot auf dem Kiesweg vor einem Altenheim gefunden hatte. Er räusperte sich.

»Aber Sie konnten nichts dafür. Sie haben Rubin nicht geschlagen.«

Sie marschierte mit kräftigen Schritten weiter. Er musste sich beeilen, um mit ihr Schritt zu halten.

»Nein, aber wenn ich es selber getan hätte, hätte es nicht schlimmer sein können. Ich habe ihn bei diesem Mann gelassen. Ich bin Psychologin. Ich hätte doch spüren müssen, dass mit ihm etwas nicht stimmt.« Sie sah ihn immer noch nicht an. »Woher wissen Sie es?«

Wagenfeld sah sich um. Außer ihnen war niemand zu sehen. Wenn sie so schnell weiterliefen, würden sie in ein paar Minuten den Rand des kleinen Wäldchens erreicht haben. Er bückte sich und tat so, als müsse er seine Schnürsenkel neu binden.

»Es war Zufall. Jemand hat mir von Ihren Besuchen im Altenheim erzählt. Der Rest war gute alte Detektivarbeit.« Den letzten Satz hatte sie wahrscheinlich gar nicht mehr gehört, denn sie hatte nicht angehalten. Sein Magen meldete sich. Ihm war übel. Zum ersten Mal überlegte er, ob er umkehren sollte. Dann ging er schneller, um sie einzuholen. Sie war sich offenbar sicher, dass er ihr folgte, denn sie hatte nicht aufgehört zu reden.

»Wissen Sie, was die Ironie an der Sache ist? Als ich ihn bekommen habe, war er ein neurotisches Tier. Ich bin mit ihm zu einem dieser Pferdepsychologen gefahren. Ich weiß nicht, ob Sie sich mit der Psyche von Pferden auskennen?« Sie bückte sich, um einen abgebrochenen Ast vom Boden aufzuheben. Er war kurz und dick und ähnelte einem Knüppel. Wagenfeld musste schlucken. »Es gibt da einen Moment in der Beziehung, in diesem Moment entschließt sich das Pferd bei Ihnen zu bleiben. Freiwillig. Ich kann es nicht beschreiben, aber es ist erschütternd. Im wahrsten Sinne des Wortes. Danach war ich nicht mehr dieselbe Frau.« Sie schwieg und blieb stehen. Mittlerweile hatten sie den Wald erreicht. Es war eigentlich nur ein kleines Waldstück, nicht besonders groß. Aber groß genug, um seine Leiche zu verstecken, überlegte Wagenfeld. »Sie wissen, was ich mit dem Mann gemacht habe?« Sie sah ihn an. Der Ast in ihrer linken Hand beunruhigte Wagenfeld immer mehr. »Ich wäre wahrscheinlich mit einer Strafe auf Bewährung davon gekommen, wenn er mein Kind misshandelt hätte. Tat im Affekt. Aber für die Richter ist Rubin nur ein Tier. Eine Sache, irgendein seelenloses Ding.« Sie schüttelte sich und begann wieder zu gehen, so schnell, dass Wagenfeld Mühe hatte, mit ihr Schritt zu halten. »Die alte Frau hat mich angerufen und mir alles erzählt. Das habe ich ihr nie vergessen. Er kam aus dem Stall, als ich auf den Hof fuhr. Er war betrunken. Ich habe nach dem Ersten gegriffen, was mir in die Hände fiel und das war die Schaufel. Danach bin ich zu Rubin gegangen.« Ihre Hand, die den Ast hielt, begann zu zittern. Aber sie hatte sich sofort wieder unter Kontrolle. »Als ich gesehen habe, was er getan hat, hätte ich ihn noch mal umbringen können. Ich hätte mich gestellt, mir war alles egal. Aber die alte Frau hat das nicht zugelassen. Sie ist auf die Idee gekommen, alle Schubladen zu durchwühlen, damit die Polizei an Raubmord denkt. Wahrscheinlich hat er sie auch geschlagen. Jedenfalls habe ich keine Sekunde daran gedacht, dass sie mich verraten könnte. Ich habe sie in einem guten Heim untergebracht und sie war mir dankbar. Alles war gut, bis Judith kam.« Sie blieb wieder stehen und sah ihn an. Ihr Gesicht war wutverzerrt. »Wieso in drei Teufelsnamen musste sie ihre verdammte Nase da rein stecken und wieso hat sie ausgerechnet in diesem Heim eine Stelle gekriegt? Ich habe mich das immer wieder gefragt.« Sie stieß einen kurzen Laut aus, der nur entfernt an ein Lachen erinnerte. »Sie war so ein jämmerliches Ding, voller

Komplexe und selbst auferlegter Regeln. Aber die alten Leutchen mochten sie. Die alte Frau wusste, dass sie sterben würde und wollte ihr Gewissen erleichtern. Warum hat sie sich dafür keinen Pfaffen ausgesucht?«

Wagenfeld hatte das Gefühl, dass er dringend etwas sagen sollte. Am Besten so etwas wie: Die Polizei weiß, wo ich bin. Stattdessen sagte er: »Hat Judith Sie erpresst?«

Diesmal lachte sie wirklich und er glaubte, ein winziges Echo zu hören. Aber das war nur Einbildung. Er hatte sich noch nie so allein gefühlt. Es war, als ob er die riesige Kugel spüren konnte, auf der sie standen und das unendliche All, in dem sich bewegte. Frau Doktor Gödeler und er waren allein im Universum, es gab nur noch sie beide. Sie trat einen Schritt auf ihn zu und er glaubte, ein befriedigtes Leuchten in ihren Augen zu sehen, als er zurückzuckte.

»Eines Tages stand sie in meinem Büro. Ich finde, Sie müssen sich stellen, hat sie zu mir gesagt.« Sie äffte das junge Mädchen nach. »Steht vor mir und will mir erzählen, was ich zu tun habe.«

»Was haben Sie getan?«

Diesmal sah sie ihn erstaunt an.

»Ich habe sie rausgeschmissen, was sonst. Es gab schließlich keinen Beweis. Die Polizei hat damals nichts gefunden und sie würde auch heute nichts finden. Und ihre einzige Zeugin war tot.«

Einen Moment lang vergaß Wagenfeld seine Angst und nickte. »Das hat mir auch zu schaffen gemacht. Ihr Motiv. Aber dann habe ich es verstanden. Sie ist zu ihrem Vater gegangen.«

»Sie hatte ein gutes psychologisches Gespür, das muss man ihr lassen. Und ab und zu habe ich in den Sitzungen wohl mehr erzählt, als ich eigentlich wollte.« Sie schüttelte den Kopf. »Am Anfang mochte ich das Mädchen.

»Offenbar haben sie viele Menschen gemocht.« Wagenfeld bückte sich und hob ebenfalls ein Stück Holz auf. Er betrachtete es einen Moment lang. Im Gegensatz zu ihrem Ast war es eher ein Zweig. Er ließ ihn wieder fallen. »Das konnten Sie nicht zulassen. Alles hätten Sie ertragen, aber nicht, dass ihr Vater Sie für eine Mörderin hält. Sie versuchen immer noch sein kleines Mädchen zu sein.«

»Ich bin jetzt Mitte fünfzig. Ist das nicht lächerlich?«

Wagenfeld schüttelte den Kopf. »Nein, das finde ich gar nicht.« Er dachte an seine Mutter und das komplexe Netz aus Schuld und Dankbarkeit, das sie beide umgab. Aus dem Augenwinkel bemerkte er, wie sie ihren Arm anspannte. Schnell sagte er:

»Aber etwas verstehe ich nicht.« Der Arm entspannte sich wieder. »Warum haben Sie angenommen, dass er ihr glauben würde? Dass er ihr mehr glauben würde als Ihnen?« Sie zögerte. Eine bessere Gelegenheit würde er nicht bekommen. Mit einem Aufschrei warf er sich nach vorne. Obwohl sie in letzter Sekunde auswich, bekam er ihr Handgelenk zu packen. Einen Moment lang kämpften sie miteinander. Sie war erschreckend stark. Dann ging alles ganz schnell. Sie machte einen Schritt nach hinten und stolperte. Plötzlich stürzte sie und er stürzte mit ihr, fiel auf ihren großen warmen Körper. Dann lag sie still. Etwas Warmes rann über seine Hand.

»Was soll das denn werden?« Eine barsche Männerstimme erklang und eine Hundeschnauze schnüffelte an seinem Gesicht. Er glitt von ihr herunter und drehte sich auf den Rücken. Dann griff er in seine Tasche und holte das Handy heraus.

»Wir brauchen einen Krankenwagen. Kommen Sie schnell.«

Nachtrag

Ein Duft von selbst gebackenen Plätzchen lag in der Luft und vermischte sich mit dem Geruch des Rotkohls, der auf dem Herd köchelte. Wie jedes Jahr hatte es sich Wagenfeld nicht nehmen lassen, höchstpersönlich den Baum auszusuchen, den er nun schmückte. Ein Bündel Lametta hing über seinem Arm, aus dem er einzelne Fäden zupfte, die er vorsichtig über die zahlreichen Zweige hängte. Es war nicht einfach, die silbernen Enden zu entwirren und während er sich abmühte, erinnerte er sich an die Weihnachten seiner Kindheit. Damals hatte seine Mutter den Baum geschmückt. Obwohl sie wesentlich weniger Zeit dafür gebraucht hatte als er, war er ihm immer als der schönste Baum der Welt erschienen. Auch jetzt noch konnte er sich an das verheißungsvolle Kribbeln in seinem Magen erinnern, wenn er vor der großen Schiebetür stand und auf das Klingeln des Glöckchens wartete. Dann öffnete sich die Tür, seine Eltern standen dort, festlich gekleidet, der Baum glitzerte und funkelte und darunter lagen Päckchen, die er erst öffnen durfte, nachdem er ein Gedicht aufgesagt hatte. Ein Jahr lang hatte er Blockflötenunterricht bekommen, in der Hoffnung, etwas Musikalität in ihm zu entfachen, aber nach seinem ersten weihnachtlichen Vorspielens von »Stille Nacht, heilige Nacht« wurde auf diese Einlage verzichtet. In seiner Kindheit hatte sich der harzige Geruch der Tanne noch mit dem zarten Duft der Bienenwachskerzen vermischt. Heute gab es elektrischen Kerzen, als Zugeständnis an die im Alter immer stärker werdende Furcht seiner Mutter vor einem plötzlich ausbrechenden Feuer. Er hatte gerade den letzten Lamettafaden an den Baum gehängt, als seine Mutter in der Tür erschien. Er verspürte einen kleinen Stich, als er sie sah, die alte Frau, die dort stand, vermischte sich mit dem Bild der jungen Frau, an die er gerade gedacht hatte.

»Ich gehe mich jetzt umziehen. In einer halben Stunde bin ich fertig« Sie verschwand und Wagenfeld ging nach oben. Während er sich umzog, dachte er an Frau Doktor Gödeler. Nach ihrer Entlassung aus dem Krankenhaus hatte sie ein umfassendes Geständnis abgelegt. Sie hatte Glück gehabt. Eine tiefe Kopfwunde war alles, was sie von dem Sturz auf den Stein davon getragen hatte. Gestern hatte er einen Brief von ihr bekommen, in dem sie ihn bat, sich um Rubin zu kümmern. Er hatte eingewilligt. Er sah sich im Spiegel an, der in seinem Schlafzimmer hing, und hob das Glas Champagner, das er nur an Weihnachten trank. »Auf dich, du Pferdebesitzer.« Nach dem Abendessen würde er sich wie, jedes Jahr, mit Lübbers auf ein Bier treffen. Anna-Lena war im Winterurlaub, und wenn er ehrlich war, vermisste er sie nur manchmal. Ganz unten im Kleiderschrank stand die Tüte mit seinem Geschenk. Er holte es heraus und verließ, nach einem letzten Blick in den Spiegel, den Raum. Unten legte er die kunstvoll verpackten Päckchen aus der Böttcherstraße unter den Baum. Wenig später kam auch seine Mutter herunter. Ein nachtblaues Kleid und eine dezente Brosche waren dem Anlass angemessen.

»Fröhliche Weihnachten.« Sie gab ihm ein kleines Paket, das verdächtig nach einem Buch aussah. Wagenfeld bedankte sich.

»Kannst du mir die Päckchen geben, Wilhelm, ich kann mich nicht mehr so gut bücken.« Mit diesen Worten setzte sie sich auf ihr Biedermeiersofa. »Bring mir doch ein Glas Eierlikör.«

Wagenfeld gab ihr die Päckchen und schenkte ein. Eierlikör trank sie nur zu Weihnachten, er wusste nicht, woher diese Gewohnheit stammte. Einen Moment lang war nur das Rascheln des Papieres zu hören. Er hatte sein Geschenk schneller ausgepackt als sie. Wie er vermutet hatte, war es ein Buch. Ein Reiseführer über Madagaskar. Wenn man bedachte, dass er tropisches Klima hasste und seinen Urlaub am liebsten in nördlichen Gefilden verbrachte, ein bemerkenswertes Geschenk. Seine Mutter hatte als Erstes den kleinen dicken Josef ausgepackt und betrachtete ihn jetzt etwas ratlos.

»Du musst schon weiter auspacken. Das gehört alles zusammen.« Er half ihr. Nach kurzer Zeit saß sie in einem Haufen Papier und auf dem Biedermeiertisch stand die fröhlich naive Krippe. Sie nahm eines der drei übergewichtigen Schafe in die Hand und sah ihn an.

»Wilhelm, du verblüffst mich. Das ist ja zauberhaft.«

Zufrieden trank er ein Glas Eierlikör.